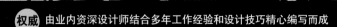

权威 由业内资深设计师结合多年工作经验和设计技巧精心编写而成

实用 所有实例在原有创意及方法上做一定的变通即可应用到创作和工作中

体贴 为初学者提供了系统全面的软件基础视频教学

中文版

Photoshop CS4

图像处理一点通

金鸿视觉 编著

本书配套超值DVD光盘
- 本书实例所需的大量素材文件
- 本书所学实例的最终效果文件
- 450分钟Photoshop CS4软件基础视频教学

兵器工业出版社

北京希望电子出版社
Beijing Hope Electronic Press
www.bhp.com.cn

内 容 简 介

　　本书是一本讲解 Photoshop 图像处理的实例型图书，全书力求知识系统、全面，实例教程简单易懂、步骤详尽，确保读者学起来轻松、做起来有趣，在项目实践中不断提高自身水平，成为优秀的 Photoshop 操作者。

　　全书共分 11 章，内容包括学习 Photoshop 的准备知识、工具的运用、"调整"命令的运用、图层的运用、滤镜的应用、通道的应用、包装设计、海报设计、封面设计、商标设计和绘画技法等 Photoshop 的核心应用技术及实用技巧。

　　随书附赠 1 张 DVD 光盘，包含本书实例的素材文件、最终效果文件及附赠 450 分钟新手入门视频文件，可以帮助读者达到事半功倍的学习目的。

　　本书不仅适合于 Photoshop 初、中级用户学习，也适合于具有一定实践经验的读者阅读，还可以作为高等院校相关专业师生的辅助阅读书籍。

图书在版编目（CIP）数据

中文版 Photoshop CS4 图像处理一点通 / 金鸿视觉编著. —北京：
兵器工业出版社；北京希望电子出版社，2009.10
　ISBN 978-7-80248-408-5

　I. 中… II. 金… III. 图形软件，Photoshop CS4　IV. TP391.41

　中国版本图书馆 CIP 数据核字（2009）第 178185 号

出版发行：兵器工业出版社　北京希望电子出版社	封面设计：深度文化
邮编社址：100089　北京市海淀区车道沟 10 号	责任编辑：宋丽华　冯彩茹
100085　北京市海淀区上地 3 街 9 号	责任校对：高　雅
金隅嘉华大厦 C 座 611	开　　本：787×1 092 1/16
电　　话：010-62978181（总机）转发行部	印　　张：27
010-82702675（邮购）010-82702698（传真）	印　　数：1-3 500
经　　销：各地新华书店　软件连锁店	字　　数：613 千字
印　　刷：北京凯达印务有限公司	定　　价：75.00 元（配 1 张 DVD 光盘 含视频教学）
版　　次：2009 年 10 月第 1 版第 1 次印刷)	

2.1 选择类工具的运用（一）——空中骑士

2.3 "魔棒工具"的运用——童趣插画

2.6 "渐变工具"的运用——水晶葡萄

2.7 "加深工具"和"减淡工具"的运用——
水晶桔子

2.8 矢量绘图类工具的运用——
绘制阳光丽人

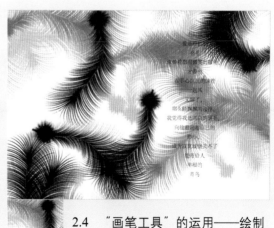

2.4 "画笔工具"的运用——绘制
羽毛背景

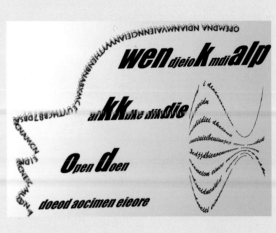

2.10 "仿制图章工具"与修复类工具的运用
　　　——数码照片处理

2.11 文字类工具的运用——文字组合形式的
　　　海报

2.12 工具的综合运用（一）——星光灿烂

3.2 "色彩平衡"命令的运用——夕阳西下

2.13 工具的综合运用（二）——绘制实例插画

3.3 "亮度/对比度"命令的运用——时装展示

3.12 "变化"命令的运用——绿色食品

3.5 "替换颜色"命令的运用——世外桃源

3.8 "阴影/高光"命令的运用——快速调整
暗调照片

3.4 "色相/饱和度"命令的运用——花非花

3.6 "通道混合器"命令的运用——季节变换

3.9 "反相"命令的运用——金鱼之梦

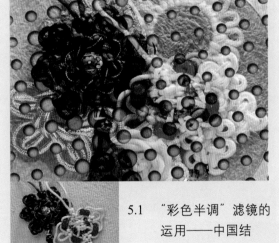

5.2 "径向模糊"滤镜的运用——分享快乐

5.6 "光照效果"滤镜的运用——金属纹理

5.12 "铬黄"滤镜的运用——冰封效果

5.9 "影印"滤镜的运用——色块形式的海报

5.15 "浮雕效果"滤镜的运用——昆虫化石

5.14 "纹理化"滤镜的运用——帆布纹理

5.20 "纹理化"滤镜的运用——油画效果

5.21 "风"滤镜的运用——风印

5.22 滤镜与图层功能的综合运用——个人网站主页

6.4 通道与滤镜的综合运用——水晶美女

6.2 通道与多种滤镜的运用——青春回忆

6.1 通道与图层蒙版的运用——冰雪美人

8.4　饮品海报设计

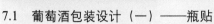

7.1　葡萄酒包装设计（一）——瓶贴

8.1　酒类海报设计

9.3　文学图书封面设计

7.5　化妆品包装盒的设计

7.3　软件包装盒的设计

10.3　公司商标设计

10.4　软件商标设计

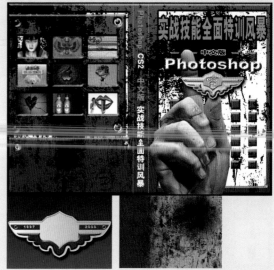

11.5　动物插画

9.4　电脑图书封面设计

11.3　游戏人物绘画

11.2　概念漫画

第1章　准备知识

第2章　工具的运用

第3章 "调整"命令的运用

第4章 图层的运用

   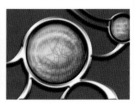

第5章　滤镜的运用

   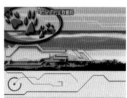

第6章　通道的运用

第7章　包装设计

第8章　海报设计

第9章　封面设计

第10章　商标设计

第11章　绘画技法

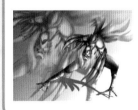   

第1章 准备知识

1.1 Photoshop应用领域概述

这一节的目的很明确，就是希望各位读者在阅读之后，不仅了解了Photoshop的应用领域，而且能够从这些应用领域中找到自己感兴趣的学习方向进行深入学习。

1.1.1 平面广告设计

平面广告的范围非常广，包括户外广告、宣传单广告、电影海报以及杂志报刊上的各类广告等。

虽然在制作大多数平面广告的过程中，设计者并非单纯依赖于Photoshop，还需要使用Illustrator、CorelDRAW等平面软件，但毫无疑问，Photoshop是使用最为广泛的软件。

如图1-1所示为几款优秀的平面广告设计作品。

图1-1

1.1.2 包装与封面设计

在早期的设计中，包装与封面的主要作用是保护产品不受损害。时至今日，它们更多地承载了突出产品特征及装饰美化的作用，从而可以达到宣传促销的目的。在包装与封面设计领域，Photoshop是当之无愧的主角。

图1-2所示为几款优秀的封面设计作品。图1-3所示为几款优秀的包装设计作品。

图1-2

图1-3

1.1.3 效果图后期处理

效果图后期处理也是较多应用Photoshop的领域，其中较常见的应用是对建筑效果图进行后期加工，如调整颜色、添加照明、混合场景等，从而实现三维软件无法实现或者难以实现的效果。

图1-4所示为使用Photoshop进行后期处理前后的室内效果图。

图1-4

图1-5所示为使用Photoshop进行后期处理前后的室外效果图。

图1-5

1.1.4 影视包装设计

Photoshop被广泛地应用于影视包装中，如用于设计电视栏目的关键帧或者落版效果等。

图1-6所示分别为两个电视节目的落版设计。

图1-6

1.1.5 概念设计

概念设计区别于其他领域的最大特点就在于创意超出常规，其应用领域非常广泛，包括常见的生活用品及电子产品等，甚至在许多电影及游戏中都需要对角色或者道具等进行概念设计。目前，概念设计师已经成为炙手可热的职业之一。

图1-7所示为自行车的概念设计稿。图1-8所示为汽车的概念设计稿。

图1-7　　　　　　　　　　　　　　　　　图1-8

1.1.6 游戏美工设计

游戏美工设计是当前社会中最热门的职业之一。游戏美工设计人员需要使用各种软件对游戏中的场景、角色、道具、武器等进行设计，在这些工作中使用最多的还是Photoshop。

图1-9所示展示了游戏美工设计人员使用Photoshop对角色与装备进行的设计。

图1-9

这些工作与三维创作结合紧密，因此从事此类工作的人员最好还要具有三维创作基础。

1.1.7 照片修饰与艺术设计

Photoshop和数码相机的融合，使照片变遗憾为惊喜成为可能，这也充分印证了"一切皆有可能"的含义。Photoshop可以在最短时间内让普通人的照片变得像杂志封面照片一样漂亮。

人们不仅可以使用Photoshop对数码照片进行修复以弥补照片本身的不足，还可以利用其强大的合成功能，将两幅或者多幅照片合成为一幅极具创意的照片。

图1-10所示为原数码照片效果。图1-11所示是使用Photoshop对人物面部进行修饰后的照片效果。

图1-10   图1-11

除了对普通的数码照片进行修饰处理外，使用Photoshop还可以对商业领域中的婚纱数码照片及儿童数码照片进行设计与制作。

图1-12所示为使用Photoshop制作的婚纱及个人写真照片效果。

图1-12

1.1.8 网页效果图设计

网页设计与制作领域是一个已经为人们所熟知的行业。互联网中每天诞生上百万个网页，这些网页打破了原有的静态表现形式，使页面动、静结合。这些网页中的大多数都使用Photoshop进行页面设计，然后使用Dreamweaver进行页面生成。

图1-13所示为使用Photoshop设计的比较优秀的网页作品。

图1-13

1.1.9　插画绘制

电脑绘画已经越来越多地出现在人们的生活中，从杂志到海报，从包装到影视，电脑绘画随处可见。在日本与韩国，电脑绘画已经被证明在动漫产业具有无限发展的可能与潜力。

图1-14所示展示了几幅优秀的电脑插画作品。

图1-14

1.1.10　界面设计

计算机的普及化和个性化，使得人们对界面的审美要求不断提高，界面也逐渐成为个人风格和商业形象的一个重要展示部分。一个网页、一个应用软件或者一款游戏的界面设计得优秀与否，已经成为人们对其进行衡量的标准之一。在界面设计领域，Photoshop也扮演着非常重要的角色，目前，90%以上的界面设计师正在使用此软件进行设计。

图1-15所示为几款优秀的界面设计作品。

图1-15

1.2 学习Photoshop前的三个问题

Photoshop已经成为一个大众性的软件，人们对它的认知程度颇高。大多数应用计算机软件的用户都会或多或少地学习Photoshop，但不少初学者心中还是有这样或那样的疑惑，例如，自己是不是特别需要学习这一庞大的软件？如何才能更快、更好地学习Photoshop？没有美术基础能学习Photoshop吗？下面将解答这些类似的问题。

1.2.1 什么样的人应该学习Photoshop

Photoshop的功能决定了希望在以下领域工作的人都应该认真学习此软件。

平面设计、网页设计、三维效果图制作、后期合成、婚纱摄影、商业插画设计、数码摄影、出片打样和界面设计等。

另外，如果从事的是文秘、文案撰写、商业策划类的工作，通过学习并应用此软件能够使工作成果锦上添花，使工作质量更上一层楼。当然，在掌握软件的深度方面，无需像上面所提到的几个领域那样深入和彻底。

通过以上分类可以看出，并非所有人都必须学习Photoshop，即使学习也有专业学习与非专业学习之分。例如，从事平面设计、网页设计等工作的人员应该较为深入全面地学习此软件；如果从事的是文秘、文案撰写、商业策划等工作，则应该重点学习图像处理与修饰方面的软件功能与技能，不必进行全面学习。

因此，在考虑是否需要学习此软件之前，应该对自己的学习及正在从事或者日后将从事的工作有一个准确的定位，而不是盲目从众。

1.2.2 如何学习Photoshop

许多人在学习Photoshop后，即使完全掌握了所有工具及命令的使用方法，却仍然发现自己无法制作出完整的作品。究其原因，往往是学习方法的问题。

所有软件都只是工具，因此，对于Photoshop这样一个非常强调创意的软件而言，要想掌握好并将其灵活地运用于各个领域，不仅需要具有扎实的基本操作功底，更应该具有优秀的创意。

笔者作为从教多年的教师，认为学习Photoshop可以按以下几个步骤进行。

1. 打下扎实的功底

对于Photoshop而言，扎实的功底即是娴熟的操作技术与技巧，它是实现创意的基石。空有好的创意却无法完全表达，仍等于一张白纸。

因此，学习的第一阶段是认真学习基础知识，打下坚实的基础，为以后的深入学习做准备。

2. 模仿

这一过程是任何类别的学习都必须经过的，正如人类必然要经过蹒跚学步的阶段才能阔步向前一样。

如果将学习Photoshop类比为学习书法，模仿的过程就是"描红"，在这个阶段需要进行大量练习。通过这些练习，不仅能够熟悉并掌握软件功能及命令的使用方法，而且还能掌握许多通过练习才能掌握的操作技巧。

3. 培养"感觉"

许多从事设计的人员非常重视"感觉"的培养。虽然"感觉"听上去虚无缥缈，却也有一些具体的培养措施，即通过欣赏以下几类成功作品来提高审美的能力。

（1）影视片头和广告。虽然影视片头与广告都是动态的，但说到底也是由一幅幅静止的画面组成的。因此，如果将影视片头与广告当成静止的画面来欣赏，并学习其表现手法及配色，也能够积累许多知识。

（2）Photoshop作品。欣赏成功的Photoshop作品非常重要。通过欣赏这些作品，不仅可以汲取创意与表现方面的知识，而且可以启发对软件灵活运用的思考。

（3）海报与招贴。许多海报与招贴都是直接使用Photoshop制作而成的，因此，欣赏这些作品有助于学习如何利用Photoshop制作这些作品并掌握其创意思路。

（4）网页作品。在除平面设计外的其他应用领域中，应用最为广泛的莫过于网页设计。实际上，可以将静态网页看成是平面作品在网络中的延伸。互联网作为网页最大的载体，无疑提供了无穷无尽的资源。

通过欣赏这些作品，在仔细观察的基础上分析其美感的来源，注意总结和积累，并灵活运用，就能够在较短的时间内提高自己的审美能力。当然，读者也可以到各种美术辅导班学习，以得到更多的收益。

4. 实践并进行创意

有了前面三个阶段的积累与沉淀，再去进行创意会相对容易一些，但这仍然会是一个痛苦与彷徨并存的思索过程。然而，正是在这些痛苦与彷徨中，个人的风格才会逐渐形成，同时个人的创意也会得到极大的锤炼。

以上所讲述的学习Photoshop的方法对于需要全面、深入学习Photoshop的读者而言有着很好的参考意义。如果学习目的只是希望了解并掌握此软件的初级功能，则可以选择自己感兴趣的部分来学习。

1.2.3　学习Photoshop是否需要美术基础

学习Photoshop是否需要正规的美术基础，这是一个经常被初学者问到的问题。从目前学习Photoshop的人群来看，其中绝大部分还是属于没有美术基础的一族，所以，对这个问题的解答也就显得非常重要了。

要想对这个问题有清晰的认识，需要准确分析美术基础与Photoshop用途这两个概念。

美术基础是一个很宽泛的词，究竟学习美术到什么样的程度与深度才算是有美术基础呢？美术基础与设计基础是否具有同样的内涵与外延？两者间的关系如何？这些问题如果不搞清楚，则很难回答本节提出的问题。在笔者看来，这个问题可以简单化处理，将有美术基础的人定义为有传统绘画（如素描、水彩、油画等）基础的人，而将具有设计基础的人定义为掌握了三大构成理论（色彩构成、平面构成、立体构成）的人。

从绝大多数艺术设计类学校人才培养的规律来看，一年级都在进行绘画及三大构成理论的学习及相关技能的培养，以后的学期则有针对性地进行设计创作的学习与锻炼。

可以说，如果使用Photoshop进行的是设计创作（如平面广告、包装、书封等），最好同时具有美术基础与设计基础；如果进行的是绘画创作（如插画绘制等），最好具有美术基础。唯一对两种基础要求比较低的应该是对数码照片进行修饰类的Photoshop应用。

1.3　软件界面的基本操作

界面类似于一个产品的外包装，首先需要对它进行解读以了解产品的信息。虽然这个比喻不足以完全表明了解Photoshop界面对于掌握Photoshop的重要性，但也能够从一定程度上让各位读者感受到了解Photoshop界面所带来的好处。

运行Photoshop程序并打开一个图像文件后，将显示类似如图1-16所示的完整操作界面。

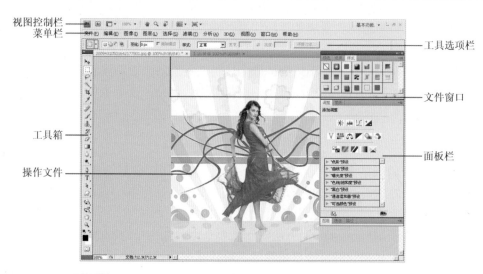

图1-16

通过图1-16可以看出，完整的操作界面由视图控制栏、菜单栏、工具选项栏、工具箱、面板栏、操作文件与文件窗口组成。如果打开了多个图像文件，可以通过单击选项卡式文件窗口右上方的展开按钮，在弹出的文件名称选择列表中选择要操作的文件，如图1-17所示。

图1-17

> 技巧：按【Ctrl+Tab】组合键，可以在当前打开的所有图像文件中，从左向右依次进行切换；按【Ctrl+Shift+Tab】组合键，可以逆向切换这些图像文件。

使用选项卡式文件窗口管理图像文件，可以对图像文件进行如下各类操作，以更加快捷、方便地对图像文件进行管理。

（1）改变图像文件的顺序。单击某图像文件的选项卡不放，将其拖动至一个新的位置处再释放，可以改变该图像文件在选项卡中的顺序。

（2）取消/恢复图像文件的叠放状态。单击某图像文件的选项卡不放，将其从选项卡中拖出来，如图1-18所示，可以取消该图像文件的叠放状态，使其成为一个独立的窗口，如图1-19所示。再次单击图像文件的名称标题，将其拖回选项卡组，可以使其重回叠放状态。

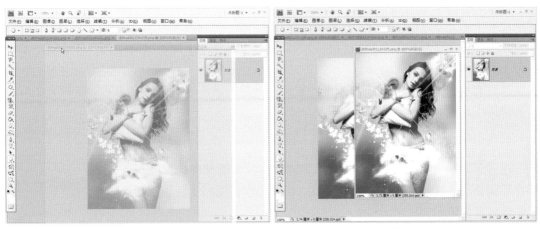

图1-18   图1-19

1.3.1 工具箱的基本使用方法

在Photoshop版本的不断升级中，工具箱变得更加人性化，且操作过程更加方便、快捷，各工具的使用方法将在实例中具体体现。Photoshop CS4的工具箱如图1-20所示。

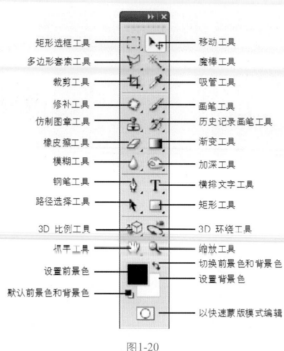

图1-20

工具箱中的工具名称及其对应的图标具有很好的对应关系，例如，"画笔工具"的图标是画笔，由此可以想像到它就相当于生活中的画笔，是用来绘制各种形状的。生活中有毛笔、铅笔等不同类型的笔，并且粗细、软硬不等，毛笔根据墨汁的浓淡和用力的不同其绘画效果也有所不同，正所谓"墨分五色"，因此，"画笔工具"的设置同样有类型、不透明度和流量之分。

这样借助于生活中的工作进行联想的方法，可以快速了解不同的工具，并更好地掌握各种工具的用途。

工具箱中大多数工具的使用频率非常高，因此正确掌握工具箱中工具的使用方法有助于加快操作速度。

1. 伸缩工具箱

通过将Photoshop CS4工具箱设计为能够进行灵活伸缩的状态，使操作界面更加人性化、便捷化。读者可以根据操作需要将工具箱改变为单栏或者双栏显示。

位于工具箱最上面的区域被称为"伸缩栏"，其左侧的两个小三角形可以对工具箱的伸缩性功能进行控制，如图1-21所示。

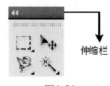

伸缩栏

图1-21

当工具箱显示为双栏时，两个小三角形的显示方向为向左，如图1-22所示。单击顶部的伸缩栏，即可将工具箱转换为单栏显示状态，如图1-23所示。

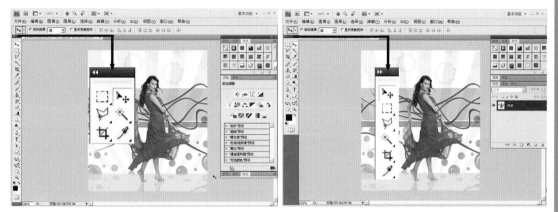

| 图1-22 | 图1-23 |

工具箱的单、双栏显示各有其优点。单栏显示状态可以节省工作区空间，有利于进行图像处理；双栏显示状态能够使工具箱中的工具集中显示，方便使用。读者可根据自己的工作需要进行设置，其切换简单快捷，体现了软件的人性化设置。

2. 激活工具

工具箱中的每一种工具都有两种激活方法，即在工具箱中直接单击工具或者按要选择工具的快捷键。

大多数工具的快捷键就是工具完全显示时工具名称右侧的字母。例如，"矩形选框工具"右侧的字母是"M"，如图1-24所示，表示按【M】键可以激活此工具。如果不同的工具有同样的一个快捷键，则表明这些工具属于同一个工具组，按快捷键的同时加按【Shift】键可以在这些工具之间进行切换。

3. 显示隐藏的工具

如果工具图标的右下角显示出一个黑色三角形，就表明还有隐藏工具。要显示隐藏工具，可以在带有隐藏工具的图标上单击鼠标右键，图1-25所示为套索工具组中所显示出来的隐藏工具。

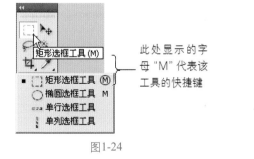

| 图1-24 | 图1-25 |

1.3.2 面板的基本使用方法

Photoshop CS4的面板有20多种，在工作中可隐藏用不到的面板。

这一功能便于在众多的面板中快速找到所需要的面板，又能够最大化图像的显示区域，使操作的图像文件不至于被面板遮挡。在众多面板中最为常用的是"图层"、"路径"、"通道"、"历史记录"和"动作"面板等。

1. 显示和隐藏面板

在"窗口"菜单中选择相对应的命令即可显示该面板，再次选择此命令可以隐藏该面板。

> 注意：按【Tab】键可以隐藏工具箱及所有显示的面板，再次按【Tab】键可全部显示。如果仅需要隐藏所有显示的面板，可以按【Shift+Tab】组合键，再次按【Shift+Tab】组合键即可全部显示。

2. 面板弹出菜单

在大多数面板的右上角部有一个 ▤ 按钮，单击该按钮即可显示此面板的命令菜单。

3. 伸缩面板

与工具箱相似，面板也可以进行伸缩。单击其顶部的伸缩栏，可以使面板在图标显示状态或者展开显示状态之间进行切换。图1-26所示为面板收缩为图标显示时的状态。图1-27所示为面板展开显示时的状态。

图1-26   图1-27

除此以外，还可以通过直接单击面板的选项卡名称来对面板进行切换，或者通过双击面板的选项卡名称来对某个已经显示出来的面板进行隐藏。

在展开所有面板后，这些面板将被有规则地分为两栏并罗列在软件界面的右侧，这是Photoshop默认情况下的面板栏位置。

4. 组合及拆分面板

可以根据不同的操作习惯，将Photoshop CS4的面板任意组合、拆分，将两个或者三个面板组合在一个面板中成为选项卡，也可以将一个面板中的所有选项卡拆分成单独的面板。

例如，单击面板中的"图层"选项卡，将其向外拖出该面板外框，如图1-28所示。释放鼠标，则该选项卡将独立为一个面板，如图1-29所示。

图1-28

图1-29

与拆分操作类似，要将某个面板组合至另一面板中以成为其选项卡，只需将其拖动至另一面板中即可，如图1-30所示。

图1-30

5. 创建新的面板栏

在Photoshop CS4中，读者可以根据工作需要增加更多面板栏。增加面板栏的操作方法非常简单，可以使用鼠标拖动需要增加的面板至面板栏的最左侧边缘位置，当其边缘出现如图1-31所示高亮显示条时释放鼠标，即可创建得到一个新的面板栏，如图1-32所示。

图1-31 图1-32

1.3.3 菜单的基本使用方法

Photoshop CS4的菜单包括"文件"、"编辑"、"图像"、"图层"、"选择"、"滤镜"、"分析"、"3D"、"视图"、"窗口"和"帮助"，相当于资料箱，储备了所有操作命令。虽然在每个菜单中又包含有数十个子菜单和命令，使整个菜单过于复杂庞大，看起来令人眼花缭乱，但实际上经常用到的只是其中的几类，只需要对这些命令进行特别关注，并认真学习本书所有实例，对命令的使用就能够得心应手了。

1.3.4 自定义菜单命令

1. 显示/隐藏菜单命令

Photoshop有显示/隐藏菜单命令的功能，可以根据自己的操作习惯显示/隐藏不常用的应用程序菜单或者面板菜单中的命令。

执行菜单"编辑"|"菜单"命令或者按【Alt+Shift+Ctrl+M】组合键，打开"键盘快捷键和菜单"对话框，如图1-33所示。

执行菜单"编辑"|"菜单"命令，打开"键盘快捷键和菜单"对话框。

可以在"组"的下拉列表中选择一种工作类型，例如，如果在此选择"CS4新增功能"选项，则可以在此基础上再对菜单命令进行显示或者隐藏方面的设置操作。

在"菜单类型"下拉列表中可以选择要显示或者隐藏的菜单命令所在的菜单类型。选择"应用程序菜单"选项，可对应用程序菜单中的命令进行显示或者隐藏操作。选择"面板菜单"选项，可对面板菜单中的命令进行显示或者隐藏操作。在此选择"应用程序菜单"选项。

单击"应用程序菜单命令"栏下方命令左侧的▷按钮，展开显示菜单命令，如图1-34所示。

图1-33

图1-34

单击"可见性"栏下方的图标，即可显示或者隐藏该菜单命令。在此笔者按照如图1-35所示隐藏了若干个命令，隐藏命令前后的菜单显示如图1-36所示。

可以看出，使用此功能可以大大简化菜单命令，使菜单按照自己的工作喜好进行显示。

2. 突出显示菜单命令

突出显示菜单命令也是Photoshop的优秀功能之一。使用此功能，能够指定菜单命令的显示颜色，以方便辨认不同的菜单命令，这对初学者来说是一个非常实用的功能。

突出显示菜单命令的操作与显示/隐藏菜单命令的操作基本相同，只是需要在"键盘快捷键和菜单"对话框中要突出显示的命令右侧单击"无"或者颜色名称，在颜色下拉列表中选择需要的颜色。

如图1-37所示为突出显示菜单命令时的对话框设置。如图1-38所示为按此设置突出显示的菜单命令。

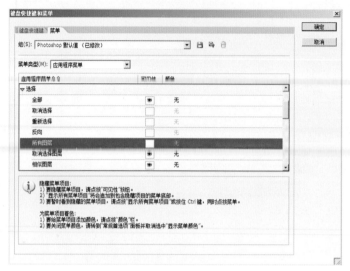

图1-35

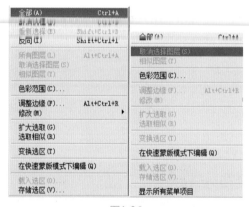

图1-36

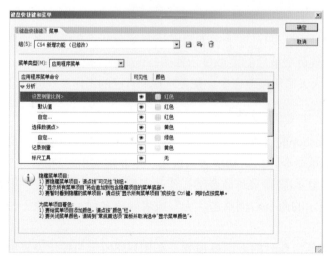

图1-37   图1-38

1.3.5 自定义工作界面

Photoshop提供了保存工作界面的功能。利用此功能，不同用户可以按照自己的偏好布置工作界面并将其保存为自定义的工作界面。在工作一段时间后，如果工作界面变得很零乱，可以选择调用自定义工作界面的命令，将工作界面恢复至自定义后的状态。

1. 保存自定义工作界面

用户按照自己的爱好布置好工作界面后，如果需要保存自定义的工作界面，可以执行菜单"窗口"|"工作区"|"存储工作区"命令，在弹出的对话框中输入自定义的名称，如图1-39所示，然后单击"存储"按钮。

2. 调用自定义工作界面

要调用自定义的工作界面，执行菜单"窗口"|"工作区"子菜单中的自定义工作界面的名称即可，如图1-40所示。

图1-39

图1-40

3. 恢复至系统默认的工作界面

如果要将工作界面恢复至系统默认的工作界面，执行菜单"窗口"|"工作区"|"基本功能（默认）"命令即可。

读书笔记

第2章 工具的运用

2.1 选择类工具的运用（一）——空中骑士

选择类工具的主要功能是在文件中创建选区，用以控制操作范围。当在文件中创建选区后，所做的操作便都是针对选区内的图像进行的，选区外的图像不受任何影响。下面以具体实例来讲解此工具的使用。

步骤 1 执行菜单"文件"|"打开"命令，打开本书配套光盘中的"骑士.tif"文件，如图2-1所示。选择 ▷"套索工具"，在其工具选项栏中设置"羽化半径"值为8像素，在图像窗口中沿图像的轮廓创建一个羽化选区，如图2-2所示。

 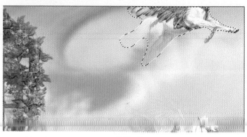

图2-1　　　　　　　　　　　　　　　　图2-2

步骤 2 分别按【F3】和【F4】键，将选区内的图像进行复制，为了便于观察，使用 ▷"移动工具"将复制后的图像移动到如图2-3所示的位置处。然后，将"背景"图层设置为当前图层，继续使用 ▷"套索工具"创建如图2-4所示的选区。

图2-3　　　　　　　　　　　　　　　　图2-4

步骤 3 再次按【F3】和【F4】键，将选区内的图像进行复制，使用 ▷"移动工具"适当调整图像的位置，效果如图2-5所示，完成后将复制出的"图层 1"和"图层 2"合并。然后执行菜单"编辑"|"变换"|"水平翻转"命令，将图像进行翻转，适当调整其位置，效果如图2-6所示。

步骤 4 执行菜单"图像"|"调整"|"亮度/对比度"命令，在弹出的"亮度/对比度"对话框中进行如图2-7所示的设置，单击"确定"按钮，调整图像的亮度和对比度，效果如图2-8所示。

图2-5

图2-6

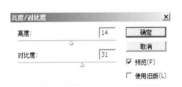

图2-7

图2-8

步骤 5　选择 □ "矩形选框工具"，在图像窗口中创建如图2-9所示的矩形选区，完成后执行菜单"图像"|"裁剪"命令，调整图像窗口的大小，效果如图2-10所示。至此，本实例就全部制作完成了，按【Shift+Ctrl+S】组合键将文件另存为"空中骑士.psd"。

图2-9

图2-10

2.2　选择类工具的运用（二）——桌面底图

步骤 1　执行菜单"文件"|"新建"命令，在弹出的"新建"对话框中设置参数，如图2-11所示，单击"确定"按钮退出对话框，新建一个制作文件。

步骤 2　切换至"图层"面板，单击"图层"面板下方的 □ "创建新图层"按钮，得到"图层1"，如图2-12所示。选择 ○ "椭圆选框工具"，工具选项栏的参数设置如图2-13所示。

步骤 3　按【Alt+Shift】组合键，在画布中央拖动出一个正圆选区，效果如图2-14所示。如果界面中没有标尺，按【Ctrl+R】组合键显示标尺，用鼠标在标尺处拖动参考线至正圆选区的中央位置释放鼠标，得到两条十字相交的参考线。再次选择 ○

"椭圆选框工具"，按住【Alt】键在大圆右下角拖动出一个较小的圆形选区，效果如图2-15所示。

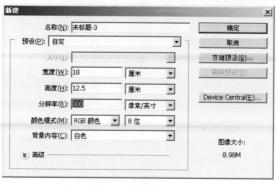

图2-11　　　　　　　　　　　　　　　　　　　　图2-12

图2-13

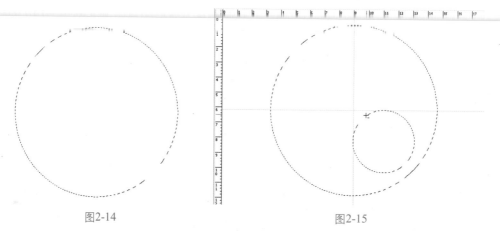

图2-14　　　　　　　　　　　　　　　　　　　　图2-15

步骤 4 ▶ 按照上步同样的方法，绘制出四个小圆形选区，效果如图2-16所示。更改背景色为灰色，设置如图2-17所示。

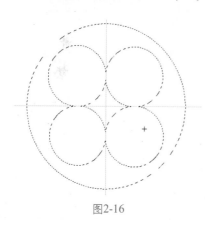

图2-16　　　　　　　　　　　　　　　　　　　　图2-17

步骤 5 ▶ 按【Alt+Delete】组合键填充选区，效果如图2-18所示。在"图层"面板中新建"图层2"，将其放在"图层1"的下方，选择此图层，如图2-19所示。

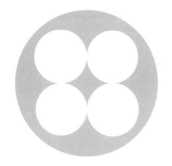 

图2-18　　　　　　　　　　　　　　　　　图2-19

步骤 6 ▶ 在画布中央绘制出一个较小的同心圆选区，并填充深灰色，效果如图2-20所示。选择"背景"图层，如图2-21所示，将"背景"图层填充为深蓝色，效果如图2-22所示。

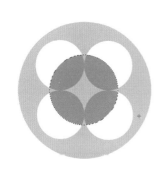  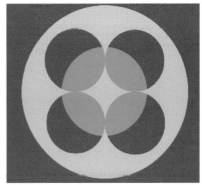

图2-20　　　　　　　　　图2-21　　　　　　　　　　　　图2-22

步骤 7 ▶ 选择"图层1"，如图2-23所示，在画布中拖动出一个小一些的同心圆选区，效果如图2-24所示。

图2-23　　　　　　　　　　　　　图2-24

步骤 8 ▶ 执行菜单"选择"|"修改"|"边界"命令，在弹出的"边界选区"对话框中设

置参数，如图2-25所示，单击"确定"按钮退出对话框，在画面中得到一个环形的选区。按【Delete】键，将选区内的颜色删除，效果如图2-26所示。

图2-25   图2-26

步骤9 选择"图层2"，如图2-27所示。按照上步同样的方法，再制作出两个小同心圆选区并删除选区中的颜色，效果如图2-28所示。

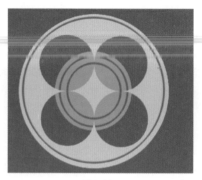

图2-27   图2-28

步骤10 新建"图层3"，将其放在"图层2"的下方，选择此图层，如图2-29所示。选择 "矩形选框工具"，其工具选项栏参数设置如图2-30所示。

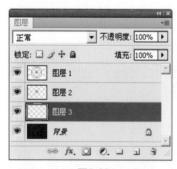

图2-29   图2-30

步骤11 在画布中央绘制一个矩形选区并填充墨蓝色，效果如图2-31所示。再分别在矩形图形上、下部框选出两个长矩形选区，并按【Delete】键将选区内的颜色删除，效果如图2-32所示。最后使用文字类工具添加文字，最终效果如图2-33所示。

图2-31

图2-32

图2-33

此效果只用本例所讲解的选择类工具是无法完成的，在后面的实例中将对本例涉及到的"图层样式"功能进行详细讲解。

2.3 "魔棒工具"的运用——童趣插画

步骤 1 ► 执行菜单"文件"|"打开"命令，分别打开本书配套光盘中的"云朵.tif"和"原野.tif"文件，如图2-34和图2-35所示。

图2-34

图2-35

步骤 2 ▶ 选择 ✎ "魔棒工具"，在其工具选项栏中设置"容差"值为50，完成后在图片的蓝天区域处单击，创建如图2-36所示的选区，然后按【Ctrl+Shift+I】组合键将选区反选，使用 ▶ "移动工具"将选区内的图像移动到"原野"图像窗口中，适当调整图像的大小和位置，效果如图2-37所示。

图2-36　　　　　　　　　　　　　　　　图2-37

步骤 3 ▶ 执行菜单"滤镜"|"模糊"|"高斯模糊"命令，在弹出的"高斯模糊"对话框中进行如图2-38所示的设置，完成后单击"确定"按钮。最终效果如图2-39所示。

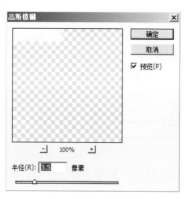

图2-38　　　　　　　　　　　　　　　　图2-39

2.4　"画笔工具"的运用——绘制羽毛背景

"画笔工具"的工作原理如同实际生活中的画笔。在使用时，先设置好前景色、笔尖大小和形状，然后将鼠标指针移动到画布中直接进行绘制。下面以具体实例来讲解此工具的使用。

步骤 1 ▶ 执行菜单"文件"|"新建"命令，在弹出的"新建"对话框中设置参数，如图2-40所示，单击"确定"按钮退出对话框，新建一个制作文件。

步骤 2 单击"图层"面板下方的 ▣ "创建新图层"按钮，新建"图层 1"，如图2-41所示。

图2-40   图2-41

步骤 3 选择 ✎ "画笔工具"，其工具选项栏及"画笔"面板参数设置如图2-42至图2-45所示。在画布中进行羽毛的绘制，同时按【[】和【]】键，根据羽毛结构随时调整画笔的大小，效果如图2-46所示。

图2-42

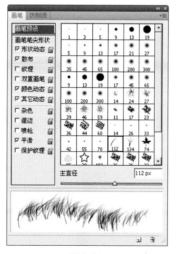

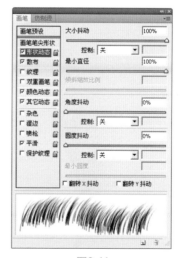

图2-43   图2-44

步骤 4 复制"图层 1"，得到"图层 1 副本"，如图2-47所示。然后将"图层 1"拖动至"图层"面板下方的 🗑 "删除图层"按钮上删除该图层，如图2-48所示。

步骤 5 选择"图层 1 副本"，执行菜单"编辑"|"变换"|"水平翻转"命令，效果如图2-49所示。参照本例第3步的方法，继续绘制羽毛，效果如图2-50所示。

图2-45　　　　　　　　　　　　　　　　图2-46

图2-47　　　　　　　　　　　　　　　　图2-48

图2-49　　　　　　　　　　　　　　　　图2-50

步骤 6 ▶ 为了使绘制的羽毛都能按照一致的方向生长，需要旋转已绘制的部分，使其与画笔效果较好地结合。按【Ctrl+T】组合键调出自由变换控制框，将鼠标拖动至控制框四个角的任意一角上进行变换，效果如图2-51所示，按【Enter】键确认操作。使用前面所讲的操作绘制另一侧的羽毛，效果如图2-52所示。

图2-51　　　　　　　　　　　　　　　　图2-52

步骤7 切换至"路径"面板，单击"路径"面板下方的 "创建新路径"按钮，新建 "路径1"，如图2-53所示。选择"路径"面板中的"路径1"，选择 "钢笔工具"，沿着画布中羽毛的梗部勾画出一个不规则形状，效果如图2-54所示。切换至"图层"面板，按住【Ctrl】键单击"图层1副本"的图层缩览图以载入其选区。更改前景色为粉色，其颜色值设置如图2-55所示，涂抹后的效果如图2-56所示。

图2-53　　　　　　　　　　　　　　　　图2-54

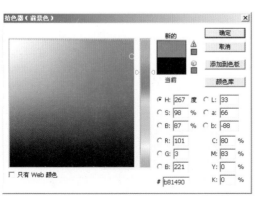

图2-55　　　　　　　　　　　　　　　　图2-56

步骤 8 ▶ 选择 ✐ "画笔工具"，其工具选项栏参数设置如图2-57所示。在画布中进行羽毛根部的绘制，效果如图2-58所示。

图2-57

步骤 9 ▶ 按住【Ctrl】键的同时单击"图层 1 副本"的图层缩览图以载入其选区，效果如图2-59所示。执行菜单"选择"|"扩大选取"命令，效果如图2-60所示。

步骤 10 ▶ 执行菜单"编辑"|"定义画笔预设"命令，在弹出的"画笔名称"对话框中设置参数，如图2-61所示，单击"确定"按钮退出对话框。

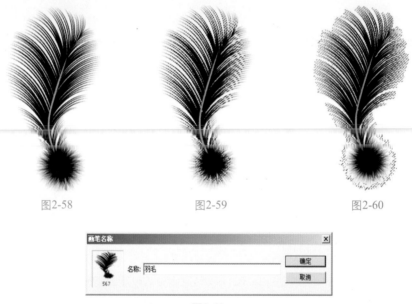

图2-58   图2-59   图2-60

图2-61

步骤 11 ▶ 单击"图层"面板下方的 ▢ "创建新图层"按钮，新建"图层 1"，隐藏"图层 1 副本"，如图2-62所示。

步骤 12 ▶ 更改前景色为紫色，其颜色值设置如图2-63所示。

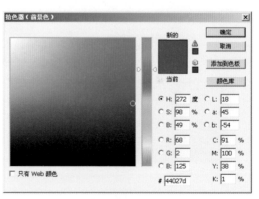

图2-62   图2-63

步骤 13 ▶ 选择 ✎. "画笔工具"，其工具选项栏及"画笔"面板参数设置如图2-64至图2-67所示。

图2-64

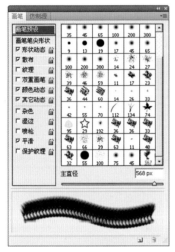

图2-65

图2-66

图2-67

步骤 14 ▶ 选择 "图层 1"，如图2-68所示。将其图层的"不透明度"改为37%后，在画布中进行绘制，效果如图2-69所示。

图2-68

图2-69

步骤 15 ▶ 更改前景色为浅紫色，其颜色值设置如图2-70所示。

步骤 16 ▶ 新建"图层2"和"图层3"，如图2-71所示。

步骤 17 ▶ 按照第14步和第15步的方法，分别在"图层 2"和"图层3"中进行绘制，并设置"图层 3"的"不透明度"为100%，"图层2"的"不透明度"为65%，如图2-72和图2-73所示，涂抹后的效果如图2-74所示。

步骤 18 ▶ 选择 T. "横排文字工具"，其工具选项栏参数设置如图2-75所示。在画布中输入文字，效果如图2-76所示。最终效果如图2-77所示。

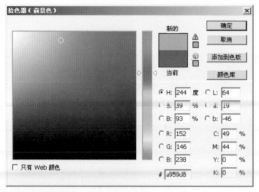

图2-70

图2-71

图2-72

图2-73

图2-74

图2-75

图2-76

图2-77

2.5 "橡皮擦工具"的运用——自制邮票

"橡皮擦工具"可以在图像文件中或指定的范围内进行随心所欲的擦除。下面以具体实例来讲解此工具的使用。

步骤1 执行菜单"文件"|"新建"命令，打开本书配套光盘中的"国画.tif"文件，如图2-78所示。按【Ctrl+N】组合键打开"新建"对话框，在其中设置"名称"为"邮票"、"宽度"为25厘米、"高度"为20厘米、"颜色模式"为RGB颜色、"分辨率"为72像素/英寸、"背景内容"为黑色，完成后单击"确定"按钮，新建一个文件。

步骤2 选择 ➤ "移动工具"，将打开的素材图片移动到新建的"邮票"图像窗口中，得到"图层1"，并适当调整其位置，效果如图2-79所示。

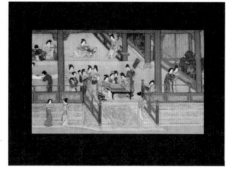

图2-78   图2-79

步骤3 在"图层1"下方新建"图层2"，选择 ▢ "矩形选框工具"，在图像窗口中创建如图2-80所示的矩形选区，完成后为选区填充纯白色，并取消选区。

步骤4 按住【Shift】键在"图层"面板中单击"图层1"，将两个图层同时选择，完成后选择 ➤ "移动工具"，在其工具选项栏中分别单击 ⊞ 和 ⊟ 按钮，将两图层中的图像中心对齐，效果如图2-81所示。

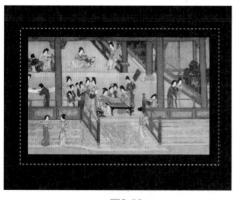

图2-80   图2-81

步骤5 选择 ✐ "橡皮擦工具"，设置笔刷类型为尖角13像素，并在工具选项栏中单击"切换画笔面板"按钮，在弹出的面板中设置笔刷的"间距"为140%，如图2-82所示。完成后在图像窗口中将光标移动到如图2-83所示的位置处。

步骤6 设置"图层2"为当前图层，按住【Shift】键向右拖拽鼠标，对图像进行水平擦除，效果如图2-84所示。使用同样的方法，对图像的其他几个边也进行相同的擦除，效果如图2-85所示。

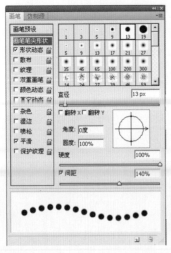

图2-82

图2-83

图2-84

图2-85

步骤 7 ▶ 选择 T "横排文字工具"，在图像窗口中输入邮票的价钱、名称和日期，最终效果如图2-86所示。

图2-86

2.6 "渐变工具"的运用——水晶葡萄

步骤1 执行菜单"文件"|"新建"命令，在弹出"新建"对话框中设置参数，如图2-87所示，单击"确定"按钮，新建一个文件。选择 "椭圆选框工具"，按【Alt+Shift】组合键在图像窗口中绘制如图2-88所示的选区，在"背景"图层之上新建"图层1"，设置前景色为暗紫色（#7D4AA2），为选区填充前景色，完成后将选区取消。

图2-87　　　　　　　　　　　　图2-88

步骤2 执行菜单"选择"|"修改"|"收缩"命令，在弹出的"收缩选区"对话框中设置"收缩量"为2像素，如图2-89所示，单击"确定"按钮将选区收缩。选择 "渐变工具"，在工具选项栏中单击"点按可编辑渐变"按钮打开"渐变编辑器"对话框，进行如图2-90所示的参数设置，完成后单击"确定"按钮将其关闭，并在工具选项栏中单击"径向渐变"按钮。

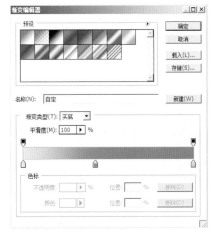

图2-89　　　　　　　　　　图2-90

步骤3 在"图层1"上方新建"图层2"，在选区中从下往上垂直拖拽出渐变效果，如图2-91所示。选择 "橡皮擦工具"，在工具选项栏中设置笔刷类型为柔角17像

素，"不透明度"为50%，完成后对图像的上半部分进行适当的擦除，效果如图
2-92所示。

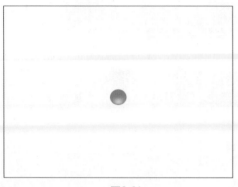

图2-91

图2-92

步骤 4 继续选择 ⬭ "椭圆选框工具"，在绘制的图像之上绘制一个如图2-93所示的椭圆
形选区。选择 ▭ "渐变工具"，使用前面所讲的方法打开"渐变编辑器"对话
框，进行如图2-94所示的设置，完成后单击"确定"按钮关闭对话框，并在工具
选项栏中单击"线性渐变"按钮。

图2-93

图2-94

步骤 5 在"图层 2"上方新建"图层 3"，在选区中由上到下填充渐变效果，如图2-95
所示。同时选择"图层 3"～"图层 1"，如图2-96所示，在图层上单击鼠标右
键，在弹出的快捷菜单中选择"合并图层"命令，将所选的图层进行合并。

步骤 6 选择 ▸ "移动工具"，按住【Alt】键拖拽绘制好的图像，将其进行复制，适当
调整其位置，并按【Ctrl+T】组合键调出自由变换控制框，适当拖动四角的小方
框，调整其大小，然后多次重复上面的操作，绘制出一串葡萄，效果如图2-97所
示。为了便于操作，在"图层"面板中新建一个组，并更名为"葡萄"，然后将
"背景"图层以外的所有图层按照原来的顺序拖动到该组中，如图2-98所示。

图2-95　　　　　　　　　　　　　　　　图2-96

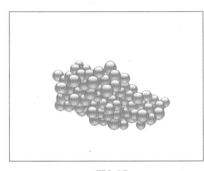

图2-97　　　　　　　　　　　　　　　　图2-98

步骤7 　选择 "套索工具"，在图像窗口中绘制一个如图2-99所示的选区。选择 "渐变工具"，打开"渐变编辑器"对话框，设置如图2-100所示，完成后单击 "确定"按钮将其关闭。

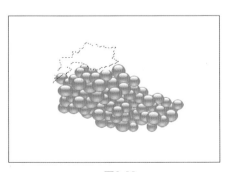

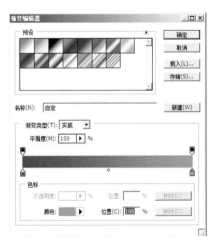

图2-99　　　　　　　　　　　　　　　　图2-100

步骤8 　在"葡萄"图层组上方新建"图层4"，用前面所讲的方法，在选区中从左到右填充渐变效果，如图2-101所示。执行菜单"选择"|"修改"|"收缩"命令，在弹出的"收缩"对话框中设置"收缩量"为2像素，完成后单击"确定"按钮将

选区收缩。新建"图层5"，并为选区填充绿色（#64DF38），效果如图2-102所示。

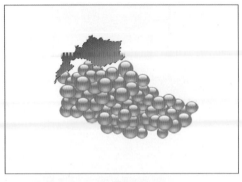

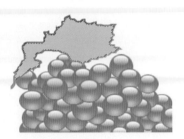

图2-101　　　　　　　　　　　　　　　图2-102

步骤 9 ▶ 新建"图层6"并为选区填充深绿色（#2F5544），效果如图2-103所示。设置前景色为绿色（#64DF38），选择 "画笔工具"，打开"画笔"面板，设置如图2-104所示。

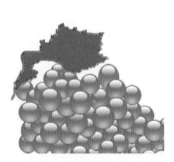

图2-103　　　　　　　　　　　　　　　图2-104

步骤 10 ▶ 在选区中绘制如图2-105所示的叶脉图像，完成后将选区取消，然后选择 "橡皮擦工具"，适当调整笔刷的类型和大小，对当前图像的下端边缘进行适当的擦拭，效果如图2-106所示。

步骤 11 ▶ 按住【Ctrl】键的同时单击"图层5"的缩略图载入其选区，选择 "套索工具"，并在工具选项栏中单击"从选区减去"按钮，完成后对选区进行如图2-107所示的修改。然后选择 "渐变工具"，打开"渐变编辑器"对话框，设置从纯白色到透明的渐变，如图2-108所示。

步骤 12 ▶ 新建"图层7"，在选区中从上到下拖搜出渐变效果，如图2-109所示，完成后将选区取消。同时选择"图层6"～"图层4"，使用 "移动工具"向下适当调整它们的位置，如图2-110所示。

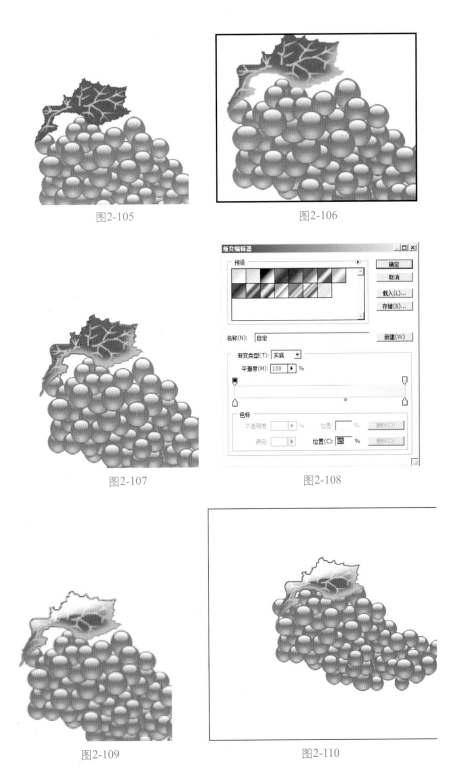

图2-105   图2-106

图2-107   图2-108

图2-109   图2-110

步骤13 ▶ 选择 ▣ "渐变工具"，打开"渐变编辑器"对话框，设置如图2-111所示，然后在"背景"图层中从上到下拖拽出渐变效果，如图2-112所示。

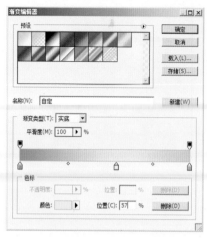

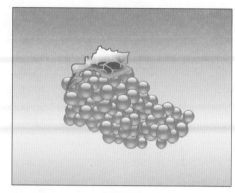

图2-111

图2-112

步骤14 复制"葡萄"图层组，得到"葡萄 副本"图层组，在该图层组上单击鼠标右键，在弹出的快捷菜单中选择"合并组"命令，将该组中的所有图层合并，得到"葡萄 副本"图层，将其移动到"葡萄"图层组的下方，执行菜单"编辑"|"变形"|"垂直翻转"命令，将图像翻转，适当调整其位置，效果如图2-113所示，然后设置该图层的"不透明度"为20%，制作出倒影效果，如图2-114所示。

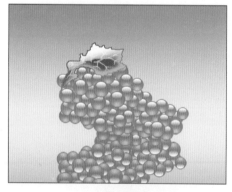

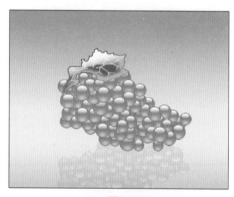

图2-113

图2-114

步骤15 选择 ▇ "渐变工具"，在工具选项栏中单击"径向渐变"按钮，并打开"渐变编辑器"对话框，进行如图2-115所示的设置。在"葡萄 副本"图层上方新建"图层8"，在该图层中填充如图2-116所示的渐变效果。选择 ▇ "移动工具"，将当前图层中的图像移动到如图2-117所示的位置处，制作出葡萄的阴影效果，本例制作完成。

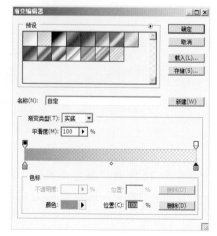

图2-115

图2-116

图2-117

2.7 "加深工具"和"减淡工具"的运用——水晶桔子

"加深工具"主要用于对图像的阴影、中间调和高光等区域进行遮光和变暗处理。与之对应的"减淡工具"主要用于对图像的阴影、中间调和高光等区域进行加光和提亮处理。

步骤 1 执行菜单"文件"|"新建"命令，打开"新建"对话框，参数设置如图2-118所示，新建一个文件。

图2-118

步骤 2 选择 "渐变工具"，打开"渐变编辑器"对话框，设置从蓝色（#3366cc）到天蓝色（#66ccff）的渐变，具体设置如图2-119所示，然后在图像窗口中从上到下拖拽出线性渐变效果，如图2-120所示。

步骤 3 选择 "椭圆选框工具"，按住【Alt+Shift】组合键在图像窗口绘制如图2-121所示的圆形选区。新建"图层 1"，为选区填充橘黄色（#ff9933），效果如图2-122所示。

步骤 4 执行菜单"选择"|"修改"|"收缩"命令，在弹出的对话框中进行如图2-123所示的设置，单击"确定"按钮，将选区进行收缩，效果如图2-124所示。

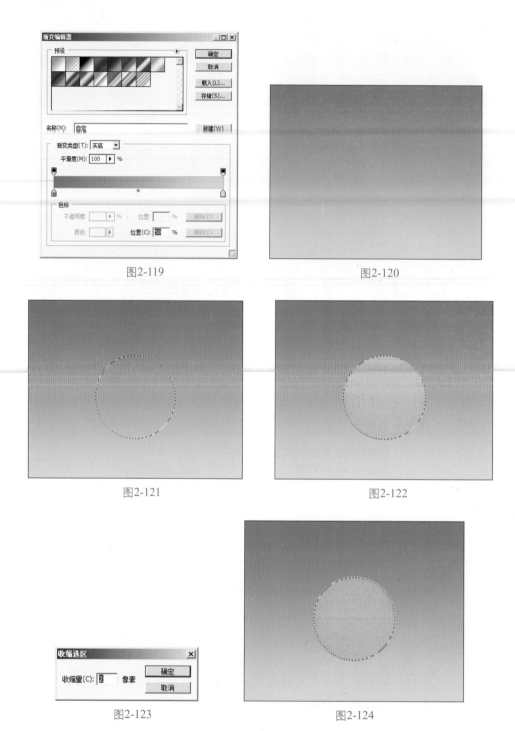

图2-119　　　　　　　　　　　　　图2-120

图2-121　　　　　　　　　　　　　图2-122

图2-123　　　　　　　　　　　　　图2-124

步骤5 ▶ 选择 ■."渐变工具"，打开"渐变编辑器"对话框，设置从黄色（#ffff99）到土黄色（#cc9933）的渐变，具体设置如图2-125所示。新建"图层2"，在选区中从下到上拖拽出径向渐变效果，如图2-126所示。

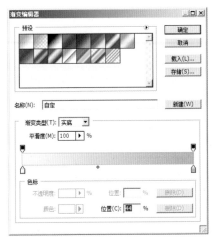
图2-125

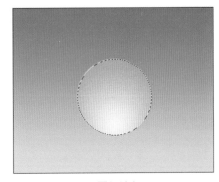
图2-126

步骤 6 执行菜单"选择"|"修改"|"收缩"命令，在弹出的对话框中进行如图2-127所示的设置，完成后单击"确定"按钮。再执行菜单"选择"|"修改"|"羽化"命令，在弹出的对话框中进行如图2-128所示的设置，完成后单击"确定"按钮，将选区进行羽化。

图2-127

图2-128

步骤 7 按【Ctrl+Shift+I】组合键将选区进行反选，选择 "减淡工具"，在工具选项栏中设置适当的笔刷类型并设置"曝光度"为38%，完成后对选区的边缘进行适当的减淡处理，效果如图2-129所示。然后再次按【Ctrl+Shift+I】组合键将选区反选，使用 "减淡工具"在选区底部对图像进行适当的减淡处理，效果如图2-130所示。

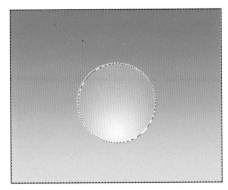
图2-129

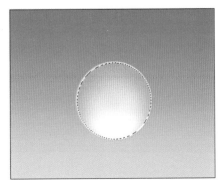
图2-130

步骤 8 选择 "加深工具"，对选区内的图像进行适当的加深处理，效果如图2-131所示，完成后按【Ctrl+D】组合键将选区取消。执行菜单"图像"|"调整"|"亮度/

对比度"命令，在弹出的对话框中进行如图2-132所示的设置，单击"确定"按钮调整图像的色调。

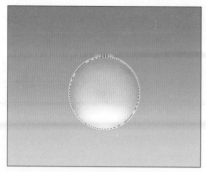

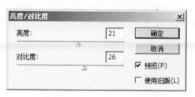

图2-131   图2-132

步骤9 ▶ 选择 "椭圆选框工具"，在图像窗口中绘制如图2-133所示的椭圆选区。选择 "渐变工具"，打开"渐变编辑器"对话框，设置从纯白色到完全透明的渐变，具体设置如图2-134所示，完成后单击"确定"按钮。

图2-133   图2-134

步骤10 ▶ 新建"图层3"，在选区中从上到下拖拽出线性渐变效果，如图2-135所示。然后选择 "钢笔工具"，在图像中绘制如图2-136所示的封闭路径。

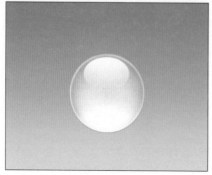

图2-135   图2-136

步骤 11 在绘制好的封闭路径上单击鼠标右键，在弹出的快捷菜单中选择"建立选区"命令，在弹出的对话框中进行如图2-137所示的设置，单击"确定"按钮。将路径转换为选区，为选区填充棕色（#76471b）。然后执行菜单"选择"|"修改"|"收缩"命令，在弹出的对话框中进行如图2-138所示的设置，单击"确定"按钮将选区收缩。

图2-137　　　　　　　　　　　　　　　　图2-138

步骤 12 使用 "减淡工具"对选区内的图像进行适当的减淡处理，效果如图2-139所示。再使用 "椭圆选框工具"在图像中绘制如图2-140所示的椭圆形选区。

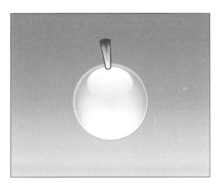

图2-139　　　　　　　　　　　　　　　　图2-140

步骤 13 新建"图层 4"，为选区填充如图2-141所示的线性渐变效果，再将该图层的"不透明度"设置为80%。再使用 "钢笔工具"绘制如图2-142所示的封闭路径。

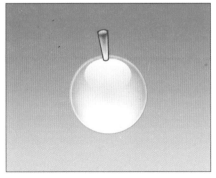

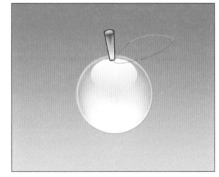

图2-141　　　　　　　　　　　　　　　　图2-142

步骤 14 将路径转换为选区，新建"图层 5"，为选区填充深绿色（#009933），将选区收缩3像素并填充绿色（#339933），效果如图2-143所示。然后使用 "减淡工具"对选区内的图像进行适当的减淡处理，效果如图2-144所示，完成后将选区取消。

图2-143

图2-144

步骤 15 ▶ 使用 🖊 "钢笔工具"绘制如图2-145所示的封闭路径，将路径转换为选区，新建"图层6"，为选区填充如图2-146所示的线性渐变效果。

图2-145

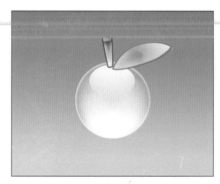

图2-146

步骤 16 ▶ 选择 ⬭ "椭圆选框工具"，在其工具选项栏中设置"羽化"参数为10px，在图像窗口中绘制如图2-147所示的椭圆形选区。然后在"背景"图层之上新建"图层7"，为选区填充浅黄色（#f3d77e），效果如图2-148所示。

图2-147

图2-148

步骤 17 ▶ 使用  "加深工具"对选区边缘的图像进行适当的加深处理，完成后将选区取消，制作投影效果，如图2-149所示。按【Ctrl+S】组合键，将文件保存。

图2-149

2.8 矢量绘图类工具的运用——绘制阳光丽人

矢量绘图类工具是Photoshop提供的一种绘制矢量图形的工具，可以准确绘制出曲线、折线、圆角矩形以及各种预置的图形等，是精确描边及手绘时必备的工具。另外，矢量绘图类工具所绘制的矢量图形无论放大多少倍都是清晰的。"钢笔工具"是其中一种矢量绘图类工具，可以绘制出直线或光滑的曲线路径，并能对绘制的路径进行精确的调整。下面以具体实例来讲解 "钢笔工具"的使用。

步骤 1 ▶ 执行菜单"文件"|"新建"命令，在打开的"新建"对话框中设置参数，如图2-150所示，单击"确定"按钮退出对话框，新建一个制作文件。

步骤 2 ▶ 单击"图层"面板下方的 "创建新图层"按钮，新建"图层 1"，如图2-151所示。选择 "渐变工具"，在其工具选项栏中设置渐变颜色由中黄到橘黄色，单击 "线性渐变"按钮，如图2-152所示，在画布中由左向右拖拽出渐变效果，如图2-153所示。

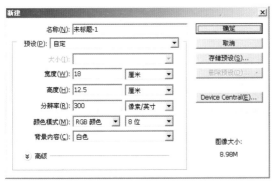

图2-150

图2-151

步骤 3 ▶ 更改前景色为紫红色，其颜色值设置如图2-154所示。

步骤 4 ▶ 选择 "钢笔工具"，在其工具选项栏中设置参数，如图2-155所示，在画布中绘制出人物的手臂，效果如图2-156所示。此时"图层"面板中自动生成"形状 1"图层。

图2-152 　　　　　　　　　　　　　　　　　　　图2-153

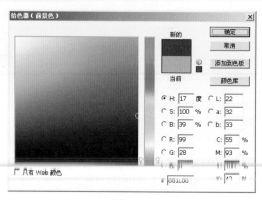

图2-154

图2-155

步骤5　继续选择 ﹒ "钢笔工具"，参照如图2-157和图2-158所示绘制人物的身体。

图2-156 　　　　　　　　　　　　　　　　图2-157

步骤6　选择 ﹐ "直接选择工具"，调整如图2-159和图2-160红圈所示位置的路径弧度，使其变得平滑。

步骤7　选择"形状1"图层，单击鼠标右键，在弹出的快捷菜单中选择"栅格化图层"命令，如图2-161所示，将形状图层栅格化。新建"图层2"，如图2-162所示，在人物的头部框选出一个正圆选区并填充白色，效果如图2-163所示。

图2-158

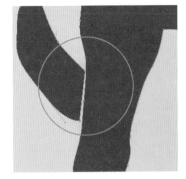

图2-159

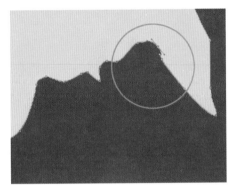

图2-160

图2-161

图2-162

图2-163

步骤8 ▶ 选择 ⧨ "多边形套索工具"，其工具选项栏参数设置如图2-164所示，参照如图2-165所示在画布中框选出选区并填充白色。

步骤9 ▶ 将"图层2"拖动至"形状1"图层的下方，如图2-166所示，更改"图层2"的图层混合模式为"叠加"，"不透明度"为53%，最终效果如图2-167所示。

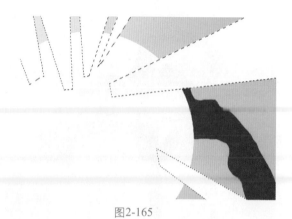

图2-164

图2-165

图2-166

图2-167

2.9 矢量绘图类工具的运用——注册商标

　　"自定形状工具"和"椭圆工具"也属于矢量绘图类工具。下面以具体实例来讲解这两种工具的使用。

步骤 1 执行菜单"文件"|"新建"命令，在弹出的"新建"对话框中设置参数，如图2-168所示，单击"确定"按钮退出对话框，新建一个制作文件。

步骤 2 单击"图层"面板下方的 "创建新图层"按钮，新建"图层1"，如图2-169所示。选择 "自定形状工具"，其工具选项栏参数设置如图2-170所示。

步骤 3 单击工具选项栏中"形状"右侧的 按钮，弹出"自定形状拾色器"面板，再单击右侧的 按钮，在弹出的菜单中选择"全部"命令，如图2-171所示，弹出如图2-172所示的对话框，单击"追加"按钮，即可载入全部预设形状，如图2-173所示。

步骤 4 选择叶子形状，在画布中拖拽出该形状，效果如图2-174所示。选择 "路径选择工具"，单击形状路径以显示锚点。选择 "钢笔工具"，将鼠标指针放置在叶柄上的锚点处，此时鼠标指针显示为 形状，单击即可减去该锚点，按照以上方法依次减去叶柄锚点，效果如图2-175所示。

图2-168　　　　　　　　　　　　　　　　图2-169

图2-170

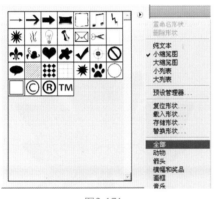

图2-171　　　　　　　　　　　　　　　图2-172

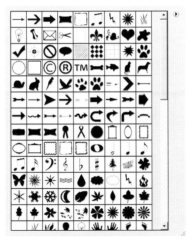

图2-173　　　　　　　　　　　　　图2-174

步骤5 ▶ 在叶子形状中央拖拽出一条参考线，再使用 "钢笔工具"制作出叶子的叶柄，效果如图2-176所示。删除参考线，效果如图2-177所示。

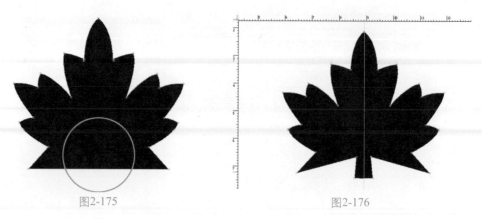

图2-175   图2-176

步骤6 ▶ 按【Ctrl+T】组合键调整叶子形状，效果如图2-178所示。选择 "自定形状工具"，在其工具选项栏中单击 "从形状区域减去（－）"按钮，其他参数设置如图2-179所示。在画布中叶子的下方拖拽出此形状，效果如图2-180所示。

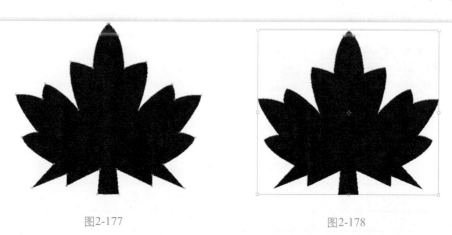

图2-177   图2-178

图2-179

步骤7 ▶ 按【Ctrl+T】组合键再次调整形状的大小，效果如图2-181所示。选择 "椭圆工具"，在其工具选项栏中单击 "重叠形状区域除外"按钮，如图2-182所示，然后在画布中叶子的上方拖拽出一个正圆形状，效果如图2-183所示。

步骤8 ▶ 选择 "路径选择工具"，其工具选项栏的参数设置如图2-184所示，在画布中单击形状，然后单击工具选项栏中的"组合"按钮，将形状进行组合，效果如图2-185所示。

步骤9 ▶ 选择 "自定形状工具"，在其工具选项栏中选择"商标注册"形状，如图2-186所示，在画布的右上角处拖拽出此形状，效果如图2-187所示。

图2-180

图2-181

图2-182

图2-183

图2-185

图2-184

图2-186

图2-187

步骤10 在"图层"面板中将"形状1"图层栅格化，如图2-188所示，并合并除"背景"图层外的所有图层。选择 T."横排文字工具"，在其工具选项栏中设置参数，如图2-189所示，然后单击工具选项栏中的 工 "创建文字变形"按钮，在弹出的"变形文字"对话框中设置参数，如图2-190所示。单击"确定"按钮退出对话框，在画布中输入相应文字，并按【Ctrl+T】组合键调整文字弧度，效果如图2-191所示。

图2-188

图2-189

图2-190

图2-191

步骤11 复制文字图层，如图2-192所示。执行菜单"编辑"|"变换"|"水平翻转"命令，如图2-193所示，将文字副本图层中的文字垂直翻转，并放置在原形状的下方。最终效果如图2-194所示。

图2-192

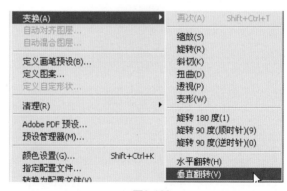

图2-193

图2-194

2.10 "仿制图章工具"与修复类工具的运用——数码照片处理

使用"仿制图章工具"可以在画布中拾取图案，然后在指定的位置复制该图案。Photoshop提供的修复类工具包括"污点修复画笔工具"、"修复画笔工具"、"修补工具"、"红眼工具"。本例主要讲解如何使用"红眼工具"修复照片中人物的红眼以及使用"仿制图章工具"制作出照片的艺术效果。

步骤1 ► 执行菜单"文件"｜"新建"命令，在弹出的"新建"对话框中设置参数，如图2-195所示，单击"确定"按钮退出对话框，新建一个制作文件。

步骤2 ► 单击"图层"面板下方的 ⬚ "创建新图层"按钮，新建"图层1"，如图2-196所示。打开本书配套光盘中的"红眼.tif"文件，如图2-197所示。

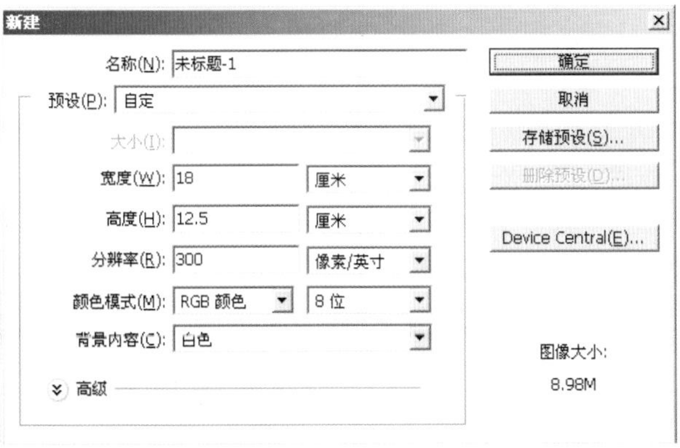

图2-195

图2-196

步骤3 ► 使用 ▶⊕ "移动工具"将图像拖动至制作文件中，释放鼠标，按【Ctrl+T】组合键将图像放大，效果如图2-198所示。选择 ◉ "红眼工具"，在其工具选项栏中设置参数，如图2-199所示。

图2-197

图2-198

图2-199

步骤 4 使用设置好的 "红眼工具"单击画布中的红眼部位，即可消除红眼，效果如图2-200所示，局部放大效果如图2-201所示。

图2-200

图2-201

步骤 5 选择 "减淡工具"，在其工具选项栏中设置参数，如图2-202所示。在画布中涂抹出眼白的高光效果，如图2-203所示。

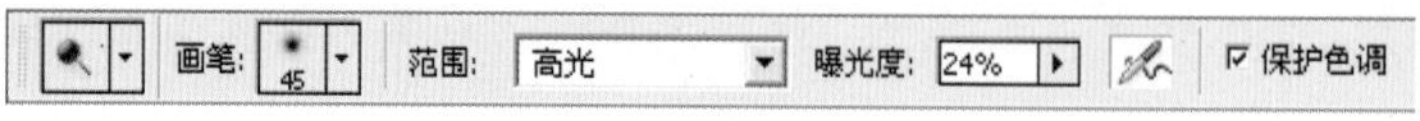

图2-202

图2-203

步骤6 ▶ 选择 🔖 "仿制图章工具"，在其工具选项栏中设置参数，如图2-204所示。按住【Alt】键，在画布中要复制的图案上单击鼠标以拾取图像，释放【Alt】键，将鼠标指针拖动到需要的位置并单击，即可将图像进行复制。重新取样后，拖动鼠标可以继续复制图像，效果如图2-205所示。

图2-204

图2-205

步骤7 ▶ 更改 🔖 "仿制图章工具"工具选项栏中的"模式"为"亮光"，如图2-206所示，在画布中再次复制图像，效果如图2-207所示。

步骤8 ▶ 选择"图层2"并更改其图层的混合模式为"颜色加深"，如图2-208所示。最终效果如图2-209所示。

图2-206

图2-207

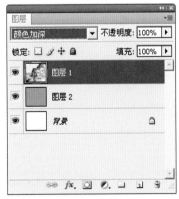

图2-208

图2-209

2.11 文字类工具的运用——文字组合形式的海报

文字的运用是平面设计中非常重要的内容。文字类工具主要包括"横排文字工具"、
"直排文字工具"、"横排文字蒙版工具"和"直排文字蒙版工具"。下面以具体实例来
讲解此类工具的使用。

步骤 1 执行菜单"文件"|"新建"命令，在弹出的"新建"对话框中设置参数，如图
2-210所示，单击"确定"按钮退出对话框，新建一个制作文件。

步骤 2 单击"图层"面板下方的 "创建新图层"按钮，新建"图层 1"，如图2-211
所示。选择 "渐变工具"，在其工具选项栏中设置渐变颜色由浅绿色到翠绿
色，单击 "线性渐变"按钮，如图2-212所示。

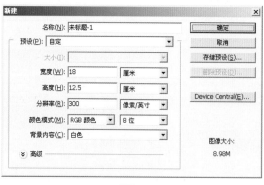

图2-210

图2-211

图2-212

步骤 3 在画布中由左向右拖拽出渐变效果，如图2-213所示。选择 T. "横排文字工

具”，在其工具选项栏中设置参数，如图2-214所示，在画布中输入相应字母，效果如图2-215所示。

图2-213

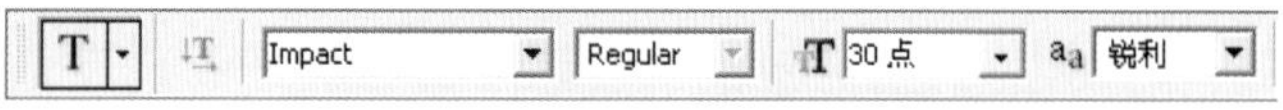
Impact
Regular
30 点
锐利

图2-214

步骤 4 选择一组字母，如图2-216所示。参照如图2-217所示更改 T “横排文字工具”工具选项栏中的参数，在画布中将单个字母变大。对其他首字母也进行同样的操作。然后按【Ctrl+T】组合键调出自由变形框，按住【Ctrl】键对文字进行变形，效果如图2-218所示。

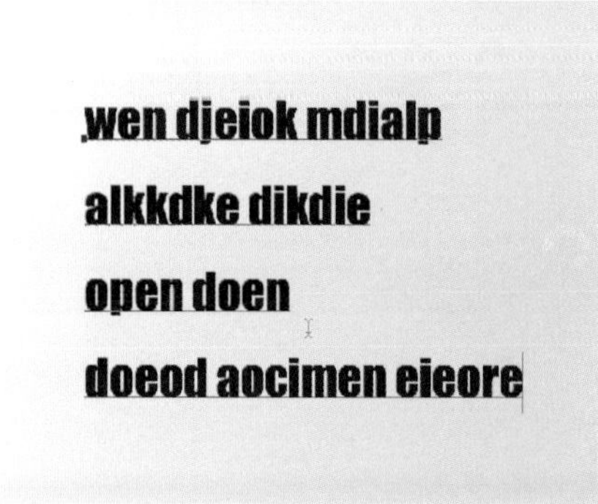
wen djeiok mdialp
alkkdke dikdie
open doen
doeod aocimen eieore

图2-215

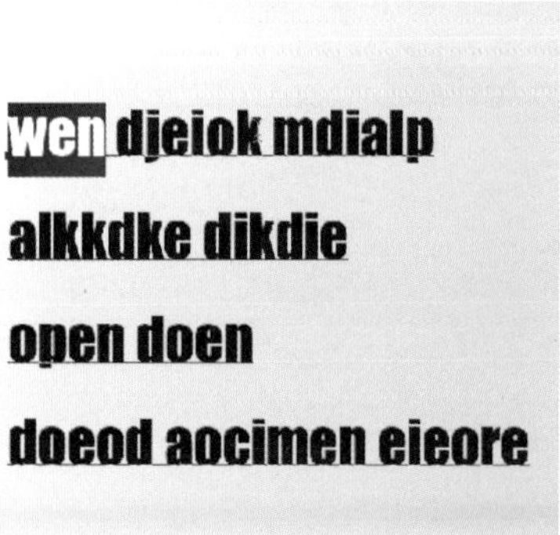
wen djeiok mdialp
alkkdke dikdie
open doen
doeod aocimen eieore

图2-216

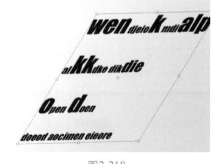

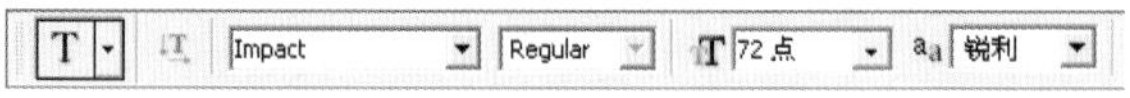
Impact
Regular
72 点
锐利

图2-217

doeod aocimen eieore

图2-218

步骤 5 再次更改 T “横排文字工具”工具选项栏中的各项参数，如图2-219所示，在画布右侧输入相应字母，效果如图2-220所示。在 T “横排文字工具”工具选项栏中单击“创建文字变形”按钮，在弹出的“变形文字”对话框中设置参数，如图2-221所示，单击“确定”按钮退出对话框，制作变形文字效果，如图2-222所示。

图2-219

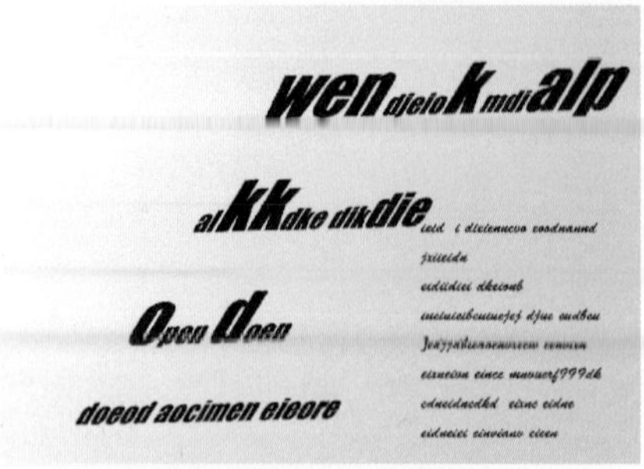

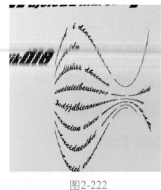

图2-220

图2-221

步骤6 新建"图层2",将此图层放在所有图层的上方,如图2-223所示。选择 "钢笔工具",在其工具选项栏中单击 "路径"按钮,如图2-224所示。

图2-222

图2-223

图2-224

步骤7 使用设置好的 "钢笔工具"在画布中绘制路径,效果如图2-225所示。选择 "横排文字工具",在其工具选项栏中设置参数,如图2-226所示,沿着路径输入相应字母,效果如图2-227所示。再对文字制作出阴影,最终效果如图2-228所示。

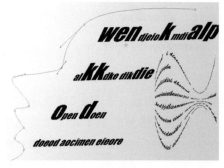

图2-225

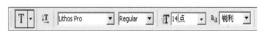

图2-226

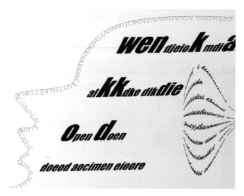

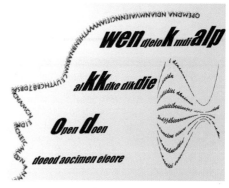

图2-227   图2-228

2.12 工具的综合运用（一）——星光灿烂

步骤1 执行菜单"文件"|"新建"命令，在弹出的"新建"对话框中设置参数，如图2-229所示，单击"确定"按钮退出对话框，新建一个制作文件。

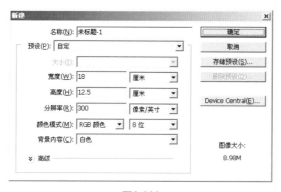

图2-229

步骤2 单击"图层"面板下方的 ▢ "创建新图层"按钮，新建"图层1"，如图2-230所示。选择 ▢ "渐变工具"，在其工具选项栏中设置渐变颜色由红色到黑色，单击 ▢ "线性渐变"按钮，如图2-231所示。

图2-230   图2-231

步骤3 ▶ 使用 █ "渐变工具"由左向右拖拽出渐变效果,如图2-232所示。新建"图层2",如图2-233所示,使用 █ "矩形选框工具"在左侧框选出一个矩形选区。

图2-232　　　　　　　　　　　　　　　图2-233

步骤4 ▶ 选择 █ "渐变工具",参照如图2-234所示在"渐变编辑器"对话框中设置渐变颜色,再单击 █ "渐变工具"工具选项栏中的 █ "线性渐变"按钮,如图2-235所示。在选区中由上到下拖拽出渐变效果,如图2-236所示。

图2-234

图2-235

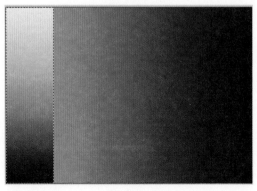

图2-236

步骤5 ▶ 选择  "自定形状工具"，在其工具选项栏中选择如图2-237所示的形状，在画布中拖拽出此形状，效果如图2-238所示。

图2-237

步骤6 ▶ 选择 "路径选择工具"，其工具选项栏的参数设置如图2-239所示，按住【Alt】键在画布中拖拽出形状，将此形状复制多次，效果如图2-240和图2-241所示。

图2-238

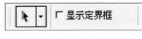

图2-239

图2-240

图2-241

步骤7 ▶ 选择"形状 1"图层并将其栅格化，如图2-242所示。新建"图层 3"，并放在"图层 2"的下方，如图2-243所示，然后使用 "矩形选框工具"在图像中央拖出一个选区。

步骤8 ▶ 选择 "渐变工具"，参照如图2-244和图2-245所示设置渐变颜色及相关参数，在选区内由上到下拖拽出渐变效果，如图2-246所示。

步骤9 ▶ 新建"图层 4"，将其放置在"图层 2"的下方，如图2-247所示。使用 "椭圆选框工具"拖出一个正圆选区，选择 "渐变工具"，参照如图2-248所示在其工具选项栏中设置渐变颜色，单击 "径向渐变"按钮，在正圆选区中拖拽出渐变效果，如图2-249所示。

图2-242

图2-243

图2-244

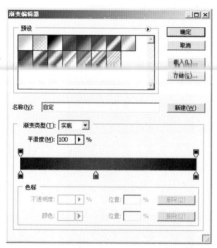

图2-245

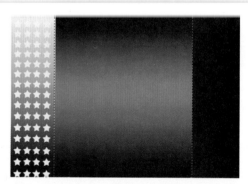

图2-246

图2-247

图2-248

步骤10 ▶ 按【Ctrl+T】组合键将图形扩大，效果如图2-250所示。复制"图层4"，得到"图层4副本"，如图2-251所示。更改"图层4副本"的图层混合模式为"差值"，如图2-252所示，效果如图2-253所示。

图2-249　　　　　　　　　　　图2-250

图2-251　　　　　　　　　　　图2-252

步骤11　新建"图层5"，将其放置在所有图层的上方，如图2-254所示。

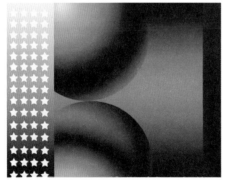

图2-253　　　　　　　　　　　图2-254

步骤12　选择 ◊ "钢笔工具"，在其工具选项栏中设置参数，如图2-255所示，绘制抽象人物，效果如图2-256所示。将"形状2"图层栅格化，如图2-257所示。

图2-255

步骤13　载入"形状2"图层的选区并复制一次，效果如图2-258所示。按【Ctrl+T】组合键将复制得到的形状进行翻转，制作人物的倒影效果，如图2-259所示。

图2-256　　　　　　　　　　　　　图2-257

图2-258　　　　　　　　　　　　　图2-259

步骤14 　选择"图层5"，如图2-260所示。选择"椭圆选框工具"，在其工具选项栏中
　　　　设置参数，如图2-261所示。

图2-260　　　　　　　　　　　　　图2-261

步骤15 　在圆球的影子位置处框选出一个正圆选区，如图2-262所示。选择 "渐变工
　　　　具"，在其工具选项栏中设置渐变颜色为由白色到中黄色，单击 "径向渐变"
　　　　按钮，如图2-263所示，在选区中由中央到边缘拖拽出渐变效果，如图2-264
　　　　所示。

图2-262　　　　　　　　　　　　　　　图2-263

步骤16　将此效果复制多次，按【Ctrl+T】组合键进行缩放，效果如图2-265所示。切换至"图层"面板，选择"图层5"，更改其图层的混合模式为"亮光"，"不透明度"为72%，如图2-266所示。

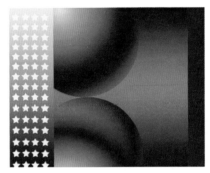

图2-264　　　　　　　　　　　　　　　图2-265

步骤17　更改"形状1"的图层混合模式为"叠加"，如图2-267所示，效果如图2-268所示。选择"图层3"，如图2-269所示。

图2-266　　　　　　　　　　　　　　　图2-267

步骤18　选择"加深工具"，在其工具选项栏中设置参数，如图2-270所示，涂抹出直线及阴影效果，如图2-271所示。

步骤19　选择"减淡工具"，在其工具选项栏中设置参数，如图2-272所示，涂抹出高光效果，如图2-273所示。

步骤20　打开本书配套光盘中的"蜡烛.tif"文件，如图2-274所示，将图像拖动到制作文件的下方，得到"图层6"，按【Ctrl+T】组合键将其进行缩放，效果如图2-275所示。

图2-268

图2-269

图2-270

图2-271

图2-272

图2-273

图2-274

图2-275

步骤21 选择"图层6",更改其图层的混合模式为"颜色减淡",如图2-276所示。最终效果如图2-277所示。

图2-276　　　　　　　　　　　图2-277

2.13　工具的综合运用（二）——绘制实例插画

步骤1 执行菜单"文件"|"新建"命令，在弹出的"新建"对话框中设置参数，如图2-278所示，单击"确定"退出对话框。选择"渐变工具"，打开"渐变编辑器"对话框，设置颜色为"#b60d12"，单击"确定"按钮，为"背景"图层填充径向渐变，效果如图2-279所示。

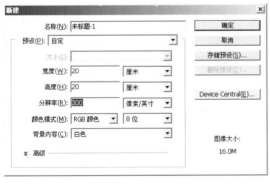

图2-278　　　　　　　　　　　图2-279

步骤2 新建"图层1"，选择"钢笔工具"，工具选项栏设置如图2-280所示。

图2-280

步骤3 按照如图2-281所示设置前景色，使用"钢笔工具"绘制如图2-282所示的人物脸型。

步骤4 新建"图层2"，设置前景色为"白色"，按照如图2-283所示绘制图形。选择"橡皮擦工具"，工具选项栏设置如图2-284所示，对下面的白色区域进行擦除，效果如图2-285所示。

71

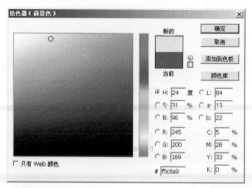

图2-281

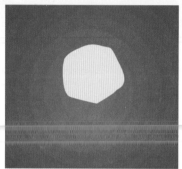

图2-282

图2-283

图2-284

步骤5 新建"图层3"，使用 "钢笔工具"绘制如图2-286所示的图形。选择 "渐变工具"，"渐变编辑器"对话框设置如图2-287所示，创建一个从红色到粉红的线性渐变，效果如图2-288所示。

图2-285

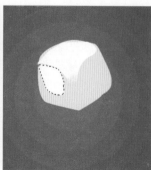

图2-286

图2-287

步骤 6 ▶ 复制"图层3",并对其进行水平翻转,得到如图2-289所示的效果。新建"图层4",使用 ✎ "钢笔工具"按照如图2-290所示绘制图形,并填充红色。

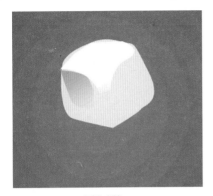

图2-288

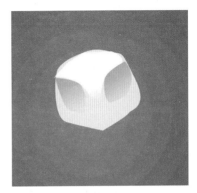

图2-289

步骤 7 ▶ 复制"图层4",得到"图层4副本",按【Ctrl+T】组合键对图像进行缩小处理,填充颜色为黑色,效果如图2-291所示。复制当前图层,得到"图层4副本2",按【Ctrl+T】组合键对图像进行缩小处理,填充颜色为白色,效果如图2-292所示。

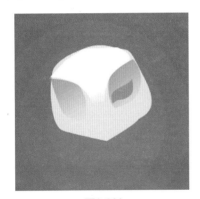

图2-290

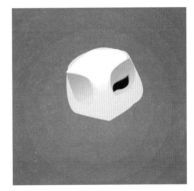

图2-291

步骤 8 ▶ 按照如图2-293所示绘制人物的眼睛。将眼睛图层进行合并,复制合并图层,执行菜单"编辑"|"变换"|"水平翻转"命令。按【Ctrl+T】组合键对图像进行旋转处理,效果如图2-294所示。

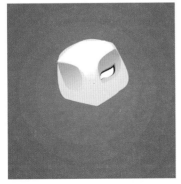

图2-292

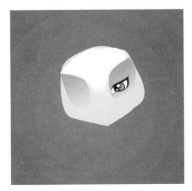

图2-293

步骤9 ▶ 使用 🖊 "钢笔工具"按照如图2-295所示绘制人物的嘴巴。使用 🖌 "画笔工具"
将人物眉毛绘制出来，如图2-296所示。再按照如图2-297所示将人物的红点和白
点绘制出来。

图2-294

图2-295

图2-296

图2-297

步骤10 ▶ 设置前景色，如图2-298所示，使用 🖊 "钢笔工具"按照如图2-299所示绘制人物
的头发。

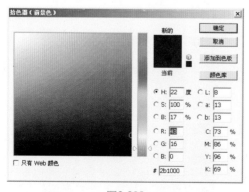

图2-298

图2-299

步骤11 ▶ 新建"图层5"，使用 ⭕ "椭圆选框工具"绘制圆形，填充颜色为"土黄色"。

新建"图层6",绘制一个白色小圆,并对其进行复制,放置在图层5的上方并进行摆放,在椭圆形的中央位置绘制一个圆形选区,并填充从白色到红色的径向渐变,效果如图2-300所示。合并"图层5"和"图层6",得到"图层6",按【Ctrl+J】组合键复制当前图层,得到"图层6副本",按【Ctrl+T】组合键对图像进行变形处理,效果如图2-301所示。

图2-300

图2-301

步骤12 ▶ 使用 ♪ "钢笔工具"绘制如图2-302所示的路径,将路径转换为选区。设置前景色,如图2-303所示,新建"图层7",按【Alt+Delete】组合键填充颜色,效果如图2-304所示。

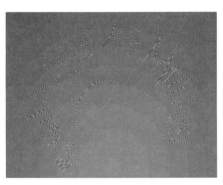

图2-302

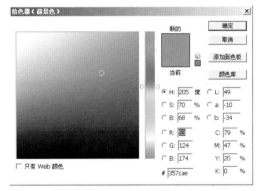

图2-303

步骤13 ▶ 新建"图层8",使用 ♪ "钢笔工具"绘制如图2-305所示的路径,将路径转换为选区。设置前景色为"白色",填充前景色,效果如图2-306所示。

步骤14 ▶ 新建"图层9",使用 ◯ "椭圆选框工具"绘制椭圆。设置前景色,如图2-307所示,填充颜色,效果如图2-308所示。

步骤15 ▶ 新建"图层10",使用 ◯ "椭圆选框工具"绘制椭圆。设置前景色为"白色",填充颜色,效果如图2-309所示。多次复制圆球,粘贴并摆放位置,效果如图2-310所示。再按照如图2-311所示复制红色圆球,粘贴并移动到最顶层。

图2-304

图2-305

图2-306

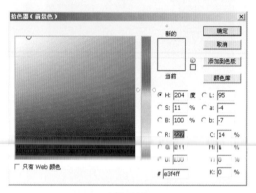

图2-307

图2-308

图2-309

图2-310

图2-311

步骤16 ▶ 再次绘制圆球，填充深蓝色，描边为白色，多次复制此球，得到如图2-312所示的效果。合并拼成花的图层并复制，摆放后的效果如图2-313所示。

图2-312

图2-313

步骤17 ▶ 新建"图层11"，使用 ✍"钢笔工具"绘制如图2-314所示的封闭路径，转换为选区并填充红色，如图2-315所示。打开本书配套光盘中的"龙纹.tif"文件，如图2-316所示，移入制作文件中，按照如图2-317所示的效果进行摆放。

图2-314

图2-315

图2-316

图2-317

步骤18 ▶ 载入"图层10"的选区，按【Ctrl+Shift+I】组合键反选选区，如图2-318所示。选择"图层11"，按【Delete】键将其删除，效果如图2-319所示。

图2-318　　　　　　　　　图2-319

步骤19 按照前面的步骤，使用 "钢笔工具" 绘制如图2-320所示的路径，转换为选区，填充黑色，如图2-321所示。

图2-320　　　　　　　　　图2-321

步骤20 打开本书配套光盘中的 "龙纹1.tif" 文件，如图2-322所示，移入制作文件中，按照如图2-323所示进行摆放。

图2-322　　　　　　　　　图2-323

步骤21 按照前面的步骤，将本书配套光盘中的其他龙纹图片置入整个黑色区域中，效果如图2-324所示。新建"图层 12"，使用 ✎，"钢笔工具"绘制如图2-325所示的路径，转换为选区，填充黑色，如图2-326所示。

图2-324

图2-325

步骤 22 选择 ◯，"椭圆工具"，按照如图2-327所示在腰带中绘制白色小圆球。按照前面的步骤，为衣服和袖子贴上龙的图案，扩满整个衣服，效果如图2-328所示。

图2-326

图2-327

步骤 23 按照前面的步骤，使用 ✎，"钢笔工具"绘制衣服领子的路径，如图2-329所示。填充白色并描边，如图2-330所示。

图2-328

图2-329

步骤 24 ▶ 新建"图层13"，使用 ✐ "钢笔工具"绘制如图2-331所示的路径，转换为选区，填充白色，如图2-332所示。然后在白色区域上绘制路径并进行描边，绘制出衣服褶皱的效果，如图2-333所示。

图2-330

图2-331

图2-332

图2-333

步骤 25 ▶ 打开本书配套光盘中的"花卉.tif"文件，移入制作文件中，按照如图2-334所示调整图片的位置。更改当前图层的混合模式为"滤色"，效果如图2-335所示。

图2-334

图2-335

步骤26 使用 ◯ "椭圆工具"在头部右侧绘制三个相互叠加的椭圆，分别填充浅黄色、黄色、桔黄色，效果如图2-336所示。然后复制刚绘制好的图像，粘贴并分别调整它们的大小和位置，效果如图2-337所示。

图2-336

图2-337

步骤27 按【Ctrl+J】组合键反复复制图层，调整形状大小，效果如图2-338所示。选择 ✐ "画笔工具"，按照如图2-339所示在黄色圆圈和彩带之间绘制一条黄色细线。

图2-338

图2-339

步骤28 选择"背景"图层，使用 ◯ "椭圆选框工具"按照如图2-340所示绘制一个椭圆，填充灰色，效果如图2-341所示。

步骤29 选择"背景"图层，打开本书配套光盘中的"背景图案.tif"文件，如图2-342所示，将图片拖入制作文件中，设置"不透明度"为20%，最终效果如图2-343所示。

图2-340

图2-341

图2-342

图2-343

第3章 "调整"命令的运用

3.1 "曲线"命令的运用——快乐天使

使用"曲线"命令可以将输入图像中颜色的亮度与输出图像中颜色的亮度以曲线的方式表示,调节曲线以控制图像中色彩的亮度。下面通过具体实例来讲解"曲线"命令的使用方法。

步骤 1 打开本书配套光盘中的"天使.tif"文件,如图3-1所示。

步骤 2 执行菜单"图像"|"调整"|"曲线"命令,打开"曲线"对话框,调整曲线的形状,如图3-2所示。

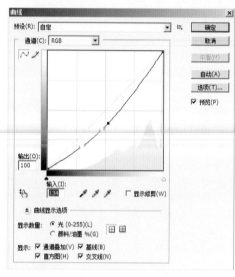

图3-1   图3-2

步骤 3 单击"确定"按钮,调整图像的整体色调,效果如图3-3所示。选择 "套索工具",在其工具选项栏中设置"羽化半径"值为3像素,创建出花环的选区,效果如图3-4所示。

图3-3   图3-4

步骤 4 ▶ 打开"曲线"对话框,在"通道"下拉列表中选择"蓝"通道,并调整曲线为如图3-5所示的形状,单击"确定"按钮,调整选区内图像的色调,效果如图3-6所示。

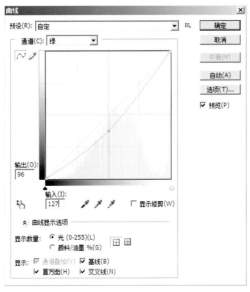

图3-5

步骤 5 ▶ 继续创建天使头发的选区,如图3-7所示。打开"曲线"对话框,选择"蓝"通道,并调整曲线为如图3-8所示的形状。

图3-6

图3-7

步骤 6 ▶ 单击"确定"按钮,调整头发的色调,使其变为金黄色,效果如图3-9所示。继续创建天使脸部的选区,打开"曲线"对话框,分别进行如图3-10所示的设置。

步骤 7 ▶ 单击"确定"按钮,调整天使脸部的色调,效果如图3-11所示。最终效果如图3-12所示。

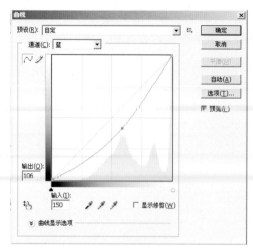

图3-8

图3-9

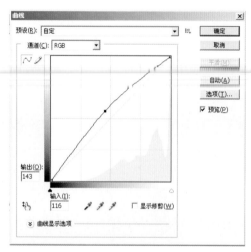

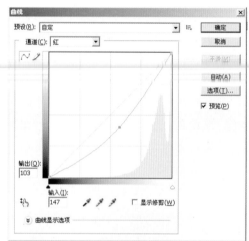

图3-10

图3-11

图3-12

3.2 "色彩平衡"命令的运用——夕阳西下

使用"色彩平衡"命令可以调节图像中三原色所占的比例，从而调整色彩、纠正偏色，并且可以分别对图像中的阴影、中间调和高光等区域进行调整。下面通过具体实例来讲解"色彩平衡"命令的使用方法。

步骤 1 打开本书配套光盘中的"日出渔民.tif"文件，如图3-13所示。复制"背景"图层，得到"背景 副本"图层，如图3-14所示，然后选择此副本图层。

图3-13 　　　　　　　　　　　　图3-14

步骤 2 按【Ctrl+T】组合键调出自由变换控制框，调整图像大小，然后放置在画布的右上角，如图3-15所示。执行菜单"图像"|"调整"|"色彩平衡"命令，在弹出的"色彩平衡"对话框中设置参数，如图3-16所示，单击"确定"按钮制作出夕阳西下的画面效果，如图3-17所示。

步骤 3 复制"背景 副本"图层，得到"背景 副本 2"图层，如图3-18所示。将"背景 副本 2"图层中的图像缩小，然后放置在画布的中上方，如图3-19所示。

图3-15

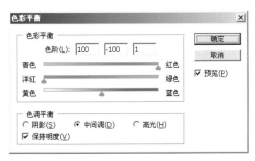

图3-16

图3-17

图3-18　　　　　　　　　　　　　　　图3-19

步骤4 ▷ 执行菜单"图像"|"调整"|"色彩平衡"命令，在弹出的"色彩平衡"对话框
中设置参数，如图3-20所示，单击"确定"按钮退出对话框，调整图像的色彩。
选择"背景 副本2"图层，设置其"不透明度"为62%，如图3-21所示。

图3-20　　　　　　　　　　　　　　　图3-21

步骤5 ▷ 复制"背景 副本2"图层，得到"背景 副本3"图层，如图3-22所示。将"背景
副本3"图层中的图像进行放大，并将其放置在画布的左下角，如图3-23所示。

图3-22　　　　　　　　　　　　　　　图3-23

步骤6 ▷ 执行菜单"图像"|"调整"|"色彩平衡"命令，在弹出的"色彩平衡"对话框
中设置参数，如图3-24所示，单击"确定"按钮退出对话框，最终效果如图3-25
所示。

图3-24　　　　　　　　　　　　　　　图3-25

3.3 "亮度/对比度"命令的运用——时装展示

使用"亮度/对比度"命令可以调节图像的亮度和对比度。在增大对比度时，颜色的饱和度也会增加。下面通过具体实例来讲解"亮度/对比度"命令的使用方法。

步骤 1 打开本书配套光盘中的"美女.jpg"文件，如图3-26所示。

步骤 2 选择 "魔棒工具"，在其工具选项栏中设置"容差"为32，然后在图像窗口中人物的裙子上单击，配合【Shift】键，继续创建选区，如图3-27所示。

步骤 3 新建"图层1"，设置前景色为纯白色，并按【Alt+Delete】组合键填充，如图3-28所示。

图3-26　　　　　　　　　图3-27　　　　　　　　　图3-28

步骤 4 打开书配套光盘中的"玫瑰花.jpg"文件，如图3-29所示，然后执行菜单"图像"|"旋转画布"|"90度（顺时针）"命令，并按【Ctrl+A】组合键全选图像，再按【Ctrl+C】组合键复制图像，效果如图3-30所示。

步骤 5 选择"图层1"并载入其选区，执行菜单"编辑"|"贴入"命令，得到"图层2"。按【Ctrl+T】组合键，适当调整图像的大小和位置，效果如图3-31所示。

图3-29   图3-30

图3-31

步骤 6 ▶ 设置"图层2"的混合模式为"颜色加深",如图3-32所示,此时得到的图像效果
如图3-33所示。

图3-32   图3-33

步骤 7 ▶ 执行菜单"图像"|"调整"|"色相/饱和度"命令,在弹出的"色相/饱和度"对

话框中进行适当的设置，如图3-34所示，单击"确定"按钮，得到的图像效果如图3-35所示。

图3-34 　　　　　　　　　　　　　　　图3-35

步骤8 ▶ 执行菜单"图像"|"调整"|"亮度/对比度"命令，在弹出的"亮度/对比度"对话框中进行适当的参数设置，如图3-36所示，单击"确定"按钮，得到的图像效果如图3-37所示。

图3-36 　　　　　　　　　　　　　　　图3-37

步骤9 ▶ 打开本书配套光盘中的"兰花.tif"文件，如图3-38所示，使用前面相同的方法将图像旋转90度，然后按【Ctrl+A】组合键全选图像，再按【Ctrl+C】组合键复制图像，如图3-39所示。

步骤10 ▶ 使用同样的方法将复制的图像贴入当前图像窗口中，得到"图层3"，然后适当调整图像的大小和位置，效果如图3-40所示。

步骤11 ▶ 设置"图层3"的混合模式为"变亮"，如图3-41所示，此时得到的图像效果如图3-42所示。

图3-38　　　　　　　　　　　　　　　　图3-39

图3-40　　　　　　　　　　图3-41　　　　　　　　　图3-42

 步骤12 执行菜单"图像"|"调整"|"色相/饱和度"命令，在弹出的"色相/饱和度"对话框中进行适当的设置，如图3-43所示，单击"确定"按钮。最终效果如图3-44所示。

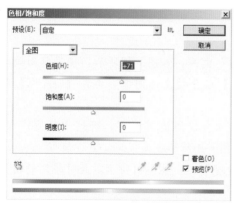

图3-43　　　　　　　　　　　　　　　图3-44

3.4 "色相/饱和度" 命令的运用——花非花

使用"色相/饱和度"命令可以大幅度调整图像的色相,并在图像的饱和度、亮度变化较小的情况下,使色相偏移甚至反相并制作单色调效果等。下面通过具体实例来讲解此命令的使用方法。

步骤 1 打开本书配套光盘中的"红花.tif"文件,如图3-45所示。选择 "椭圆选框工具",其工具选项栏参数设置如图3-46所示。

图3-45　　　　　　　　　　　　图3-46

步骤 2 使用设置好的 "椭圆选框工具"在画布中框选出花朵选区,如图3-47所示。执行菜单"图像"|"调整"|"色相/饱和度"命令,在弹出的"色相/饱和度"对话框中设置参数,如图3-48所示,单击"确定"按钮退出对话框,效果如图3-49所示。

图3-47　　　　　　　　　　　　图3-48

步骤 3 按照同样的方法再框选另一朵花的选区,如图3-50所示,然后调整"色相/饱和度"对话框中的参数,如图3-51所示,单击"确定"按钮退出对话框,效果如图3-52所示。

图3-49

图3-50

图3-51

图3-52

步骤 4 按照与上步同样的方法制作出多种花朵的颜色，过程及效果如图3-53至图3-55所示。最终效果如图3-56所示。

图3-53

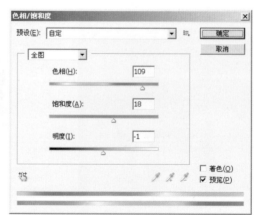

图3-54

图3-55　　　　　　　　　　　　　　　　　图3-56

3.5 "替换颜色"命令的运用——世外桃源

使用"替换颜色"命令可以设置选定区域的色相、饱和度和亮度。下面通过具体实例来讲解"替换颜色"命令的使用方法。

步骤 1 执行菜单"文件"|"新建"命令，在弹出的"新建"对话框中设置参数，如图3-57所示，单击"确定"按钮退出对话框，新建一个制作文件。

步骤 2 打开本书配套光盘中的"PIC3.tif"文件，如图3-58所示。将此图像拖动到画面中，得到"图层1"，将其放置在"背景"图层的上方，如图3-59所示。

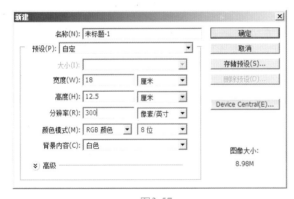

图3-57　　　　　　　　　　　　　　　　　图3-58

步骤 3 复制"图层1"，得到"图层1副本"图层，如图3-60所示。

图3-59　　　　　　　　　　　　　　　　　图3-60

步骤 4 ▶ 执行菜单"图像"|"调整"|"替换颜色"命令，在弹出的"替换颜色"对话框中用 🖋 "吸管工具"拾取树顶高光位置的颜色，其他参数设置如图3-61所示，单击"确定"按钮退出对话框，效果如图3-62所示。

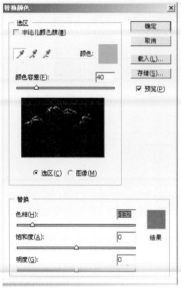

图3-61

图3-62

步骤 5 ▶ 执行菜单"图像"|"调整"|"替换颜色"命令，在弹出的"替换颜色"对话框中用 🖋 "吸管工具"继续拾取树顶高光位置的颜色，其他参数设置如图3-63所示，单击"确定"按钮退出对话框，效果如图3-64所示。

图3-63

图3-64

步骤 6 ▶ 按照相同的方法，分别拾取树叶中间调位置及阴影位置的颜色、树干阴影位置的颜色及水的颜色，其参数设置如图3-65至图3-67所示，单击"确定"按钮退出对话框，效果如图3-68所示。最终效果如图3-69所示。

 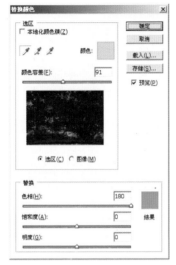 

图3-65　　　　　　　　　　图3-66　　　　　　　　　　图3-67

图3-68　　　　　　　　　　　　　　图3-69

3.6 "通道混合器"命令的运用——季节变换

使用"通道混合器"命令，可以通过为每个颜色通道设置其所占图像颜色的百分比来创建高品质的灰度图像，还可以创建高品质的棕褐色调或其他色调图像，并可以实现其他颜色调整命令不易实现的调整效果。下面通过具体实例来讲解"通道混合器"命令的使用方法。

步骤 1 ▶ 打开本书配套光盘中的"风景.tif"文件，如图3-70所示。

步骤 2 ▶ 执行菜单"图像"|"调整"|"通道混合器"命令，在弹出的"通道混合器"对话框中设置参数，如图3-71所示，单击"确定"按钮退出对话框。最终效果如图3-72所示。

图3-70   图3-71   图3-72

3.7 "渐变映射"命令的运用——老枪

使用"渐变映射"命令可以将图像的色阶映射为渐变色阶，使图像产生渐变效果。下面通过具体实例来讲解"渐变映射"命令的使用方法。

步骤1 打开本书配套光盘中的"手枪.tif"文件，如图3-73所示。选择 "多边形套索工具"，其工具选项栏参数设置如图3-74所示，在画布中框选手枪图像的轮廓，效果如图3-75所示。

图3-73

图3-74

步骤2 执行菜单"选择"|"反向"命令，如图3-76所示，将选区反选，效果如图3-77所示。执行菜单"图像"|"调整"|"渐变映射"命令，在弹出的"渐变映射"对话框中设置渐变颜色为从黑色到灰白色，如图3-78所示，单击"确定"按钮退出对话框。最终效果如图3-79所示。

图3-75

图3-76

图3-77

图3-78

图3-79

3.8 "阴影/高光"命令的运用——快速调整暗调照片

使用"阴影/高光"命令可以校正由强逆光而形成的剪影效果，或者校正由于太接近相机闪光灯而产生的白色焦点。此命令并非简单地使图像变亮或变暗，它基于阴影或高光中的局部相邻像素增亮或变暗图像，默认设置为修复具有逆光问题的图像。另外，"阴影/高光"对话框中的"中间调对比度"滑块、"修剪黑色"参数和"修剪白色"参数，可以调整图像的整体对比度。下面通过具体实例来讲解"阴影/高光"命令的使用方法。

步骤 1 ▶ 打开本书配套光盘中的"暗色.女人.tif"文件，如图3-80所示。

步骤 2 ▶ 执行菜单"图像"|"调整"|"阴影/高光"命令，在弹出的"阴影/高光"对话框中设置参数，如图3-81所示，单击"确定"按钮退出对话框。最终效果如图3-82所示。

图3-80

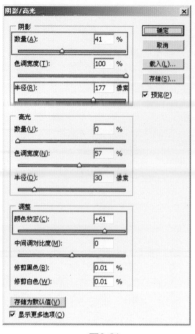

图3-81 　　　　　　　　　　　图3-82

3.9 "反相"命令的运用——金鱼之梦

使用"反相"命令可以反转图像中的颜色。下面通过具体实例来讲解"反相"命令的使用方法。

步骤1 新建一个制作文件。打开本书配套光盘中的"诺亚方舟.tif"文件，如图3-83所示。复制两次"背景"图层，如图3-84所示。

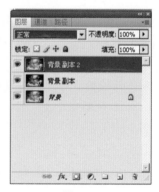

图3-83　　　　　　　　　　　图3-84

步骤2 将"背景 副本"图层设置为当前图层，并设置"背景 副本2"图层为不可见，执行菜单"选择"|"反相"命令，将图像进行反向，效果如图3-85所示。在"图层"面板中设置该图层的混合模式为"变亮"，"不透明度"为30%，如图3-86

所示，此时的图像效果如图3-87所示。

图3-85

图3-86

图3-87

步骤 3 ▶ 将"背景 副本2"图层设置为当前图层，设置该图层的混合模式为"强光"，如图3-88所示，此时的图像效果如图3-89所示。

图3-88

图3-89

步骤 4 ▶ 单击"图层"面板下方的 ◢. "创建新的填充和调整图层"按钮，在弹出的下拉菜单中选择"色彩平衡"命令，在"调整"面板中进行如图3-90所示的设置，此时的图像效果如图3-91所示。

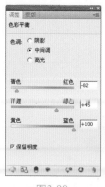
图3-90

图3-91

3.10 "阈值"命令的运用——快速制作版画效果

使用"阈值"命令可以将图像中所有比所设置的阈值色阶值亮的像素转换为白色，而所有比所设置的阈值色阶值暗的像素则被转换为黑色，从而将图像转换为高对比度的黑白效果。下面以具体实例来讲解"阈值"命令的使用方法。

步骤1 打开本书配套光盘中的"向日葵.tif"文件，如图3-92所示。执行菜单"图像"|"调整"|"阈值"命令，在弹出的"阈值"对话框中设置参数，如图3-93所示，单击"确定"按钮退出对话框，效果如图3-94所示。

图3-92

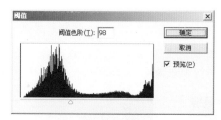
图3-93

图3-94

步骤2 执行菜单"选择"|"色彩范围"命令，在弹出的"色彩范围"对话框中使用 ✐ "吸管工具"拾取预览窗口中的白色，如图3-95所示，单击"确定"按钮退出对话框，在白色图像选区中填充红色，最终效果如图3-96所示。

图3-95

图3-96

3.11 "色调分离"命令的运用——童年

使用"色调分离"命令可以指定图像中每个通道色调级（或亮度值）的数目，然后将像素映射为最接近的匹配级别。例如，在 RGB 图像中选取两个色调色阶，将产生六种颜色，其中两种代表红色，两种代表绿色，两种代表蓝色。下面以具体实例来讲解"色调分离"命令的使用。

步骤 1 ▶ 打开本书配套光盘中的"可爱小孩.tif"文件，如图3-97所示。选择 ▷ "多边形套索工具"，其工具选项栏参数设置如图3-98所示，将画布中的小孩图像选中，效果如图3-99所示。

图3-97 图3-98

步骤 2 ▶ 按【Ctrl+X】组合键剪切选区中的图像，再按【Ctrl+V】组合键粘贴选区中的图像，得到"图层 1"，如图3-100所示。新建"图层 2"，将其放置在"图层 1"的下方，如图3-101所示。选择 ▣ "渐变工具"，在其工具选项栏中单击 ▣ "径向渐变"按钮，如图3-102所示。

图3-99

图3-100

步骤 3 ▶ 单击 ▣ "渐变工具"工具选项栏中的"点按可编辑渐变"按钮，在弹出的"渐变编辑器"对话框中设置参数，如图3-103所示，在画布中由中央向四周拖拽出渐变效果，如图3-104所示。执行菜单"图像"|"调整"|"色调分离"命令，在弹出的"色调分离"对话框中设置参数，如图3-105所示，单击"确定"按钮退出对话

框，此时画布中的渐变效果显示为一圈一圈的色块。

图3-101

图3-102

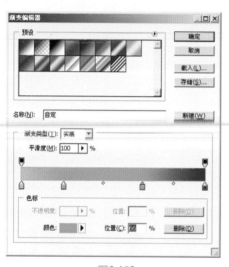

图3-103

图3-104

步骤 4 选择"图层 1"，如图3-106所示。执行菜单"图像"|"调整"|"色调分离"命令，在弹出的"色调分离"对话框中设置参数，如图3-107所示，单击"确定"按钮退出对话框，将"图层 1"中的图像也制作为色块效果。再制作文字，最终效果如图3-108所示。

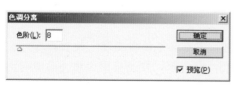

图3-105

图3-106

图3-107   图3-108

3.12 "变化"命令的运用——绿色食品

使用"变化"命令可以调整图像的色彩平衡、对比度和饱和度。此命令对于颜色不需进行精确调整的平均色调图像最有效。下面以具体实例来讲解此命令的使用方法。

步骤 1 ▶ 打开本书配套光盘中的"蔬菜.tif"文件，如图3-109所示。

步骤 2 ▶ 执行菜单"图像"|"调整"|"变化"命令，在弹出的"变化"对话框中设置参数，如图3-110所示，单击"确定"按钮退出对话框。最终效果如图3-111所示。

图3-109

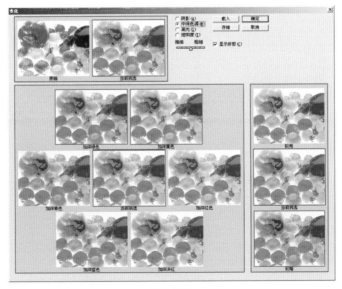

图3-110

图3-111

3.13 "调整"命令与工具的综合运用——卡通战士

步骤1 在使用Photoshop软件绘制彩色卡通时，为了便于绘制，设计者往往先在草稿纸上绘制好卡通的草图，然后再用扫描仪将其扫描导入电脑，以此作为参照来进行绘制。在草稿纸上进行绘制时，由于所用纸张和铅笔的原因，往往使绘制出的线稿图出现漏白和断线的问题，所以扫描完草图后首先要用Photoshop软件对其进行适当的修复，消除漏白和断线，以方便后面添色。

步骤2 如图3-112所示为刚扫描入电脑的卡通草图，在这张图中大家可以看到有很明显的断线和漏白。下面我们就对其进行修复，适当放大图像窗口的显示比例，然后分别使用 "铅笔工具"和 "橡皮擦工具"修复线稿中的断线和漏白，效果如图3-113所示。

图3-112

图3-113

步骤 3 ▶ 为了便于后面的操作，必须将"背景"图层更名为"图层0"，只有这样才可以在上面进行一系列的操作。执行菜单"图像"|"调整"|"亮度/对比度"命令，在弹出的"亮度/对比度"对话框中进行如图3-114所示的参数设置，完成后单击"确定"按钮修改图像的亮度和对比度，效果如图3-115所示。

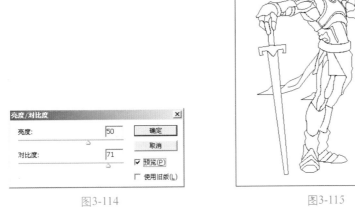

图3-114   图3-115

步骤 4 ▶ 执行菜单"选择"|"色彩范围"命令，在弹出的"色彩范围"对话框中将光标移动到图像窗口中，此时光标呈 ✐ 状，在黑色区域处单击鼠标吸取颜色，完成后在对话框中将"颜色容差"设置为200，如图3-116所示，单击"确定"按钮创建选区，效果如图3-117所示。

图3-116   图3-117

步骤 5 ▶ 按【Ctrl+Shift+I】组合键将选区反选，按【Delete】键将选区内的图像删除，如图3-118所示，然后再次将选区反选，继续按【Delete】键删除选区内的图像，效果如图3-119所示。

图3-118   图3-119

步骤6 ▶ 单击"路径"面板右侧的小三角按钮，在弹出的菜单中选择"建立工作路径"
命令，在弹出的"建立工作路径"对话框中设置"容差"值为0.5，如图3-120所
示，完成后单击"确定"按钮将选区转换为路径。然后设置前景色为纯黑色，单
击"路径"面板下方的 ● "用前景色填充路径"按钮，为其填充黑色，完成后将
路径删除，效果如图3-121所示。至此，卡通的轮廓线就处理完成了。

图3-120   图3-121

步骤7 ▶ 在"图层0"下方新建"图层1"，设置前景色为暗黄色（R：183，G：184，
B：135），选择 ◇ "油漆桶工具"，并在其工具选项栏中勾选"所有图层"复选
框，将光标放置到头发区域处并单击，为其填充前景色，效果如图3-122所示。

步骤8 ▶ 在"图层1"下方新建"图层2"，设置前景色为浅棕色（R：207，G：163，
B：92），完成后使用 ◇ "油漆桶工具"分别在面部和颈部区域处单击为其填充
前景色，效果如图3-123所示。

图3-122

图3-123

步骤9 在"图层2"下方新建"图层3",在手臂、手指和大腿区域处单击,填充前景色,效果如图3-124所示。然后再在"图层3"下方新建"图层4",设置前景色为灰绿色(R:115,G:105,B:34),完成后使用 "油漆桶工具"在衣服区域处单击为其填充前景色,效果如图3-125所示。

图3-124

图3-125

步骤10 在"图层4"下方新建"图层5",设置前景色为深灰色(R:52,G:52,B:52),完成后在手臂护腕处单击填充前景色,效果如图3-126所示。然后再在"图层5"下方新建"图层6",完成后使用 "油漆桶工具"在手套区域处单击为其填充前景色,效果如图3-127所示。

步骤11 在"图层6"下方新建"图层7",在腰带区域处单击填充前景色,效果如图3-128所示。然后再在"图层7"下方新建"图层8",设置前景色为深棕色(R:141,G:97,B:28),完成后使用 "油漆桶工具"在袜子区域处单击为其填充前景色,效果如图3-129所示。

图3-126

图3-127

图3-128

图3-129

步骤 12 在"图层8"下方新建"图层9"，设置前景色为灰色（R：92，G：92，B：92），在鞋子区域处单击填充前景色，效果如图3-130所示。然后再在"图层9"下方新建"图层10"，设置前景色为深灰色（R：59，G：59，B：59），完成后使用 "油漆桶工具"在剑柄区域处单击为其填充前景色，效果如图3-131所示。

步骤 13 在"图层10"下方新建"图层11"，设置前景色为灰黄色（R：137，G：116，B：33），使用 "油漆桶工具"在剑柄护手区域处单击为其填充前景色，效果如图3-132所示。然后再在"图层11"下方新建"图层12"，设置前景色为灰色（R：153，G：153，B：153），完成后使用 "油漆桶工具"在剑身区域处单击为其填充前景色，效果如图3-133所示。至此，卡通人物中所有的底色就填充完成了。

步骤 14 下面对底色进行处理，绘制出各部分的立体效果。首先将"图层1"设为当前图层，选择 "加深工具"，在其工具选项栏中设置画笔大小为柔角4像素，"范围"为"中间调"，"曝光度"为20%，完成后在头发底色上进行适当的加深处理，效果如图3-134所示。然后再选择 "减淡工具"，在其工具选项栏中设置画笔大小为柔角6像素，"曝光度"为20%，完成后在底色上进行适当的减淡处理，效果如图3-135所示。

图3-130

图3-131

图3-132

图3-133

图3-134

图3-135

步骤 15 ▶ 选择 ✐ "涂抹工具"，在其工具选项栏中设置画笔大小为柔角3像素，"强度"为50%，设置完成后在头发区域处进行适当的涂抹，使明暗过渡变得平滑，效果如图3-136所示。然后将"图层2"设置为当前图层，使用前面所讲的方法，在面部和脖颈进行适当的加深和减淡处理，效果如图3-137所示。

图3-136

图3-137

步骤 16 ▶ 选择 ✐ "涂抹工具"，在其工具选项栏中设置画笔大小为柔角2像素，"强度"为60%，设置完成后在面部和颈部区域处进行适当的涂抹，使明暗过渡变得平滑，效果如图3-138所示。其他各部分的处理方法与以上所讲的方法完全相同，由于篇幅限制，这里不再赘述，卡通人物中其他部分的立体效果如图3-139所示。

图3-138

图3-139

步骤 17 ▶ 选择 ✐ "橡皮擦工具"，在其工具选项栏中设置画笔大小为柔角17像素，"不透明度"为50%，设置完成后将"图层0"设为当前图层，对轮廓线进行适当的擦除，注意要将暗部处的纹理完全擦除，亮部处的纹理只作适当擦除，效果如图3-140所示。

步骤 18 ▶ 下面为卡通人物添加背景。执行菜单"文件"|"打开"命令，打开本书配套光盘中的"火.jpg"文件，如图3-141所示。使用 ✛ "移动工具"将其移动到制作文件

中，得到"图层13"，然后将该图像进行适当的变形，使其充满整个窗口，并将该图层放置在"图层0"的下方，效果如图3-142所示。

图3-140

图3-141

图3-142

步骤 19 ▶ 继续打开本书配套光盘中的"龙1.jpg"文件，如图3-143所示，选择 ☜ "多边形套索工具"，沿龙的轮廓创建选区，完成后使用 ⊹ "移动工具"将选区内的图像移动到制作文件中，得到"图层14"，适当调整其位置，效果如图3-144所示。

图3-143

图3-144

步骤 20 ▶ 此时龙图像的周围可能会出现锯齿或毛边，需要进行消除。按住【Ctrl】键单击"图层14"的图层缩览图，载入其选区，然后执行菜单"选择"|"修改"|"边界"命令，在弹出的"边界选区"对话框中设置"宽度"为3，如图3-145所示，单击"确定"按钮，效果如图3-146所示。

步骤 21 ▶ 执行菜单"滤镜"|"模糊"|"高斯模糊"命令，在弹出的"高斯模糊"对话框中进行如图3-147所示的设置，完成后单击"确定"按钮，将选区内的图像进行模

糊处理，撤销选区后的效果如图3-148所示。

图3-145

图3-146

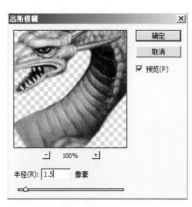
图3-147

图3-148

步骤22▶ 将"图层13"设为当前图层，执行菜单"滤镜"|"液化"命令，在弹出的"液化"对话框中勾选"显示背景"复选框，在"使用"下拉列表中选择"图层14"，此时将在对话框中显示"图层14"，选择 ⚞ "向前变形工具"，将火图像沿龙的形状进行液化，如图3-149所示，完成后单击"确定"按钮关闭对话框。暂时显示"图层13"，以观察其效果，如图3-150所示。

步骤23▶ 将"图层14"设为当前图层，执行菜单"图像"|"调整"|"去色"命令，将图像去色，效果如图3-151所示。将该图层的混合模式设置为"叠加"，效果如图3-152所示。显示所有图层，最终效果如图3-153所示。

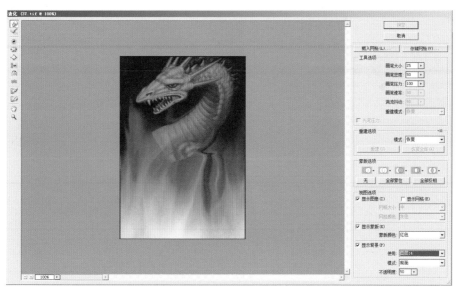

图3-149

图3-150

图3-151

图3-152

图3-153

读书笔记

第4章　图层的运用

4.1 图层样式的运用（一）——金属与宝石

为了能够在图像处理的过程中得到更加理想的效果，Photoshop提供了许多图层样式供
选择，包括"投影"、"内阴影"、"外发光"、"斜面和浮雕"以及"描边"等。但此
功能只对普通图层起作用，如果需要为其他类型的图层设置图层样式，必须先将该图层转
换为普通图层。

步骤 1 执行菜单"文件"|"新建"命令，在弹出的"新建"对话框中设置参数，如图
4-1所示，单击"确定"按钮退出对话框，新建一个制作文件。

步骤 2 单击"图层"面板下方的 "创建新图层"按钮，得到"图层 1"，如图4-2所
示。更改前景色为深灰色，其颜色值设置如图4-3所示，按【Alt+Delete】组合键
用前景色填充画布，效果如图4-4所示。

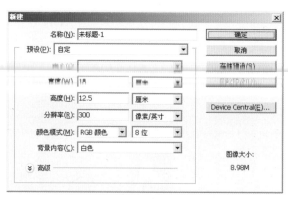

图4-1

图4-2

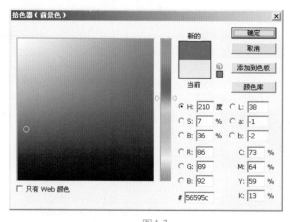

图4-3

图4-4

步骤 3 新建"图层 2"，如图4-5所示，更改前景色为浅灰色，其颜色设置如图4-6所
示。选择 "椭圆工具"，其工具选项栏参数设置如图4-7所示。

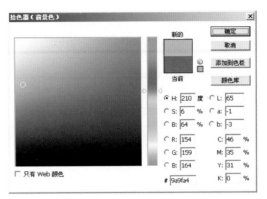

图4-5 图4-6

步骤4 使用设置好的 ○ "椭圆工具"在画布中央绘制一个正圆图形，如图4-8所示。单击工具选项栏中"从形状区域减去（一）"按钮，如图4-9所示，在正圆图形上再绘制一个小一圈的同心圆图形，使其形成环形，效果如图4-10所示。

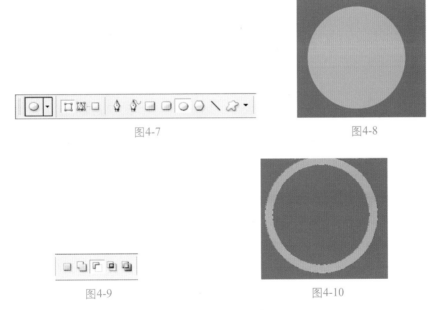

图4-7 图4-8

图4-9 图4-10

步骤5 选择 ▶ "路径选择工具"，其工具选项栏如图4-11所示。按住【Alt】键，拖动环形进行复制，再按【Ctrl+T】组合键调出自由变换控制框将复制后得到的环形缩小，并将其放置在画布的右上角，效果如图4-12所示。

图4-11 图4-12

步骤6 选择 ✏ "钢笔工具"，其工具选项栏参数设置如图4-13所示，在画布中绘制形状，效果如图4-14所示。在"图层"面板中选择"形状 1"图层并将其栅格化，如图4-15所示。

步骤7 选择"图层 2"，如图4-16所示。选择 ✏ "魔棒工具"，其工具选项栏参数设置如图4-17所示，在画布中选择大圆形，效果如图 4-18所示。

图4-13

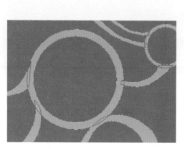

图4-14

图4-15

图4-16

图4-17

图4-18

步骤8 选择 ■ "渐变工具"，在其工具选项栏中设置渐变颜色由橘黄色到橘红色，并单击 ■ "线性渐变"按钮，如图4-19所示，在选区中由上到下拖拽出渐变效果，如图4-20所示。按照同样的方法再拖拽出右上角小圆形的渐变效果，如图4-21所示。

图4-19

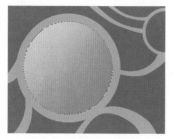

图4-20

图4-21

步骤 9 ▷ 单击"图层"面板下方的 *fx.* "添加图层样式"按钮，在弹出的下拉菜单中选择"内阴影"命令，如图4-22所示，在弹出的"图层样式"对话框中设置参数，如图4-23所示。

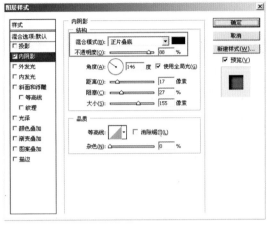

图4-22　　　　　　　　　　　　　　图4-23

步骤 10 ▷ 选择"图层样式"对话框左侧的"斜面和浮雕"选项，设置其参数，如图4-24所示。再选择"图层样式"对话框左侧的"图案叠加"选项，设置其参数，如图4-25所示。

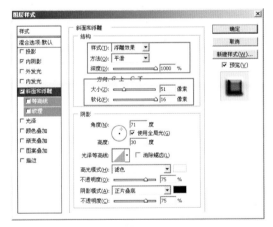

图4-24　　　　　　　　　　　　　　图4-25

步骤 11 ▷ 最后选择"图层样式"对话框左侧的"光泽"选项，设置其参数，如图4-26所示，单击"确定"按钮退出对话框，效果如图4-27所示。

步骤 12 ▷ 选择"形状 1"图层，如图4-28所示。执行菜单"图层"|"图层样式"|"投影"命令，在弹出的"图层样式"对话框中设置参数，如图4-29所示。

步骤 13 ▷ 选择"图层样式"对话框左侧的"斜面和浮雕"选项，设置其参数，如图4-30所示，单击"确定"按钮退出对话框。最终效果如图4-31所示。

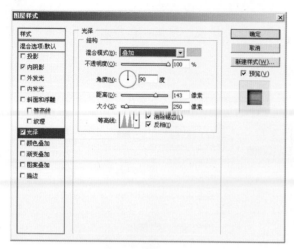

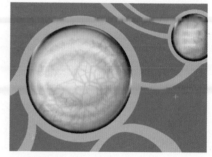

图4-26

图4-27

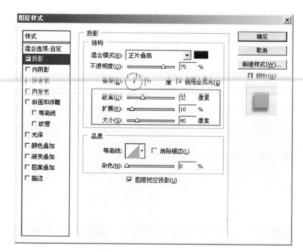

图4-28

图4-29

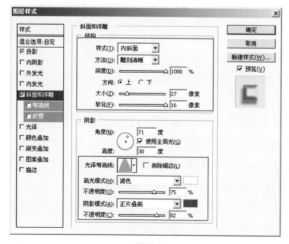

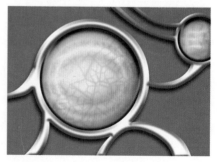

图4-30

图4-31

4.2 图层样式的运用（二）——徽章

步骤 1 执行菜单"文件"|"新建"命令，在弹出的"新建"对话框中设置参数，如图4-32所示，单击"确定"按钮退出对话框，新建一个制作文件。

步骤 2 单击"图层"面板下方的 "创建新图层"按钮，得到"图层1"，如图4-33所示。选择 "钢笔工具"，其工具选项栏参数设置如图4-34所示，在画布中进行绘制，效果如图4-35所示。

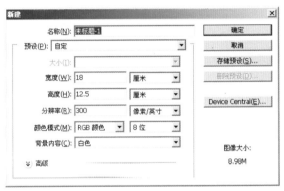

图4-32

图4-33

图4-34

步骤 3 将绘制得到的形状进行复制，效果如图4-36所示。执行菜单"编辑"|"变换"|"水平翻转"命令，如图4-37所示，将翻转后的形状放置在画布的右侧，形成一个完整的形状，如图4-38所示。

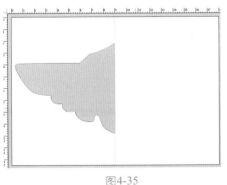

图4-35

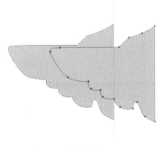

图4-36

步骤 4 选择"图层1"，如图4-39所示。选择 "自定形状工具"，在其工具选项栏中选择形状，如图4-40所示。

步骤 5 在画布中如图4-41所示的位置拖动出形状，选择 "矩形工具"，在其工具选项栏中单击 "添加到形状区域（+）"按钮，如图4-42所示，继续进行绘制，效果如图4-43和图4-44所示。

图4-37   图4-38

图4-39   图4-40

图4-41   图4-42

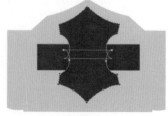

图4-43   图4-44

步骤 6 ▶ 选择 ▢"圆角矩形工具",其工具选项栏参数设置如图4-45所示,在画布中形状的左侧拖动出圆角矩形形状,如图4-46所示。使用 ▷"直接选择工具"调整锚点,效果如图4-47所示的形状。

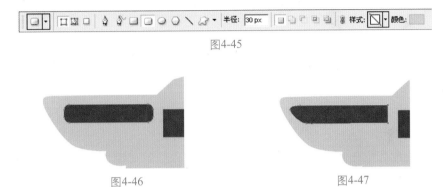

图4-45

图4-46 图4-47

步骤 7 ▶ 使用 ◊"钢笔工具"绘制形状左下角的效果,如图4-48所示。按照同样的方法,制作出形状右侧的效果,如图4-49所示。切换至"图层"面板,分别对形状图层进行栅格化,如图4-50所示。

图4-48 图4-49

步骤 8 ▶ 使用 ◯"椭圆选框工具"在形状左侧框选出一个小正圆选区,并按【Ctrl+T】组合键将选区成比例缩小,露出底层灰色形状,形成灰色圆环,效果如图4-51所示。选择 Ｔ"横排文字蒙版工具",其工具选项栏参数设置如图4-52所示,在画布中制作文字蒙版选区,然后按【Delete】键删除选区内的颜色,效果如图4-53所示。

图4-50

图4-51

图4-52　　　　　　　　　　　　　　　　　　　　　　　　　图4-53

步骤9 ▷ 按照与上步同样的方法，再制作出形状右侧及中央位置的文字效果，如图4-54和图4-55所示。再参照如图4-56和图4-57所示的参数设置，制作出徽章中央位置处的变形文字，效果如图4-58所示。

图4-54　　　　　　　　　　　　　　　　　　　图4-55

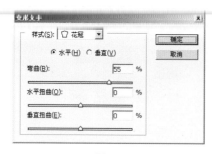

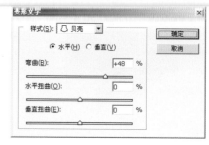

图4-56　　　　　　　　　　　　　　　　　图4-57

步骤10 ▷ 载入"形状1"图层的选区，再选择"图层1"，并将其放置在"图层"面板的最上层，如图4-59所示，画布中的效果如图4-60所示。

图4-58　　　　　　　　　图4-59　　　　　　　　　图4-60

步骤11 ▷ 执行菜单"编辑"|"描边"命令，在弹出的"描边"对话框中设置参数，如图4-61所示，单击"确定"按钮退出对话框，制作选区的描边效果，如图4-62所示。

步骤12 执行菜单"图层"|"图层样式"|"投影"命令，在弹出的"图层样式"对话框中设置参数，如图4-63所示，单击"确定"按钮退出对话框，制作投影效果，如图4-64所示。

图4-61

图4-62

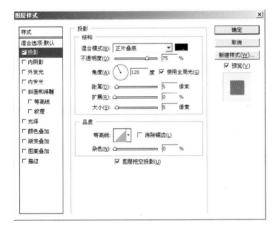

图4-63

图4-64

步骤13 选择"形状5"图层，如图4-65所示。执行菜单"图层"|"图层样式"|"斜面和浮雕"命令，在弹出的"图层样式"对话框中设置参数，如图4-66所示，单击"确定"按钮退出对话框，制作斜面和浮雕效果。

图4-65

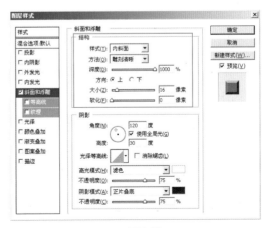

图4-66

步骤14 选择"形状 5"图层，单击鼠标右键，在弹出的快捷菜单中选择"拷贝图层样式"命令，如图4-67所示。再选择"形状 4"图层，单击鼠标右键，在弹出的快捷菜单中选择"粘贴图层样式"命令，如图4-68所示，复制图层样式。

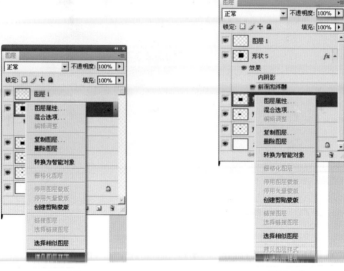

图4-67   图4-68

步骤15 执行菜单"图层"|"图层样式"|"斜面和浮雕"命令，在弹出的"图层样式"对话框中设置参数，如图4-69所示，单击"确定"按钮退出对话框，制作斜面和浮雕效果，如图4-70所示。

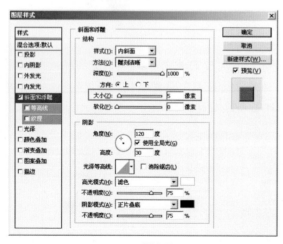

图4-69

图4-70

步骤16 选择"形状 1"图层，如图4-71所示，并载入"形状 1"图层的选区。选择 "渐变工具"，其工具选项栏参数设置如图4-72所示，在选区中拖拽出渐变效果，如图4-73所示。最终效果如图4-74所示。

图4-71

图4-72

图4-73

图4-74

4.3 图层样式的运用（三）——翡翠项链

步骤1 执行菜单"文件"|"新建"命令，在弹出的"新建"对话框中设置参数，如图4-75所示，单击"确定"按钮退出对话框，新建一个制作文件。

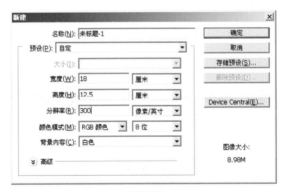

图4-75

步骤2 两次单击"路径"面板下方的 "创建新路径"按钮，得到"路径1"和"路径2"，如图4-76所示。

步骤3 两次单击"图层"面板下方的 "创建新图层"按钮，得到"图层1"和"图层2"。选择"图层1"，如图4-77所示。

步骤4 ▶ 切换至"路径"面板，选择"路径1"。选择 ✐ "钢笔工具"，在画布中绘制坠子的形状，如图4-78所示。按【D】键，恢复前景色、背景色的默认设置。单击"路径"面板下方的 ◉ "用前景色填充路径"按钮，如图4-79所示，效果如图4-80所示。

图4-76   图4-77

图4-78   图4-79   图4-80

步骤5 ▶ 选择"路径"面板中的"路径2"，选择 ✐ "钢笔工具"，在画布中绘制项链绳的形状，如图4-81所示。

步骤6 ▶ 按住【Ctrl】键单击"路径2"的路径缩览图，将其载入选区，如图4-82所示。

图4-81   图4-82

步骤7 ▶ 选择"图层2"。执行菜单"编辑"|"描边"命令，在弹出的"描边"对话框中设置参数，如图4-83所示，单击"确定"按钮退出对话框。按【Ctrl+D】组合键取消选区，效果如图4-84所示。

步骤8 ▶ 选择"图层1"。执行菜单"窗口"|"样式"命令，单击面板右侧的 ▼三按钮，在弹出的菜单中选择"Web样式"命令，如图4-85所示，载入预设的样式，然后单击"水银"按钮，效果如图4-86所示。

图4-83　　　　　　　　　　　　　　　　图4-84

图4-85　　　　　　　　　　　　　　　　图4-86

步骤 9 在"图层"面板中双击"图层 1"，在弹出的"图层样式"对话框中分别调整"投影"、"内阴影"、"斜面和浮雕"、"颜色叠加"、"渐变叠加"等图层样式的参数，如图4-87至图4-91所示（其中"渐变叠加"图层样式中的渐变设置如图4-92所示），单击"确定"按钮退出对话框，效果如图4-93所示。

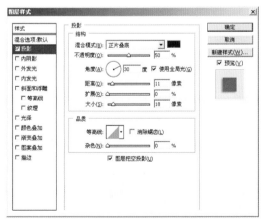

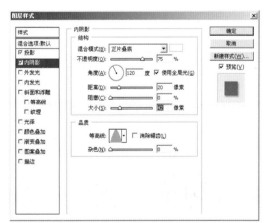

图4-87　　　　　　　　　　　　　　　　图4-88

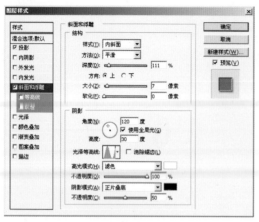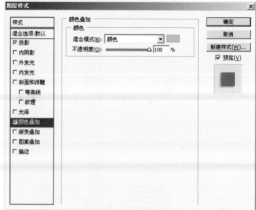

图4-89　　　　　　　　　　　　　　图4-90

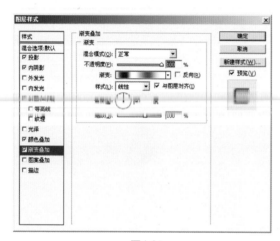

图4-91　　　　　　　　　　　　　　图4-92

步骤10 选择"图层2"，将其拖动至"图层1"的下方，如图4-94所示。按照第8步的方法制作项链绳，效果如图4-95所示。

图4-93　　　　　图4-94　　　　　　　　图4-95

步骤11 在"图层"面板中双击"图层2"，在弹出的"图层样式"对话框中取消部分图层样式的勾选，如图4-96所示，"斜面和浮雕"选项的参数设置如图4-97和图

4-98所示，"投影"、"内阴影"的参数设置与第9步中的设置相同，单击"确定"按钮退出对话框，效果如图4-99所示。

图4-96

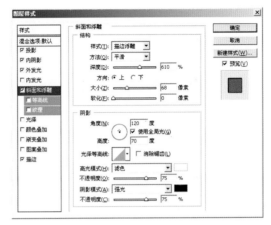
图4-97

图4-98

图4-99

步骤 12 打开本书配套光盘中的"PIC4.tif"文件，如图4-100所示。将此图像拖动至制作文件中，得到"图层3"，将其放置在"背景"图层的上方，如图4-101所示。

图4-100

图4-101

步骤13 ▶ 按【Ctrl+T】组合键调出自由变换控制框，根据需要进行缩放，效果如图4-102所示。按照同样的方法，将翡翠坠子与项链绳也进行适当的缩放，效果如图4-103所示。

图4-102

图4-103

步骤14 ▶ 选择"图层2"。选择 ⬡ "套索工具"，在画布中制作不规则选区，效果如图4-104所示。按【Delete】键将选区内的图像删除，效果如图4-105所示。最终效果如图4-106所示。

图4-104

图4-105

图4-106

4.4 图层蒙版的运用——音乐世界

图层蒙版的主要功能是保护被屏蔽的图像区域，以便在对图像进行编辑时，被屏蔽的区域不受任何编辑操作的影响。它与选择类工具相似，并且两者之间可以相互转换，但由于图层蒙版以外的区域是可见的，所以对图层蒙版中的图像进行修改操作要比使用选区更加灵活。下面通过具体实例来讲解图层蒙版的使用。

步骤1 ▶ 执行菜单"文件"|"新建"命令，在弹出的"新建"对话框中设置参数，如图4-107所示，单击"确定"按钮退出对话框，新建一个制作文件。

步骤2 ▶ 打开本书配套光盘中的"PIC5.tif"、"PIC6.tif"、"PIC7.tif"文件，如图4-108至图4-110所示，将图像分别拖动到制作文件中，得到"图层1"、"图层2"、"图层3"，将其放置在"背景"图层上方，隐藏"图层3"，如图4-111所示。

步骤3 ▶ 选择"图层2"，单击"图层"面板下方的 ▣ "添加图层蒙版"按钮，为"图层2"添加图层蒙版，如图4-112所示。

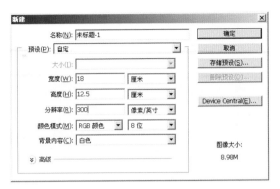

图4-107

图4-108

图4-109

图4-110

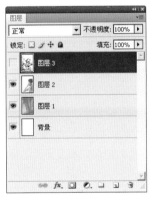

图4-111

图4-112

步骤4 选择 "魔棒工具"，其工具选项栏参数设置如图4-113所示。单击画布中的白色背景以载入其选区，然后按【Shift】键，将无法被同时选中的部分也一起载入到选区中，效果如图4-114所示。

图4-113

图4-114

步骤 5 恢复前景色和背景色的默认设置，按【Alt+Delete】组合键在蒙版中用黑色填充选区，效果如图4-115所示。此时的"图层"面板如图4-116所示。

图4-115

图4-116

步骤 6 选择并显示"图层3"。按【Ctrl+T】组合键调出自由变换控制框，将"图层3"中的图像缩小至与画布等宽。执行菜单"编辑"|"变换"|"水平翻转"命令，效果如图4-117所示。单击"图层"面板下方的 "添加图层蒙版"按钮，为"图层3"添加图层蒙版，效果如图4-118所示。

图4-117

图4-118

步骤 7 选择 "魔棒工具"，其工具选项栏参数设置如图4-119所示。单击画布中的白色背景以载入其选区，执行菜单"选择"|"选取相似"命令，则"图层3"中所有的白色背景被全部载入到选区中，效果如图4-120所示。

图4-119

图4-120

步骤 8 按【Alt+Delete】组合键用黑色填充蒙版选区。按【Ctrl+D】组合键取消选区，效果如图4-121所示。此时的"图层"面板如图4-122所示。

步骤 9 复制"图层3"，得到"图层3副本"，然后将其拖动至"图层2"的下方，如图4-123所示。按【Ctrl+T】组合键分别将"图层3"、"图层3副本"中的图像缩放到适当大小，如图4-124所示，按【Enter】键确认操作。

图4-121

图4-122

图4-123

图4-124

步骤 10 为了营造人物享受音乐时的梦幻感，将"图层3"、"图层3副本"中的图像改为白色。按住【Ctrl】键单击"图层3"的图层蒙版缩览图以载入其选区，如图4-125所示。按【Alt+Delete】组合键用白色填充选区，效果如图4-126所示。按照同样的方法编辑"图层3副本"中的图像。

图4-125

图4-126

步骤 11 选择 T. "横排文字工具"，在画布中输入英文，然后选择字母"M"，此时的工具选项栏参数设置如图4-127所示；选择字母"usic"，此时的工具选项栏参数设置如图4-128所示；选择字母"Photoshop CS4"，此时的工具选项栏参数设置如图4-129所示，效果如图4-130所示。最终效果如图4-131所示。

图4-127

图4-128

图4-129

图4-130   图4-131

4.5   填充图层的运用——广告招贴画

　　填充图层可以在当前图层的上方新建一个图层，然后为此新建图层填充纯色、渐变色或图案，并通过设置不同的混合模式和不透明度，使其与底层的图像产生某种特殊的混合效果。下面通过具体实例来讲解填充图层的使用。

步骤 1 　执行菜单"文件"|"新建"命令，在弹出的"新建"对话框中设置参数，如图4-132所示。按【Alt+Delete】组合键为"背景"图层填充黑色，如图4-133所示。

步骤 2 　执行菜单"文件"|"打开"命令，打开本书配套光盘中的"海边.tif"文件。使用 "移动工具"将素材移动到制作文件中，如图4-134所示。执行菜单"文件"|"打开"命令，打开本书配套光盘中的"墙.jpg"文件，同样将其移动到制作文件中，如图4-135所示。

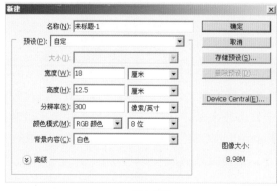

图4-132   图4-133

图4-134

图4-135

步骤3 ▶ 再打开本书配套光盘中的"相框.jpg"文件,将其移动到制作文件中,如图4-136所示。选择 "魔棒工具",按照如图4-137所示在相框内侧创建选区。再打开本书配套光盘中的"古镇.jpg"文件,拖入制作文件中,按【Ctrl+Shift+ I】组合键反选,再按【Delete】键删除选区,得到如图4-138所示的效果。

图4-136

图4-137

步骤4 ▶ 再打开本书配套光盘中的"竹子.jpg"和"石头.jpg"文件,并移入制作文件中,如图4-139所示。再打开本书配套光盘中的"牡丹.jpg"文件,如图4-140所示。使用 "魔棒工具"按照如图4-141所示选取牡丹的选区。

图4-138

图4-139

步骤5 ▶ 执行菜单"选择"|"修改"|"羽化"命令,在"羽化选区"对话框中的参数设

置如图4-142所示。选择 ⊕ "移动工具"，将羽化后的图片选区移到制作文件中，效果如图4-143所示。

图4-140

图4-141

图4-142

图4-143

步骤 6 ▶ 按照如图4-144所示，将本书配套光盘中的"蝴蝶.jpg"和"桌子.png"文件移动到制作文件中，适当调整图像的大小和位置，效果如图4-145所示。

图4-144

图4-145

步骤 7 ▶ 打开本书配套光盘中的"荷花.png"文件，将其移动到制作文件中，如图4-146所示。按照如图4-147所示，绘制选区并删除。

步骤 8 ▶ 打开本书配套光盘中的"纹理"文件，执行菜单"编辑"|"定义图案"命令，如图4-148所示将其定义为图案。在制作文件中执行菜单"编辑"|"填充"命令，按照如图4-149所示设置参数，单击"确定"按钮，对上步的选区进行填充。

图4-146　　　　　　　　　　　　　　　　图4-147

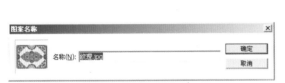

图4-148

图4-149

步骤9　单击"图层"面板下方的"添加矢量蒙版"按钮，按照如图4-150所示绘制图形，设置"不透明度"为"10%"，效果如图4-151所示。

图4-150

图4-151

步骤10　选择"文字"工具，输入文字，如图4-152所示。在"图层"面板中双击文字图层打开"图层样式"对话框，按照如图4-153和图4-154所示设置对话框参数，单击"确定"按钮，效果如图4-155所示。

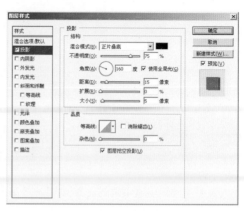

图4-152 　　　　　　　　　　　　　　图4-153

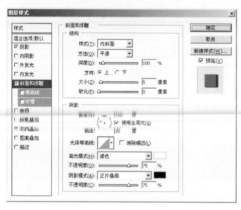

图4-154 　　　　　　　　　　　　　　图4-155

步骤 11　按照前面的步骤制作其他文字，最终效果如图4-156所示。

图4-156

4.6　图层功能的综合运用——电影海报

步骤 1　执行菜单"文件"|"新建"命令，在弹出的"新建"对话框中设置参数，如图

4-157所示，单击"确定"按钮退出对话框，新建一个制作文件。

步骤2 单击"图层"面板下方的 ▣ "创建新图层"按钮，得到"图层1"，如图4-158所示。选择 ▣ "渐变工具"，在其工具选项栏中设置渐变颜色由红色到黑色，并单击 ◉ "径向渐变"按钮，如图4-159所示，在画布中拖拽出渐变效果，如图4-160所示。

图4-157   图4-158

图4-159

步骤3 单击"图层"面板下方的 ◐ "创建新的填充或调整图层"按钮，在弹出的下拉菜单中选择"图案"命令，在弹出的"图案填充"对话框中单击图案预览框右侧的·按钮，在弹出的"图案拾色器"面板中单击其右侧的 ▶ 按钮，在弹出的菜单中选择"艺术表面"命令，如图4-161所示，并参照如图4-162所示设置参数，单击"确定"按钮退出对话框。

图4-160   图4-161

步骤4 ▷ 选择"图案填充 1"图层，更改其图层混合模式为"正片叠底"，如图4-163所示，效果如图4-164所示。新建"图层 2"，将其放置在"图层"面板的最上层，如图4-165所示。

图4-162　　　　　　　　　　　图4-163

图4-164　　　　　　　　　　　图4-165

步骤5 ▷ 选择▥"横排文字蒙版工具"，其工具选项栏参数设置如图4-166所示，在画布中制作文字蒙版选区，效果如图4-167所示。选择▥"渐变工具"，在其工具选项栏中设置渐变颜色由亮灰色到暗灰色，并单击▥"径向渐变"按钮，如图4-168所示。

图4-166

步骤6 ▷ 用设置好的▥"渐变工具"在文字选区中拖拽出渐变效果，如图4-169所示。执行菜单"图层"|"图层样式"|"斜面和浮雕"命令，在弹出的"图层样式"对话框中设置参数，如图4-170所示，单击"确定"按钮退出对话框，制作斜面和浮雕效果。

图4-167

图4-168

图4-169

图4-170

步骤7　在"图层样式"对话框左侧选择"内发光"选项，设置参数，如图4-171所示。在"图层样式"对话框左侧选择"渐变叠加"选项，设置参数，如图4-172所示，单击"确定"按钮退出对话框，效果如图4-173所示。

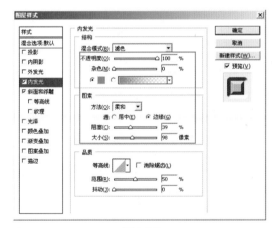

图4-171

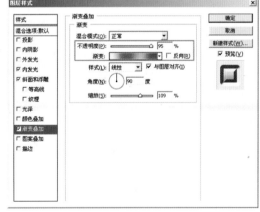

图4-172

步骤8　复制"图层2"，得到"图层2副本"，并选择此副本图层，如图4-174所示。按【Ctrl+T】组合键将此图层中的图像放大，效果如图4-175所示。

步骤9　选择"图层2副本"，更改其"不透明度"为51%，如图4-176所示。新建"图层3"，将其放置在"图层"面板的最上层，如图4-177所示。选择 T."横排文字工具"，其工具选项栏参数设置如图4-178所示，输入"X-MEN"，执行菜单"图层"|"文字"|"文字变形"命令，打开如图4-179所示的"变形文字"对话框，设置参数，单击"确定"按钮退出对话框，效果如图4-180所示。

图4-173　　　　　　　　　图4-174　　　　　　　　　图4-175

图4-176　　　　　　　　　　　　图4-177

图4-178

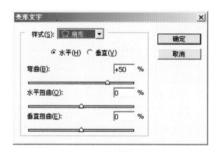

图4-179　　　　　　　　　图4-180

步骤10　执行菜单"图层"|"图层样式"|"斜面和浮雕"命令，在弹出的"图层样式"对话框中设置参数，如图4-181所示，制作文字的斜面和浮雕效果。

步骤11　在"图层样式"对话框左侧选择"投影"选项，设置参数，如图4-182所示，制作文字的投影效果，单击"确定"按钮退出对话框。

步骤12　打开本书配套光盘中的"闪电.tif"文件，如图4-183所示。将图像拖入制作文件中，得到"图层3"，按【Ctrl+T】组合键调整图像至画布大小，如图4-184所示。选择"图层3"，更改其图层混合模式为"线性减淡（添加）"，如图

4-185所示。最终效果如图4-186所示。

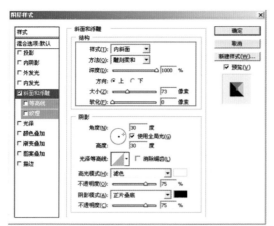

图4-181

图4-182

图4-183

图4-184

图4-185

图4-186

读书笔记

第5章　滤镜的运用

5.1　"彩色半调"滤镜的运用——中国结

　　"彩色半调"滤镜可以根据当前前景色与背景色重新对图像进行颜色的添加，使图像产生一种网点图案的效果。下面通过具体实例来讲解这些滤镜的使用。

步骤 1 ▶ 打开本书配套光盘中的"中国结1.tif"文件，如图5-1所示。执行菜单"图像"|"模式"|"RGB颜色"命令，如图5-2所示。复制"背景"图层，得到"背景 副本"图层，选择此副本图层，如图5-3所示。

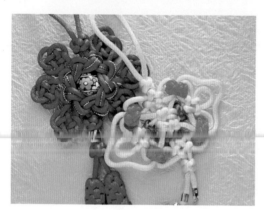

图5-1

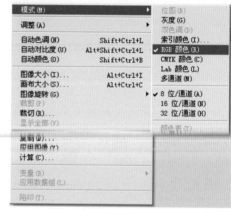

图5-2

步骤 2 ▶ 执行菜单"滤镜"|"像素化"|"彩色半调"命令，在弹出的"彩色半调"对话框中设置参数，如图5-4所示，单击"确定"按钮退出对话框，效果如图5-5所示。执行菜单"选择"|"色彩范围"命令，在弹出的"色彩范围"对话框中使用🖋"吸管工具"拾取预览窗口中的圆点，如图5-6所示。

图5-3

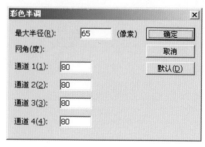

图5-4

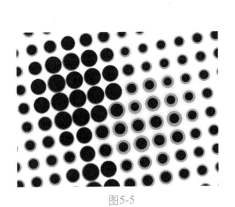

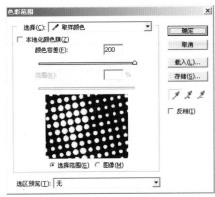

图5-5 图5-6

步骤 3 执行菜单"选择"|"反向"命令，如图5-7所示，将选区反选。按【Delete】键将选区内的颜色删除，效果如图5-8所示。

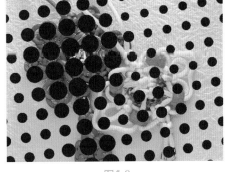

图5-7 图5-8

步骤 4 打开本书配套光盘中的"中国结2.tif"文件，如图5-9所示。将此图像拖入制作文件中，得到"图层 1"。选择此图层，如图5-10所示，按【Ctrl+T】组合键将图层中的图像放大至画布大小，如图5-11所示。隐藏"背景 副本"图层，如图5-12所示。

图5-9 图5-10

图5-11

图5-12

 步骤5　单击"图层"面板下方的 $fx.$ "添加图层样式"按钮，在弹出的下拉菜单中选择
"投影"命令，在弹出的"图层样式"对话框中设置参数，如图5-13所示，单击
"确定"按钮退出对话框，制作投影效果。选择"图层1"，更改其图层的混合
模式为"叠加"，如图5-14所示。最终效果如图5-15所示。

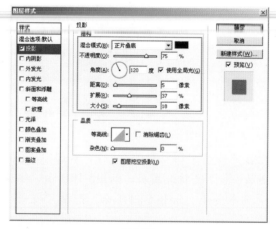

图5-13

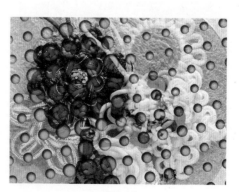

图5-14

图5-15

5.2 "径向模糊"滤镜的运用——分享快乐

"径向模糊"滤镜可以模拟缩放或旋转的相机所产生的模糊效果。下面以具体实例来讲解此滤镜的使用。

步骤1 执行菜单"文件"|"新建"命令，在弹出的"新建"对话框中设置参数，如图5-16所示，单击"确定"按钮退出对话框，新建一个制作文件。

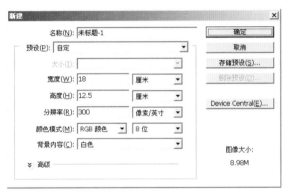

图5-16

步骤2 打开本书配套光盘中的"PIC8.tif"文件，如图5-17所示。将此图像拖入制作文件中，得到"图层1"，将其放置在"背景"图层的上方，如图5-18所示。

图5-17　　　　　　　　　　　　　图5-18

步骤3 选择"图层1"，选择 "矩形选框工具"，在画布中拖出一个适当大小的选区，如图5-19所示。

步骤4 切换至"图层"面板，按【Ctrl+J】组合键得到"图层2"，如图5-20所示。

步骤5 按【Ctrl+T】组合键调出自由变换控制框，如图5-21所示。将鼠标指针放置在控制框的任意一角上，对控制框进行自由变换，将其调整至自己需要的角度，如图5-22所示，按【Enter】键确认变换。

图5-19　　　　　　　　　　　　　　　　　图5-20

图5-21　　　　　　　　　　　　　　　　图5-22

步骤 6　在"图层"面板中双击"图层1"，在弹出的"图层样式"对话框中设置参数，
　　　　如图5-23和图5-24所示，单击"确定"按钮退出对话框，效果如图5-25所示。

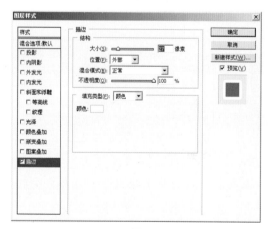
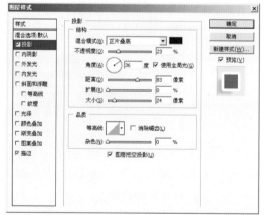

图5-23　　　　　　　　　　　　　　　　图5-24

步骤 7　选择"图层1"，执行菜单"滤镜"|"模糊"|"径向模糊"命令，在弹出的对话
　　　　框中设置参数，如图5-26所示，单击"确定"按钮退出对话框，效果如图5-27所
　　　　示。最终效果如图5-28所示。

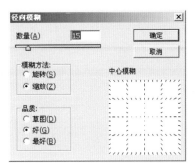

图5-25   图5-26

图5-27   图5-28

5.3 "波浪"滤镜的运用——流光溢彩

使用"波浪"滤镜可以在选区中创建波状起伏的图案，像水池表面的波纹。下面以具体实例来讲解此滤镜的使用。

步骤 1 执行菜单"文件"|"新建"命令，在弹出的"新建"对话框中设置参数，如图5-29所示，单击"确定"按钮退出对话框，新建一个制作文件。

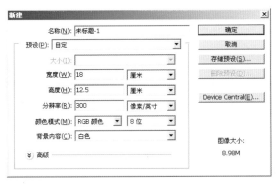

图5-29

步骤 2 单击"图层"面板下方的 "创建新图层"按钮，得到"图层1"，如图5-30所示。选择 "渐变工具"，参照如图5-31和图5-32所示设置其工具选项栏及"渐变编辑器"对话框的参数。

图5-30　　　　　　　　　　　　　　　　　图5-31

步骤 3 使用设置好的 ■ "渐变工具"在画布中拖拽出渐变效果，如图5-33所示。复制"图层 1"，得到"图层 1 副本"，如图5-34所示。执行菜单"滤镜"|"扭曲"|"波浪"命令，在弹出的"波浪"对话框中设置参数，如图5-35所示，单击"确定"按钮退出对话框，制作波浪起伏的效果，如图5-36所示。

图5-32

图5-33

图5-34

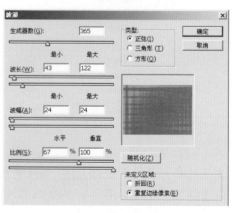

图5-35

步骤 4 执行菜单"图像"|"调整"|"阈值"命令,在弹出的"阈值"对话框中设置参数,如图5-37所示,单击"确定"按钮退出对话框,效果如图5-38所示。

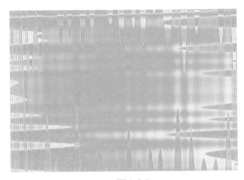

图5-36

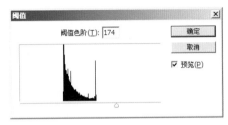

图5-37

步骤 5 执行菜单"选择"|"色彩范围"命令,在弹出的"色彩范围"对话框中,用 "吸管工具"拾取预览窗口中的黑色,如图5-39所示,单击"确定"按钮退出对话框。按【Delete】键将选区中的颜色删除,露出底层颜色,如图5-40所示。选择"图层1",如图5-41所示。

图5-38

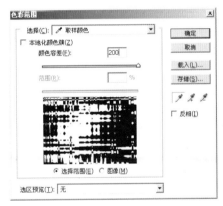

图5-39

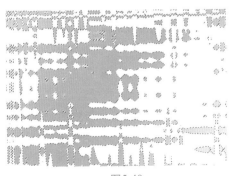

图5-40

图5-41

步骤 6 ▶ 执行菜单"滤镜"|"扭曲"|"波浪"命令，在弹出的"波浪"对话框中设置参数，如图5-42所示，单击"确定"按钮退出对话框，效果如图5-43所示。选择"图层1副本"，更改其图层的混合模式为"排除"，如图5-44所示。最终效果如图5-45所示。

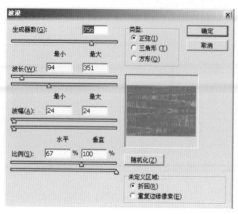

图5-42

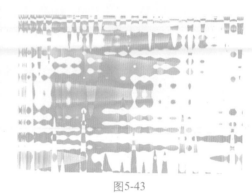

图5-43

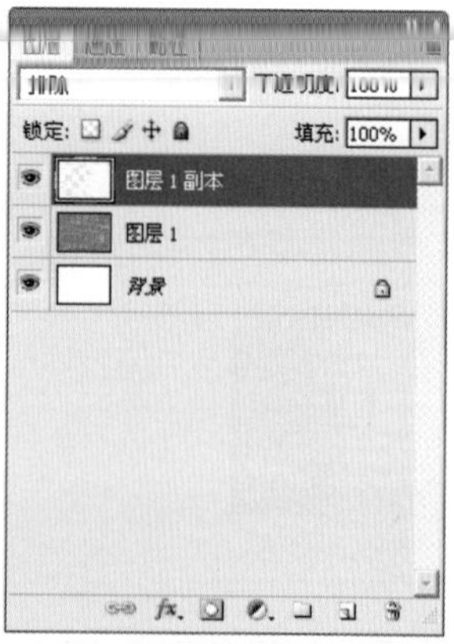

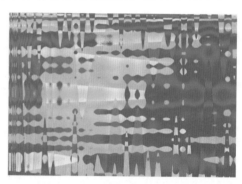

图5-44

图5-45

5.4 "动感模糊"与"高斯模糊"滤镜的运用——寻找狗狗

使用"动感模糊"滤镜可以使图像产生模糊运动的效果，类似于物体高速运动时曝光的摄影手法。使用"高斯模糊"滤镜可以通过控制模糊半径来对图像进行模糊处理。下面以具体实例来讲解这两个滤镜的使用方法。

步骤 1 ▶ 执行菜单"文件"|"新建"命令，在弹出的"新建"对话框中设置参数，如图5-46所示，单击"确定"按钮退出对话框，新建一个制作文件。

步骤 2 ▶ 打开本书配套光盘中的"PIC9.tif"文件，如图5-47所示，将此图像拖入制作文件中，得到"图层1"。

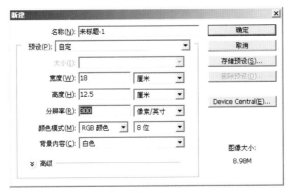

图5-46

步骤 3 复制"图层1",得到"图层1副本"和"图层1副本2"。

步骤 4 选择"图层1",执行菜单"滤镜"|"模糊"|"动感模糊"命令,在弹出的"动感模糊"对话框中设置参数,如图5-48所示,单击"确定"按钮退出对话框,效果如图5-49所示。

图5-47

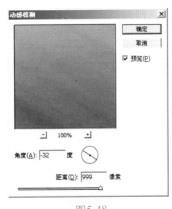

图5-48

步骤 5 选择"图层1副本",单击"图层"面板下方的 "添加图层蒙版"按钮,为"图层1副本"添加图层蒙版,如图5-50所示。

图5-49

图5-50

步骤6 ▶ 选择 ◢ "橡皮擦工具"，其工具选项栏参数设置如图5-51所示，擦除小狗周围的沙发背景，以显示出"图层1"中的动感模糊效果，如图5-52所示。

图5-51

步骤7 ▶ 选择"图层1副本"，执行菜单"滤镜"|"模糊"|"高斯模糊"命令，在弹出的"高斯模糊"对话框中设置参数，如图5-53所示，单击"确定"按钮退出对话框，效果如图5-54所示。

图5-52

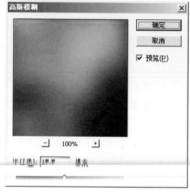

图5-53

步骤8 ▶ 选择"图层1副本2"，单击"图层"面板下方的 ▣ "添加图层蒙版"按钮，为"图层1副本2"添加图层蒙版，如图5-55所示。

图5-54

图5-55

步骤9 ▶ 选择 ◢ "画笔工具"，其工具选项栏参数设置如图5-56所示，在画布中涂抹中间的那只小狗，以显示"图层1副本"中小狗的清晰形象，如图5-57所示。最终效果如图5-58所示。

图5-56

图5-57　　　　　　　　　　　　　　　　图5-58

5.5 "云彩"滤镜的运用——古铜质感

使用"云彩"滤镜可以根据前景色与背景色在画面中生成类似于云彩的效果。此滤镜没有对话框参数，所生成的画面效果是随机的。下面以具体实例来讲解此滤镜的使用。

步骤 1 执行菜单"文件"|"新建"命令，在弹出的"新建"对话框中设置参数，如图5-59所示，单击"确定"按钮退出对话框，新建一个制作文件。

图5-59

步骤 2 单击"图层"面板下方的 "创建新图层"按钮，得到"图层1"，如图5-60所示。设置前景色为深蓝色，背景色为橘红色，如图5-61所示。执行菜单"滤镜"|"渲染"|"云彩"命令，如图5-62所示，最终效果如图5-63所示。

图5-60　　　　　　　　　　　　　　　　图5-61

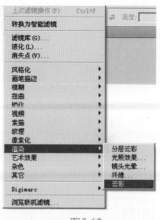

图5-62   图5-63

5.6 "光照效果"滤镜的运用——金属纹理

使用"光照效果"滤镜可以制作出多种奇妙的灯光纹理效果，此滤镜只能用于RGB图像。下面以具体头例来讲解此滤镜的使用。

步骤 1 ▶ 打开本书配套光盘中的"美女2.tif"文件，如图5-64所示。复制"背景"图层，得到"背景 副本"图层，执行菜单"滤镜"|"杂色"|"蒙尘与划痕"命令，在弹出的"蒙尘与划痕"对话框中设置参数，如图5-65所示，单击"确定"按钮退出对话框。

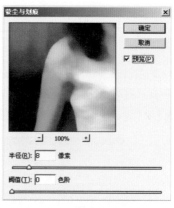

图5-64   图5-65

步骤 2 ▶ 继续执行菜单"图像"|"调整"|"色彩平衡"命令，在弹出的"色彩平衡"对话框中设置参数，如图5-66所示，单击"确定"按钮退出对话框。

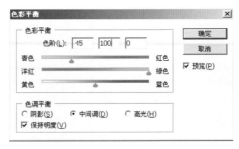

图5-66

步骤3 选择 ✐ "画笔工具"，其工具选项栏设置如图5-67所示。单击"图层"面板下方的 ▣ "添加图层蒙版"按钮为"背景 副本"图层添加蒙版，如图5-68所示。效果如图5-69所示。

图5-67　　　　　　　　　　　　　　　　　　图5-68

步骤4 设置前景色如图5-70所示。新建"图层1"，按【Alt+Delete】组合键填充前景色。执行菜单"滤镜"|"杂色"|"添加杂色"命令，对话框设置如图5-71所示，效果如图5-72所示。再更改此图层的混合模式为"变暗"。

图5-69

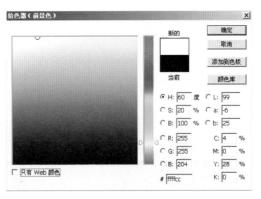

图5-70

步骤5 新建"图层2"，按【Ctrl+Shift+Alt+E】组合键盖印图层。执行菜单"滤镜"|"渲染"|"光照效果"命令，在弹出的"光照效果"对话框中进行如图5-73所示的参数设置，单击"确定"按钮退出对话框，为图像添加光照效果，如图5-74所示。

步骤6 复制"图层1"，得到"图层1副本"，并重命名为"图层3"，放置"图层2"上方，如图5-75所示，效果如图5-76所示。

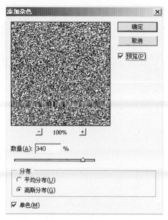

图5-71

图5-72

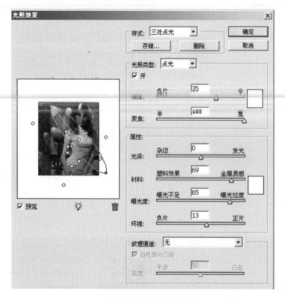

图5-73

图5-74

图5-75

图5-76

步骤7 ▶ 新建"图层4"，按【Ctrl+Shift+Alt+E】组合键盖印图层，更改其图层的混合模式为"柔光"，如图5-77所示，效果如图5-78所示。

图5-77   图5-78

步骤8 ▶ 新建"图层5"，按【Ctrl+Shift+Alt+E】组合键盖印图层。选择 ◎ "减淡工具"，其工具选项栏设置如图5-79所示，适当地将人物脸部部分加亮，效果如图5-80所示。

图5-79   图5-80

步骤9 ▶ 复制"图层5"，得到"图层5副本"，执行菜单"图像"|"调整"|"去色"命令。继续执行菜单"滤镜"|"模糊"|"高斯模糊"命令，在弹出的"高斯模糊"对话框中进行如图5-81所示的参数设置，单击"确定"按钮退出对话框，效果如图5-82所示。

步骤10 ▶ 更改其图层的混合模式和"不透明度"，如图5-83所示，效果如图5-84所示。

步骤11 ▶ 按【Ctrl+Shift+E】组合键合并所有可见图层，执行菜单"图像"|"调整"|"亮度/对比度"命令，在弹出的"亮度/对比度"对话框中设置参数，如图5-85所示，应用后的最终效果如图5-86所示。

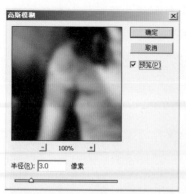

图5-81

图5-82

图5-83

图5-84

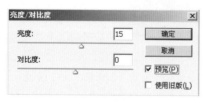

图5-85

图5-86

5.7 "便条纸"滤镜的运用——石膏板材

使用"便条纸"滤镜可以使图像产生一种类似于浮雕的凹陷效果。下面以具体实例来讲解此滤镜的使用。

步骤 1 ▶ 打开本书配套光盘中的"蓝色地球仪.tif"文件，如图 5-87所示。

步骤 2 ▶ 执行菜单"滤镜"|"素描"|"便条纸"命令，在弹出的"便条纸"对话框中设置参数，如图5-88所示，单击"确定"按钮退出对话框。最终效果如图5-89所示。

图5-87

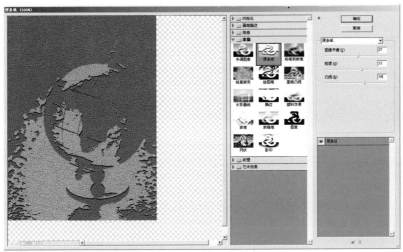

图5-88

图5-89

5.8 "基底凸现"滤镜的运用——快速制作浮雕效果

使用"基底凸现"滤镜可以变换图像以使其呈现浮雕效果，并突出光照下变幻各异的表面，图像的暗调区域呈现前景色，而亮调区域则呈现背景色。下面以具体实例来讲解此滤镜的使用。

步骤 1 ▶ 按【Ctrl+N】组合键，在弹出的"新建"对话框中设置参数，如图5-90所示，单击"确定"按钮退出对话框，新建一个文件。打开本书配套光盘中的"龙图案.jpg"文件，如图5-91所示，将图像拖入制作文件中，得到"图层1"，按【Ctrl+T】组合键调出自由变换控制框，配合【Ctrl】键拖动控制框使图像变形。

步骤 2 ▶ 隐藏"背景"图层，选择 "魔棒工具"，其工具选项栏设置如图5-92所示，点选圈外的白色，如图5-93所示，按【Delete】键将选区内的颜色删除。

步骤 3 ▶ 复制"图层1"，得到"图层1副本"，执行菜单"滤镜"|"素描"|"基底凸现"命令，在弹出的"基底凸现"对话框中设置参数，如图5-94所示，单击"确定"按钮退出对话框，效果如图5-95所示。

图5-90 图5-91

图5-92 图5-93

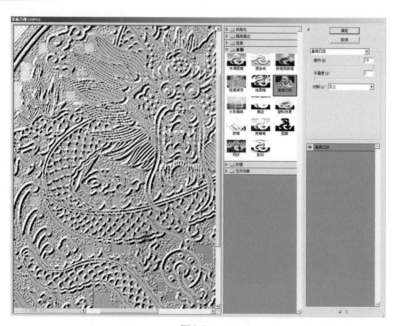

图5-94

步骤4 执行菜单"滤镜"|"模糊"|"高斯模糊"命令，在弹出的"高斯模糊"对话框中设置参数，如图5-96所示，单击"确定"按钮退出对话框，效果如图5-97所示。

步骤5 隐藏"背景"和"图层1副本"图层，为"图层1"执行菜单"选择"|"色彩范围"命令，在弹出的"色彩范围"对话框中点选白色区域，参数设置如图5-98所示，单击"确定"按钮退出对话框，效果如图5-99所示。

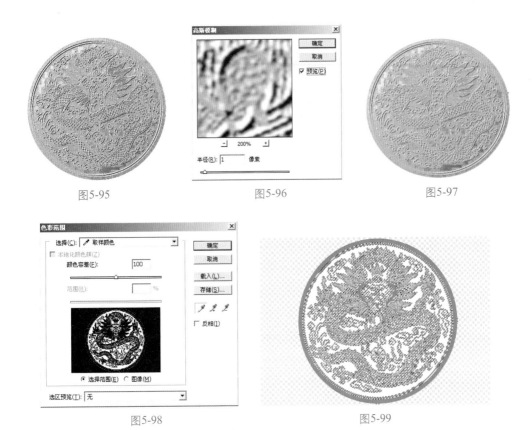

图5-95　　　　　　　　　图5-96　　　　　　　　　图5-97

图5-98　　　　　　　　　　　　　图5-99

步骤 6 ⑤　显示所有图层，为"图层1副本"执行菜单"滤镜"|"纹理"|"纹理化"命令，
　　　　在弹出的"纹理化"对话框中设置参数，如图5-100所示，单击"确定"按钮退出
　　　　对话框，效果如图5-101所示。

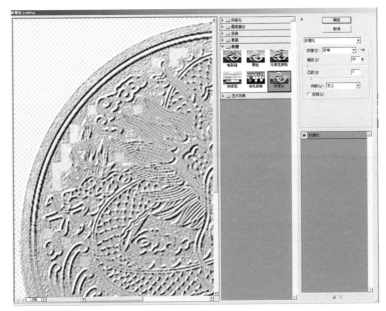

图5-100

步骤7 ▶ 按【Ctrl+E】组合键向下合并图层成为新的"图层1",执行菜单"图像"|"调整"|"曲线"命令,在弹出的"曲线"对话框中设置参数,如图5-102所示,单击"确定"按钮退出对话框,效果如图5-103所示。

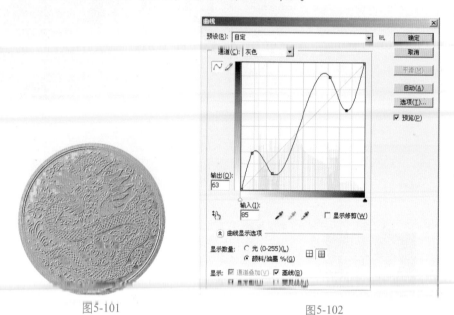

图5-101   图5-102

步骤8 ▶ 选择█"渐变工具",工具栏设置如图5-104所示。新建"图层2",为其添加渐变,并更改图层的混合模式为"叠加","不透明度"为45%,如图5-105所示。最终效果如图5-106所示。

图5-103   图5-104

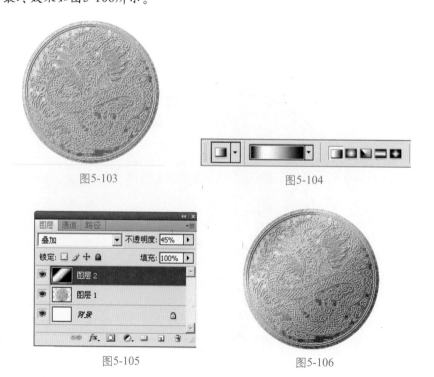

图5-105   图5-106

5.9 "影印"滤镜的运用——色块形式的海报

使用"影印"滤镜可以模拟影印图像的效果。大面积的阴影区域趋向于只复制边缘像素，而中间调区域为纯黑色或纯白色。下面以具体实例来讲解此滤镜的使用。

步骤 1 ▶ 打开本书配套光盘中的"饮料海报.tif"文件，如图5-107所示，将文件转换为RGB模式。更改前景色为紫色，其颜色设置如图5-108所示。

 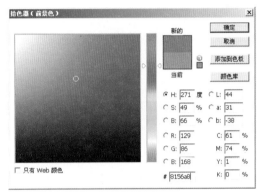

图5-107 图5-108

步骤 2 ▶ 执行菜单"滤镜"|"素描"|"影印"命令，在弹出的"影印"对话框中设置参数，如图5-109所示，单击"确定"按钮退出对话框，影印效果如图5-110所示。也可以通过复制图层、更改前景色的颜色，制作出另一种色调的影印效果。使用 T "文字工具"在画布中输入相应的文字，效果如图5-111所示。

图5-109

图5-110 图5-111

5.10 "水彩画纸"滤镜的运用——水彩画纸效果

使用"水彩画纸"滤镜可以产生在潮湿的纸上绘画的溢出效果。下面以具体实例来讲解此滤镜的使用。

步骤 1 ▶ 打开本书配套光盘中的"冰淇淋.tif"文件，如图5-112所示。

步骤 2 ▶ 执行菜单"滤镜"|"素描"|"水彩画纸"命令，在弹出的"水彩画纸"对话框中设置参数，如图5-113所示，单击"确定"按钮退出对话框，制作水彩画纸效果，如图5-114所示。

图5-112

图5-113

图5-114

5.11 "炭笔"滤镜的运用——炭笔画

　　使用"炭笔"滤镜可以产生色调分离的涂抹效果，并使用前景色（炭笔颜色）在背景色（画布颜色）上重新绘制图像。在绘制的图像中，粗线将绘制图像的阴影区域，细线将绘制图像的中间调区域。下面以具体实例来讲解此滤镜的使用。

步骤 1　打开本书配套光盘中的"楼群.tif"文件，如图5-115所示。执行菜单"滤镜"|"素描"|"炭笔"命令，在弹出的"炭笔"对话框中设置参数，如图5-116所示，单击"确定"按钮退出对话框，效果如图5-117所示。

图5-115

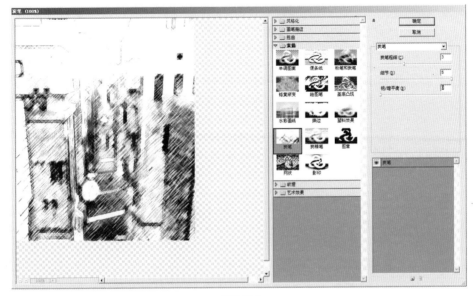

图5-116

步骤2 ▶ 如果希望画面效果更明显，可以按【Ctrl+F】组合键重复执行上次滤镜操作。最终效果如图5-118所示。

图5-117

图5-118

5.12 "铬黄"滤镜的运用——冰封效果

使用"铬黄"滤镜可以根据原图像的明暗像素分布情况产生磨光的金属效果。下面以具体实例来讲解此滤镜的使用。

步骤1 ▶ 执行菜单"文件"|"打开"命令，将素材中"龙"素材打开，如图5-119所示。使用 ✍ "钢笔工具"沿路径勾出龙的轮廓，按【Ctrl+Enter】组合键将勾选的封闭路径转换为选区，如图5-120所示。按【Ctrl+J】组合键复制出图层，得到"图层1"。

图5-119

图5-120

步骤2 ▶ 复制"图层1"，得到"图层1副本"，执行菜单"滤镜"|"模糊"|"高斯模糊"命令，在弹出的"高斯模糊"对话框中参数设置，如图5-121所示，单击"确

定"按钮退出对话框，效果如图5-122所示。

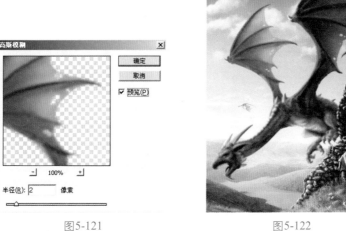

图5-121　　　　　　　　　　　图5-122

步骤 3 ▶ 继续为"图层1副本"执行菜单"滤镜"|"风格化"|"照亮边缘"命令，在弹出的"照亮边缘"对话框中设置参数，如图5-123所示。更改"图层1副本"的混合模式，如图5-124所示，效果如图5-125所示。

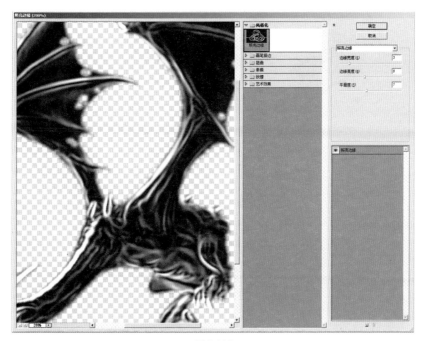

图5-123

步骤 4 ▶ 两次复制"图层1"，得到"图层1副本1"和"图层1副本2"。选择"图层1副本2"图层，执行菜单"滤镜"|"素描"|"铬黄"命令，在弹出的"铬黄渐变"对话框中设置参数，如图5-126所示，单击"确定"按钮退出对话框，效果如图5-127所示。

图5-124　　　　　　　　　　　　　　　图5-125

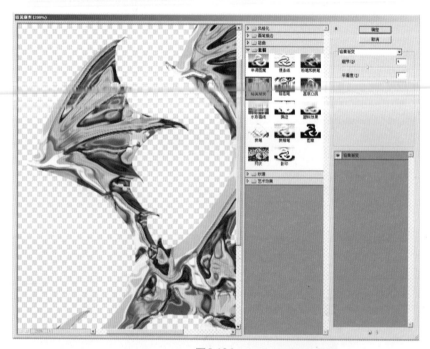

图5-126

步骤 5 ▶ 更改"图层1副本2"的混合模式为"叠加"，如图5-128所示，效果如图5-129所示。为"图层1"执行菜单"图像"|"调整"|"色相/饱和度"命令，在弹出的"色相/饱和度"对话框中设置参数，如图5-130所示，单击"确定"按钮退出对话框，效果如图5-131所示。

步骤 6 ▶ 为"图层1副本"执行菜单"图像"|"调整"|"色相/饱和度"命令，在图层的"色相/饱和度"对话框中设置参数，如图5-132所示，单击"确定"按钮退出对话框，效果如图5-133所示。

图5-127

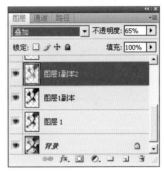

图5-128

图5-129

图5-130

图5-131

图5-132

步骤 7 复制"图层1",得到"图层1副本3",并更改其混合模式为"柔光",如图5-134所示。更改"图层1副本2"的"不透明度"为65%,如图5-135所示,效果如图5-136所示。

图5-133

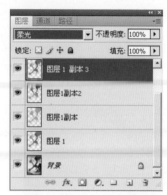

图5-134

图5-135

图5-136

步骤 8 ▶ 选择 ■ "渐变工具"，工具栏设置如图5-137所示，将"图层 1"放置图层最上层，并为其添加图层蒙版，如图5-138所示，效果如图5-139所示。

图5-137

图5-138

图5-139

5.13　"染色玻璃"滤镜的运用——蜂巢

　　使用"染色玻璃"滤镜可以在图像中生成玻璃的模拟效果，生成的玻璃块之间的缝隙用前景色进行填充。下面以具体实例来讲解此滤镜的使用。

步骤 1 　执行菜单"文件"|"新建"命令，在弹出的"新建"对话框中设置参数，如图5-140所示，单击"确定"按钮退出对话框，新建一个制作文件。

步骤 2 　单击"图层"面板下方的 "创建新图层"按钮，得到"图层1"，如图5-141所示。选择 "渐变工具"，在其工具选项栏中单击 "线性渐变"按钮并设置渐变颜色，如图5-142所示。

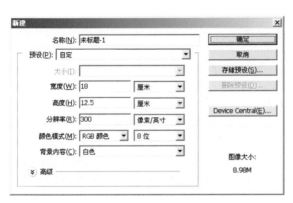

图5-140　　　　　　　　　　　　　　　　　图5-141

图5-142

步骤 3 　使用设置好的 "渐变工具"在画布中由左上角到右下角拖拽出渐变效果，如图5-143所示。复制"图层1"，得到"图层1 副本"，选择此副本图层，如图5-144所示。

图5-143　　　　　　　　　　　　　图5-144

步骤 4 ▶ 执行菜单"滤镜"|"纹理"|"染色玻璃"命令，在弹出的"染色玻璃"对话框中设置参数，如图5-145所示，单击"确定"按钮退出对话框，效果如图5-146所示。

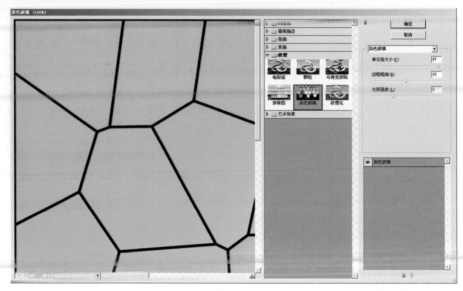

图5-145

步骤 5 ▶ 选择"图层 1"，如图5-147所示。执行菜单"滤镜"|"纹理"|"染色玻璃"命令，在弹出的"染色玻璃"对话框中设置参数，如图5-148所示，单击"确定"按钮退出对话框。

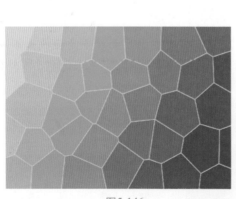

图5-146

图5-147

步骤 6 ▶ 选择"图层1副本"，更改其图层的混合模式为"柔光"，如图5-149所示，效果如图5-150所示。再置入"蜜蜂"素材图像，以制作实例的另一种效果，如图5-151所示。

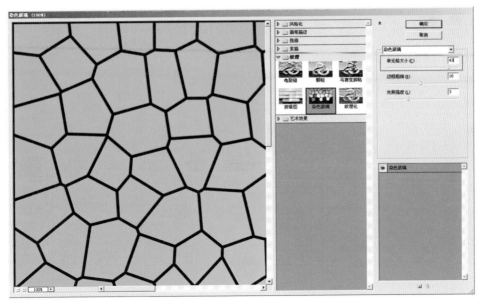

图5-148

图5-149

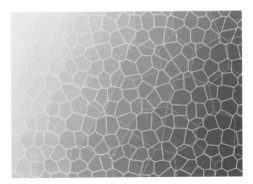

图5-150

图5-151

5.14 "纹理化"滤镜的运用——帆布纹理

使用"纹理化"滤镜，可以任意选择一种纹理样式以生成纹理效果。下面以具体实例来讲解此滤镜的使用。

步骤 1 执行菜单"文件"|"新建"命令，在弹出的"新建"对话框中设置参数，如图5-152所示，单击"确定"按钮退出对话框，新建一个制作文件。

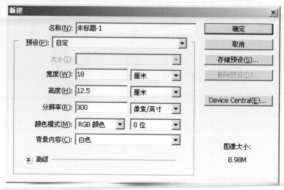

图5-152

步骤 2 单击"图层"面板下方的 ▣ "创建新图层"按钮，得到"图层 1"，如图5-153所示。更改前景色和背景色为红色和暗红色，如图5-154所示。执行菜单"滤镜"|"渲染"|"云彩"命令，如图5-155所示，制作云彩效果。

图5-153   图5-154   图5-155

步骤 3 执行菜单"滤镜"|"纹理"|"纹理化"命令，在弹出的"纹理化"对话框中设置参数，如图5-156所示，单击"确定"按钮退出对话框，制作纹理效果。选择 ▣ "矩形选框工具"，在画布中央拖拽出一个矩形选区，按【Ctrl+T】组合键调出自由变换控制框，如图5-157所示。

步骤 4 将选区中的图像放大到画布大小，如图5-158所示，此操作可以使纹理效果更明显。新建"图层 2"，如图5-159所示。

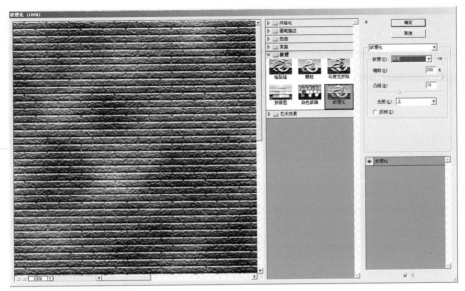

图5-156

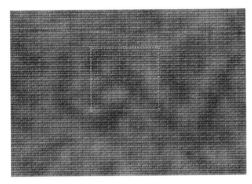

图5-157

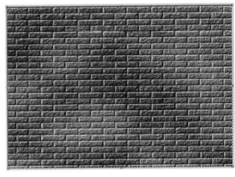

图5-158

步骤5 选择"自定形状工具"，在工具选项栏中单击□"填充像素"按钮并选择形状，如图5-160所示，在画布中拖拽出此形状，效果如图5-161所示。

图5-159

图5-160

步骤6 执行菜单"滤镜"|"纹理"|"纹理化"命令，在弹出的"纹理化"对话框中设置参数，如图5-162所示，单击"确定"按钮退出对话框，效果如图5-163所示。对形状进行适当的变形，并在"背景"图层上方添加本书配套光盘中的"底图.tif"文件，调整其大小和位置，最终效果如图5-164所示。

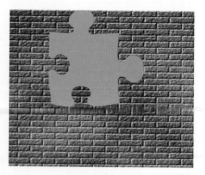

图5-161

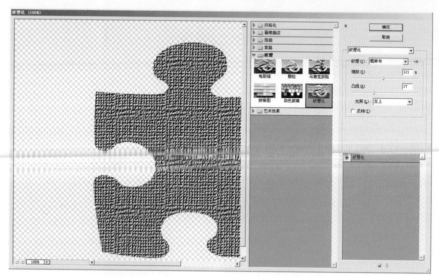

图5-162

图5-163

图5-164

5.15 "浮雕效果"滤镜的运用——昆虫化石

使用"浮雕效果"滤镜可以形成许多纹理，以模拟在粗糙的石膏表面绘画的效果。下面以具体实例来讲解此滤镜的使用。

步骤 1 新建一个文件，在"图层"面板中新建
"图层1"，为其填充白色。执行菜单"滤
镜"|"渲染"|"云彩"命令，效果如图
5-165所示。

步骤 2 执行菜单"滤镜"|"模糊"|"高斯模糊"
命令，在弹出的"高斯模糊"对话框中设
置模糊"半径"为5，如图5-166所示，单击
"确定"按钮退出对话框，效果如图5-167
所示。

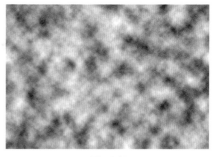

图5-165

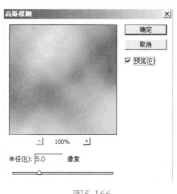

图5-166

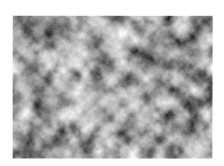

图5-167

步骤 3 继续执行菜单"滤镜"|"素描"|"基底凸现"命令，在弹出的"基底凸现"
对话框中设置参数，如图5-168所示，单击"确定"按钮退出对话框，效果如图
5-169所示。

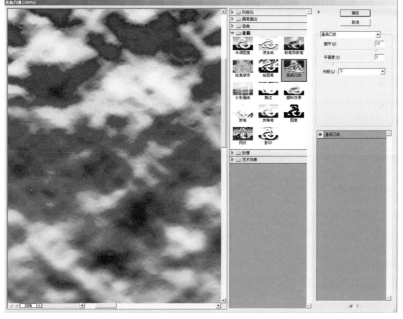

图5-168

步骤 4 ▶ 执行菜单"滤镜"|"素描"|"龟裂缝"命令，在弹出的"龟裂缝"对话框中设置参数，如图5-170所示，单击"确定"按钮退出对话框，效果如图5-171所示。

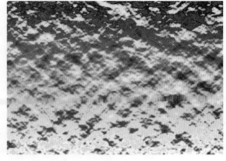

图5-169

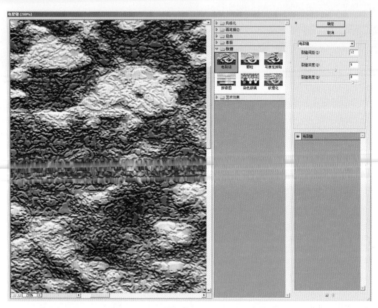

图5-170

步骤 5 ▶ 新建"图层2"，执行菜单"滤镜"|"杂色"|"添加杂色"命令，在弹出的"添加杂色"对话框中设置参数，如图5-172所示，单击"确定"按钮退出对话框，效果如图5-173所示。

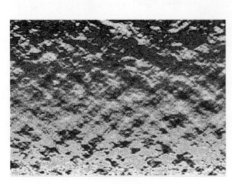

图5-171

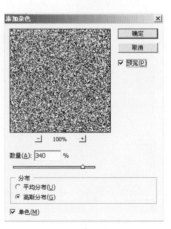

图5-172

步骤6 执行菜单"滤镜"|"风格化"|"浮雕效果"命令，在弹出的"浮雕效果"对话框中设置参数，如图5-174所示，单击"确定"按钮退出对话框，效果如图5-175所示。设置"图层2"的"不透明度"为50%，如图5-176所示。

图5-173

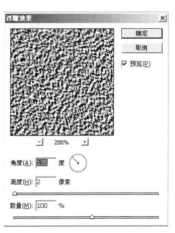

图5-174

图5-175

图5-176

步骤7 执行菜单"图像"|"调整"|"色相/饱和度"命令，在弹出的"色相/饱和度"对话框中设置参数，如图5-177所示，单击"确定"按钮退出对话框，效果如图5-178所示。

图5-177

图5-178

步骤 8 ▶ 打开本书配套光盘中的"蝴蝶1.tif"文件，如图5-179所示。使用 ✎ "魔棒工具"点选白色区域，按【Ctrl+Shift+I】组合键反选，将素材拖入文件，得到"图层3"。复制"图层3"，得到"图层3副本"，并将其隐藏，设置"图层3"的"不透明度"和混合模式如图5-180所示，效果如图5-181所示。

图5-179　　　　　　　　图5-180　　　　　　　　　　　图5-181

步骤 9 ▶ 显示"图层3副本"，执行菜单"图像"|"调整"|"渐变映射"命令，在弹出的"渐变映射"对话框中设置参数，如图5-182所示，单击"确定"退出对话框，效果如图5-183所示。

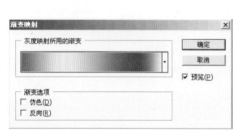

图5-182　　　　　　　　　　　　　图5-183

步骤 10 ▶ 复制"图层3副本"，得到"图层3副本2"，并将其隐藏。设置"图层3副本"的混合模式如图5-184所示，效果如图5-185所示。

图5-184　　　　　　　　　　　图5-185

步骤 11 ▶ 显示"图层3副本2"，设置该图层的混合模式如图5-186所示，效果如图5-187所示。

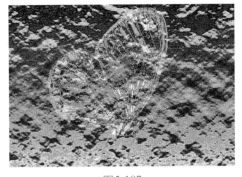

图5-186 图5-187

步骤12 导入本书配套光盘中如图5-188所示的"纹理"素材,将得到的图层命名为"纹理",设置该图层的混合模式如图5-189所示,效果如图5-190所示。

图5-188 图5-189

步骤13 复制"图层3",恢复"不透明度"和混合模式,隐藏该图层和"背景"图层以外的图层,效果如图5-191所示。切换至"通道"面板,复制"蓝"通道,得到"蓝 副本",执行菜单"滤镜"|"风格化"|"浮雕效果"命令,设置参数如图5-192所示,单击"确定"按钮退出对话框,效果如图5-193所示。

图5-190 图5-191

步骤14 复制"蓝 副本"通道,得到"蓝 副本2",执行菜单"图像"|"调整"|"色阶"命令,在弹出的对话框中用 "白色吸管"吸取中间灰色,如图5-194所示,单击"确定"按钮退出对话框,效果如图5-195所示。

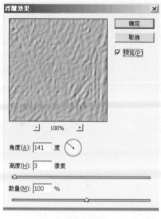

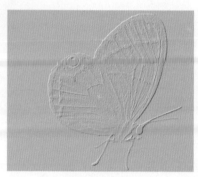

图5-192　　　　　　　　　　　　　　　图5-193

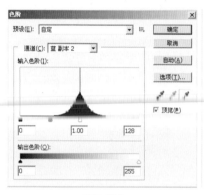

图5-194　　　　　　　　　　　　　　　图5-195

步骤15 按【Ctrl+I】组合键将通道反相，如图5-196所示。执行菜单"图像"|"调整"|"曲线"命令，在弹出的"曲线"对话框中设置参数，如图5-197所示，单击"确定"按钮退出对话框，效果如图5-198所示。

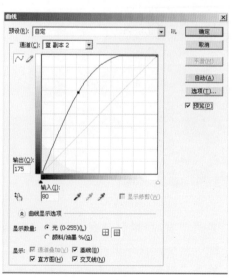

图5-196　　　　　　　　　　　　　　　图5-197

步骤 16 ▶ 复制"蓝 副本"通道，得到"蓝 副本3"，执行菜单"图像"|"调整"|"色阶"命令，在弹出的对话框中用 🖋 "黑色吸管"吸取中间灰色，如图5-199所示，单击"确定"按钮退出对话框，效果如图5-200所示。

图5-198

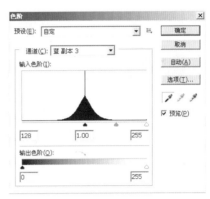

图5-199

步骤 17 ▶ 继续执行菜单"图像"|"调整"|"曲线"命令，在弹出的"曲线"对话框中，设置与第15步相同的参数，单击"确定"按钮退出对话框，效果如图5-201所示。返回"图层"面板，在"图层1"上方新建"图层4"。返回"通道"面板，载入"蓝 副本2"的选区，回到"图层"面板，为"图层4"填充黑色，效果如图5-202所示。

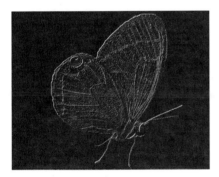

图5-200

图5-201

步骤 18 ▶ 设置"图层4"的"不透明度"和混合模式如图5-203所示，效果如图2-204所示。

图5-202

图5-203

步骤19 ▶ 新建"图层5",返回"通道"面板,载入"蓝 副本3"通道的选区,回到"图层"面板,为"图层5"填充白色,效果如图5-205所示。设置"图层5"的"不透明度"和混合模式如图5-206所示。最终效果如图5-207所示。

图5-204

图5-205

图5-206

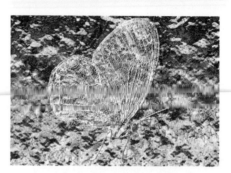

图5-207

5.16 "塑料包装"与"海洋波纹"滤镜的运用——冰雕之城

　　使用"塑料包装"滤镜可以增强图像中的高光效果并强调图像中的线条,从而使图像产生一种表现力很强的塑料包装质感效果。使用"海洋波纹"滤镜可以在图像的表面生成一种随机性间隔的波纹,类似于将画面置于水下的效果。下面以具体实例来讲解这两个滤镜的使用。

步骤1 ▶ 执行菜单"文件"|"新建"命令,在弹出的"新建"对话框中设置参数,如图5-208所示,单击"确定"按钮退出对话框,新建一个制作文件。

步骤2 ▶ 单击"图层"面板下方的 ▣ "创建新图层"按钮,得到"图层1",如图5-209所示。选择 ▣ "渐变工具",在其工具选项栏中设置渐变颜色由黑色到深蓝色,并单击 ▣ "线性渐变"按钮,如图5-210所示,在画布中由上到下拖拽出渐变效果,如图5-211所示。

步骤3 ▶ 新建"图层2",将其放置在所有图层的上方,如图5-212所示。选择 ▣ "矩形选框工具",在画布中拖出一个矩形选区,并在其中拖出由灰到亮灰的渐变颜色,效果如图5-213所示。按【Ctrl+T】组合键调出自由变换控制框,按【Ctrl】键调整变形，效果如图5-214所示。

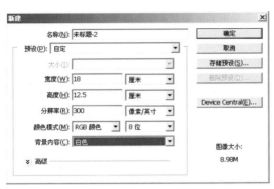

图5-208

图5-209

图5-210

图5-211

图5-212

图5-213

图5-214

步骤4 将复制得到的图形放在画布左侧，再按【Ctrl+T】组合键进行调整，制作出立方体的另一个侧面，效果如图5-215所示。按照同样的方法，制作出立方体的上表面，效果如图5-216所示。一个完整的立方体就完成了，效果如图5-217所示。

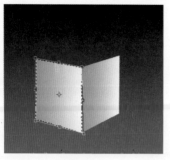
图5-215

图5-216

步骤 5 复制"图层2",得到"图层2副本",如图5-218所示。执行菜单"滤镜"|"艺术效果"|"塑料包装"命令,在弹出的"塑料包装"对话框中设置参数,如图5-219所示,单击"确定"按钮退出对话框,制作塑料包装效果。

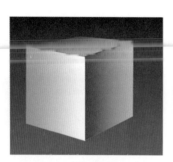
图5-217

图5-218

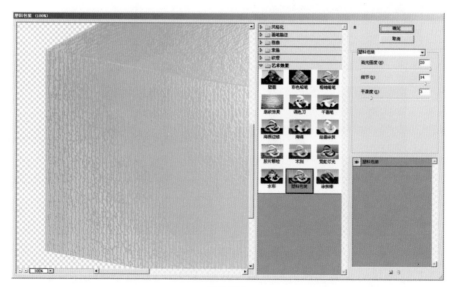
图5-219

步骤 6 ▶ 选择"图层 2",如图5-220所示。执行菜单"滤镜"|"扭曲"|"海洋波纹"命令,在弹出的"海洋波纹"对话框中设置参数,如图5-221所示,单击"确定"按钮退出对话框,制作波纹扭曲效果。

步骤 7 ▶ 选择"图层 2 副本",更改其图层的混合模式为"排除",效果如图5-222所示。单击"图层"面板右上角的▼≡按钮,在弹出的菜单中选择"向下合并"命令,如图5-223所示。

图5-220

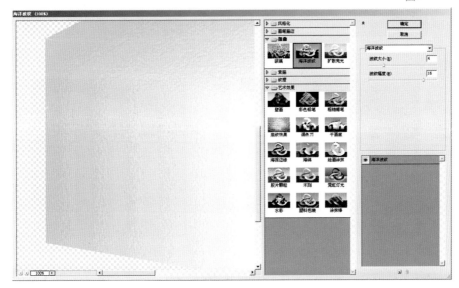

图5-221

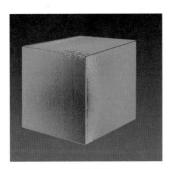

图5-222

图5-223

步骤8 执行菜单"图像"|"调整"|"亮度/对比度"命令，其对话框参数设置及效果如图5-224所示。将制作好的图形复制多个并参照如图5-225所示进行摆放，使其形成两个柱子的形状。然后再摆放一个横柱，以形成城门的形状，效果如图5-226和图5-227所示。

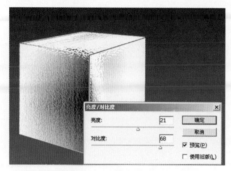

图5-224

图5-225

图5-226

图5-227

步骤9 按照同样的方法制作出城墙，效果如图5-228所示。最终效果如图5-229所示。

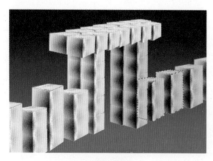

图5-228

图5-229

5.17 "干画笔"滤镜的运用——水粉画少女

使用"干画笔"滤镜可以通过减少图像的颜色来简化图像的细节，使图像呈现出介于油画和水彩画之间的效果。下面以具体实例来讲解此滤镜的使用。

步骤1 打开本书配套光盘中的"CG少女.tif"文件，如图
5-230所示。

步骤2 执行菜单"滤镜"|"艺术效果"|"干画笔"命
令，在弹出的"干画笔"对话框中设置参数，如
图5-231所示，单击"确定"按钮退出对话框。最
终效果如图5-232所示。

图5-230

图5-231

图5-232

5.18 "木刻"滤镜的运用——飞龙

使用"木刻"滤镜可以将图像中相近的颜色利用某一种颜色进行代替，从而减少图像
中原有的颜色。下面以具体实例来讲解此滤镜的使用。

步骤1 打开本书配套光盘中的"飞龙.tif"文件，如图
5-233所示。

步骤2 执行菜单"滤镜"|"艺术效果"|"木刻"命
令，在弹出的"木刻"对话框中设置参数，
如图5-234所示，单击"确定"按钮退出对话
框。最终效果如图5-235所示。

图5-233

图5-234　　　　　　　　　　　　　　　　　　　　图5-235

5.19　"凸出"滤镜的运用——书法展宣传海报

使用"凸出"滤镜可以将图像转化为类似立方体或锥体的三维效果。下面以具体实例来讲解此滤镜的使用。

步骤1　执行菜单"文件"|"新建"命令，在弹出的"新建"对话框中设置参数，如图5-236所示，单击"确定"按钮退出对话框，新建一个制作文件。

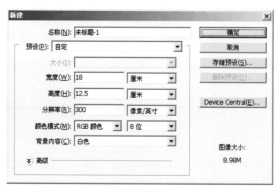

图5-236

步骤2　单击"图层"面板下方的 "创建新图层"按钮，得到"图层1"，如图5-237所示。选择 "直排文字蒙版工具"，其工具选项栏参数设置如图5-238所示，在画布中制作"书"字繁体的蒙版选区并填充黑色，效果如图5-239所示。

步骤3　选择 "渐变工具"，在其工具选项栏中设置渐变颜色由黑色到白色，并单击 "线性渐变"按钮，如图5-240所示，在文字选区中由上到下拖拽出渐变效果，如图5-241所示。执行菜单"滤镜"|"风格化"|"凸出"命令，在弹出的"凸出"对话框中设置参数，如图5-242所示，单击"确定"按钮退出对话框，效果如图5-243所示。

图5-237

图5-238

图5-239

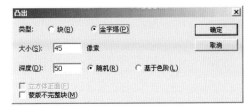

图5-240

图5-241

图5-242

步骤 4 ▶ 将"背景"图层填充为黑色，然后新建"图层 2"，将其放置在"图层 1"的上方，并选择此图层，如图5-244所示。确保文字选区仍然存在，执行菜单"编辑"|"描边"命令，在弹出的"描边"对话框中设置参数，如图5-245所示，单击"确定"按钮退出对话框，制作文字的描边效果。

步骤 5 ▶ 载入"图层 2"的选区，效果如图5-246所示。选择▊"渐变工具"，在其工具选项栏中设置渐变颜色由亮灰色到黑色，并单击▊"线性渐变"按钮，如图5-247所示，在选区内由上到下拖拽出渐变效果，如图5-248所示。

步骤 6 ▶ 按【Ctrl+T】组合键调出自由变换控制框，并按住【Ctrl】键对文字描边选区变形，效果如图5-249所示。使用▊"钢笔工具"在画布左侧绘制毛笔形状，并使用文字类工具在画布下方输入文字，最终效果如图5-250所示。

图5-243

图5-244

图5-245

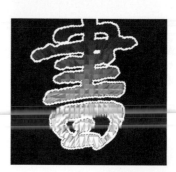

图5-246

图5-247

图5-248

图5-249

图5-250

5.20 "纹理化"滤镜的运用——油画效果

使用"纹理化"滤镜，可以通过勾画图像或者选区的轮廓来降低其周围的色值，从而生成凹凸不平的浮雕效果。下面以具体实例来讲解此滤镜的使用。

步骤 1 执行菜单"文件"|"打开"命令，打开本书配套光盘中的"风景"文件，如图5-251所示。按【Ctrl+J】组合键复制图层，如图5-252所示。

步骤 2 执行菜单"滤镜"|"模糊"|"特殊模糊"命令，在弹出的"特殊模糊"对话框中设置参数，如图5-253所示，单击"确定"按钮退出对话框，效果如图5-254所示。

图5-251

图5-252

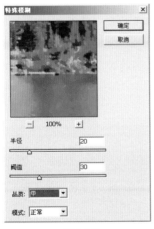

图5-253

图5-254

步骤 3 执行菜单"图像"|"调整"|"曲线"命令，在弹出"曲线"对话框中设置参数，如图5-255所示，单击"确定"按钮退出对话框，效果如图5-256所示。

步骤 4 执行菜单"滤镜"|"艺术效果"|"水彩"命令，在弹出的"水彩"对话框中设置参数，如图5-257所示，单击"确定"按钮退出对话框，效果如图5-258所示。

步骤 5 执行菜单"滤镜"|"纹理"|"纹理化"命令，在弹出的"纹理化"对话框中设

置参数，如图5-259所示，单击"确定"按钮退出对话框，效果如图5-260所示。

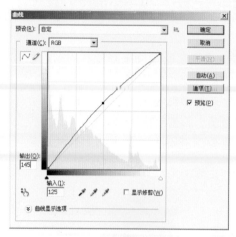

图5-255

图5-256

图5-257

图5-258

图5-259

图5-260

步骤 6 ▶ 使用 ⬚ "套索工具"按照如图5-261所示套索出油画图左侧的小山丘，按 【Ctrl+J】组合键复制图层，得到"图层2"，如图5-262所示。

步骤 7 ▶ 在"图层"面板中双击"图层2"，在弹出的"图层样式"对话框中按照如图

5-263所示设置"斜面和浮雕"的参数,单击"确定"按钮退出对话框,效果如图
5-264所示。

图5-261

图5-262

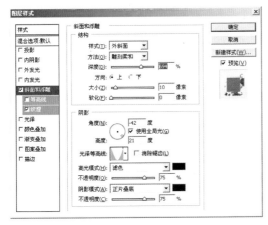

图5-263

图5-264

步骤 8 设置当前图层为"图层1",使用 $\mathcal{P}$ "套索工具"套索出湖周围的树木,如图
5-265所示。按【Ctrl+J】组合键复制图层,得到"图层3",如图5-266所示。

图5-265

图5-266

步骤 9 在"图层"面板中双击"图层3",在弹出的"图层样式"对话框中按照如图
5-267所示设置"斜面和浮雕"的参数,单击"确定"按钮退出对话框,效果

如图5-268所示。

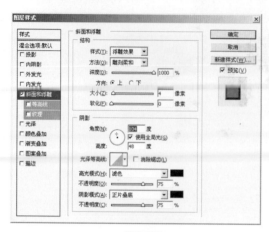

图5-267 图5-268

步骤10 设置当前图层为"图层1"，使用 "套索工具"套索出油画左下方的树木，如
图5-269所示。按【Ctrl+J】组合键复制图层，得到"图层4"，如图5-270所示。

图5-269 图5-270

步骤11 在"图层"面板中双击"图层4"，在弹出的"图层样式"对话框中按照如图5-271所
示设置"斜面和浮雕"的参数，单击"确定"按钮退出对话框，效果如图5-272所示。

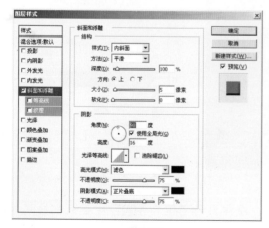

图5-271 图5-272

5.21 "风"滤镜的运用——风印

使用"风"滤镜可以按照图像边缘的像素颜色增加水平线,从而产生起风的效果,此滤镜只对图像的边缘起作用。下面以具体实例来讲解此滤镜的使用。

步骤1 打开本书配套光盘中的"风印1.tif"文件,如图5-273所示。再打开本书配套光盘中的"风印2.tif"文件,如图5-274所示。将"风印2.tif"中的图像拖入"风印1.tif"中,按【Ctrl+T】组合键将拖入的图像进行缩放并放置在画布中央,效果如图5-275所示。

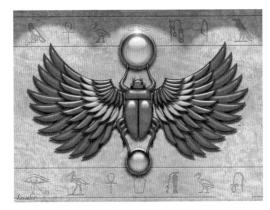

图5-273 　　　　　　　　　　　图5-274

步骤2 选择 "魔棒工具",其工具选项栏参数设置如图5-276所示。选择"风印2.tif"图像的背景颜色,按【Delete】键将颜色删除,效果如图5-277所示。使用 "矩形选框工具"框选图像右侧部分并进行删除,效果如图5-278所示。

图5-275

图5-276

步骤3 执行菜单"滤镜"|"风格化"|"风"命令,在弹出的"风"对话框中设置参数,如图5-279所示,单击"确定"按钮退出对话框,效果如图5-280所示。将制作好的图像进行复制,并将复制得到的图像放置在画布右侧,使其形成一个完整的图像,效果如图5-281所示。

图5-277

图5-278

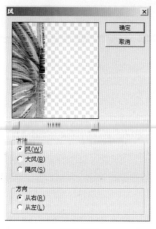
图5-279

图5-280

步骤4 ▶ 选择"图层1"（即"凤印2.tif"图像所在的图层），更改其图层的混合模式为
"叠加"，如图5-282所示。选择"背景"图层，如图5-283所示，执行菜单"图
像"|"调整"|"色相/饱和度"命令，在弹出的"色相/饱和度"对话框中设置参
数，如图5-284所示，单击"确定"按钮退出对话框，调整图像的色相和饱和度。
最终效果如图5-285所示。

图5-281

图5-282

图5-283   图5-284

图5-285

5.22 滤镜与图层功能的综合运用——个人网站主页

步骤 1 ▷ 执行菜单"文件"|"新建"命令，在弹出的"新建"对话框中设置参数，如图5-286所示，单击"确定"按钮退出对话框，新建一个制作文件。

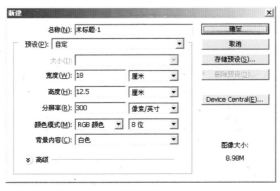

图5-286

步骤 2 单击"图层"面板下方的 ▣ "创建新图层"按钮，得到"图层 1"，如图5-287
所示。使用 ▦ "矩形选框工具"在画布上方框选出一个长条矩形选区并填充灰
色，效果如图5-288所示。执行菜单"编辑"|"描边"命令，在弹出的"描边"
对话框中设置参数，如图5-289所示，单击"确定"按钮退出对话框，制作出选区
的描边效果。

图5-287

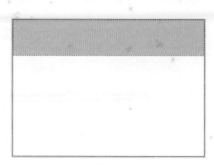

图5-288

步骤 3 同样使用 ▦ "矩形选框工具"制作出画布中央和下方的选区，并分别填充白色和
亮灰色，效果如图5-290和图5-291所示。新建"图层2"，如图5-292所示。

图5-289

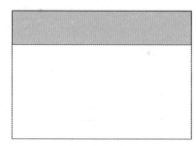

图5-290

图5-291

图5-292

步骤 4 ▶ 在画布上方灰色选区中框选出一个细长矩形选区并填充亮灰色，效果如图5-293所示。选择 ✂ "多边形套索工具"，其工具选项栏参数设置如图5-294所示，在画布中拖动出选区并填充亮灰色，效果如图5-295和图5-296所示。

步骤 5 ▶ 使用 ◯ "椭圆选框工具"在画布下方拖出一个正圆选区，效果如图5-297所示。执行菜单"编辑"|"描边"命令，在弹出的"描边"对话框中设置参数，如图5-298所示，单击"确定"按钮退出对话框，制作正圆选区的描边效果，如图5-299所示。

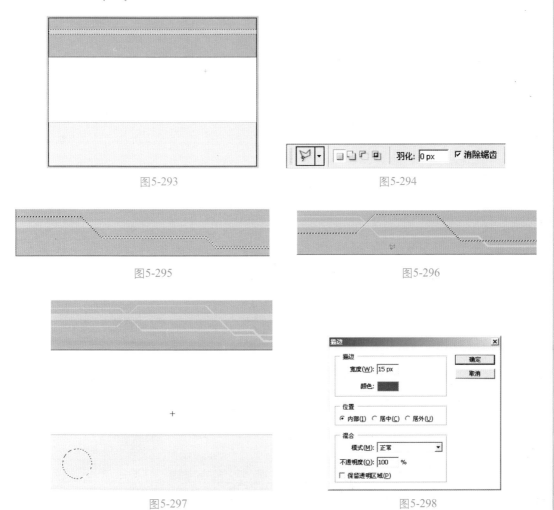

图5-293　　　　　　　　　　　　　　　图5-294

图5-295　　　　　　　　　　　　　　　图5-296

图5-297　　　　　　　　　　　　　　　图5-298

步骤 6 ▶ 使用 ◯ "椭圆选框工具"在正圆选区中央绘制选区并填充颜色，得到一个小圆点，按住【Shift】键使用 ✂ "多边形套索工具"框选出一个近似矩形的选区，如图5-300所示，将选区内圆环边缘的颜色删除，继续制作选区并填充颜色，效果如图5-301和图5-302所示。

步骤 7 ▶ 新建"图层 3"，将其放置在所有图层的上方，如图5-303所示。使用 ✂ "多边形套索工具"框选出图形选区并填充颜色，效果如图5-304和图5-305所示。

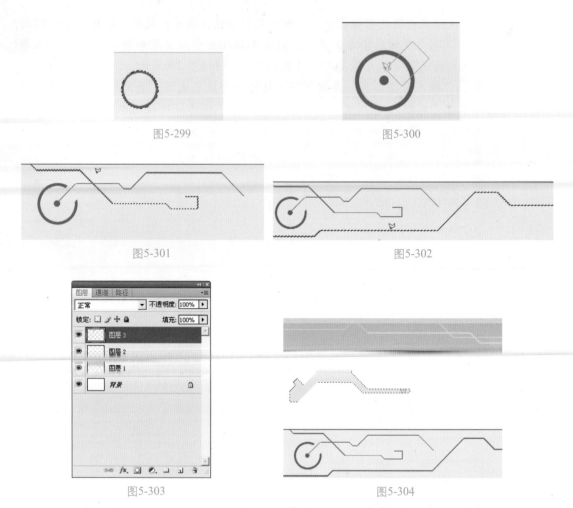

图5-299　　　　　　　　　　　　图5-300

图5-301　　　　　　　　　　　　图5-302

图5-303　　　　　　　　　　　　图5-304

步骤 8 　执行菜单"编辑"|"描边"命令，在弹出的"描边"对话框中设置参数，如图5-306所示，单击"确定"按钮退出对话框，制作选区的描边效果，如图5-307所示。新建"图层4"，如图5-308所示。

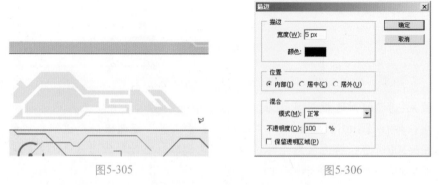

图5-305　　　　　　　　　　　　图5-306

步骤 9 　选择 "自定形状工具"，其工具选项栏中的参数设置如图5-309所示，在画布中拖动出此形状，如图5-310所示。将此形状复制多个，并按【Ctrl+T】组合键将复制得到的形状进行缩放变形，效果如图5-311所示。

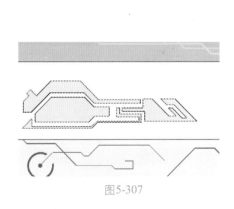

图5-307 图5-308

图5-309

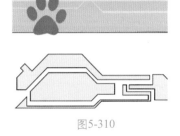

图5-310 图5-311

步骤10 在形状周围制作一个环形，效果如图5-312所示。执行菜单"图层"|"图层样式"|"斜面和浮雕"命令，在弹出的"图层样式"对话框中设置参数，如图5-313所示，单击"确定"按钮退出对话框，制作斜面和浮雕效果。

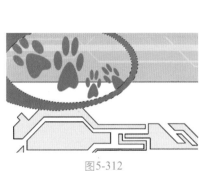

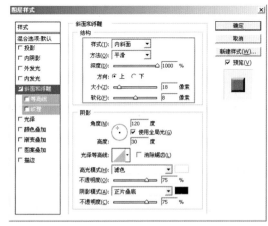

图5-312 图5-313

步骤11 在"图层样式"对话框左侧选择"投影"选项，设置其参数，如图5-314所示，单击"确定"按钮退出对话框，效果如图5-315所示。

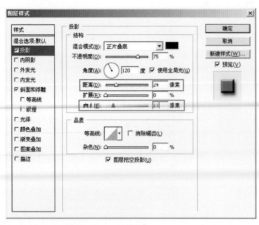

图5-314   图5-315

步骤12 ▶ 选择"图层 3",如图5-316所示。执行菜单"图层"|"图层样式"|"投影"命令,在弹出的"图层样式"对话框中设置参数,如图5-317所示,制作投影效果。

步骤13 ▶ 在"图层样式"对话框左侧选择"斜面和浮雕"选项,设置其参数,如图5-318所示,单击"确定"按钮退出对话框,效果如图5-319所示。

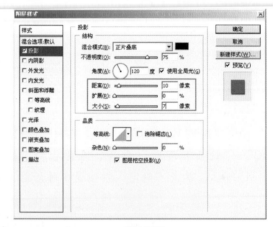

图5-316   图5-317

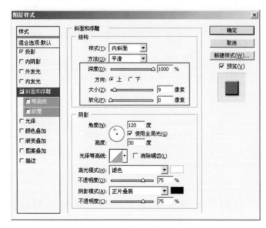

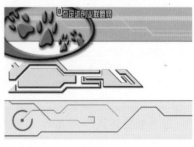

图5-318   图5-319

步骤14 ▶ 打开本书配套光盘中的"风景1.tif"文件，如图5-320所示，将此图像拖入制作文件中，得到"图层5"，按【Ctrl+T】组合键将图像缩小并放置在画布中央，效果如图5-321所示。更改"图层 3"的"不透明度"为55%，如图5-322所示，效果如图5-323所示。

图5-320

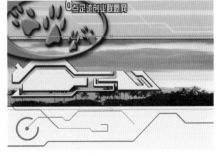

图5-321

图5-322

图5-323

步骤15 ▶ 选择 "矩形选框工具"，在画布下方拖出一个矩形选区，效果如图5-324所示。

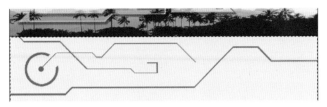

图5-324

步骤16 ▶ 执行菜单"滤镜"|"纹理"|"马赛克拼贴"命令，在弹出的"马赛克拼贴"对话框中设置参数，如图5-325所示，单击"确定"按钮退出对话框。最终效果如图5-326所示。

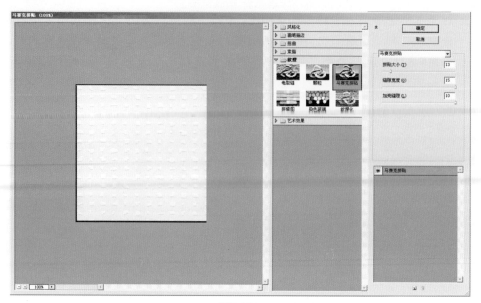

图5-325

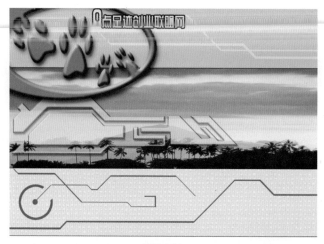

图5-326

第6章 通道的运用

6.1 通道与图层蒙版的运用——冰雪美人

在Photoshop中，"通道"面板主要用于保存图像中的颜色数据或选区。下面以具体实例来讲解通道的使用。

步骤 1 ▶ 执行菜单"文件"|"新建"命令，在弹出的"新建"对话框中设置参数，如图6-1所示，单击"确定"按钮退出对话框，新建一个制作文件。

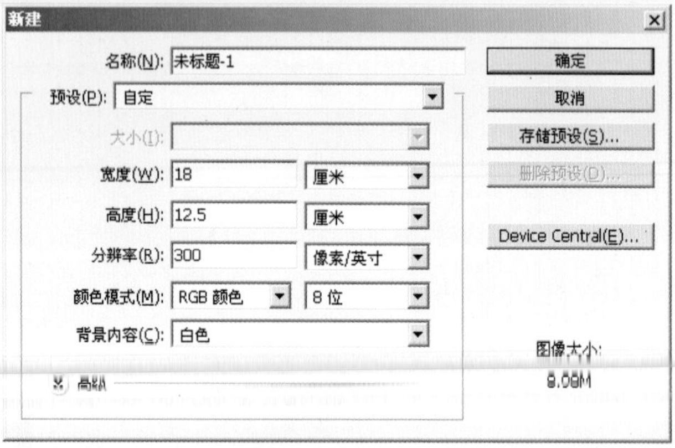

图6-1

步骤 2 ▶ 打开本书配套光盘中的"PIC10.tif"、"PIC11.tif"文件，如图6-2和图6-3所示。将图像分别拖入制作文件中，得到"图层 1"、"图层 2"，如图6-4所示。切换至"通道"面板，复制"蓝"通道，得到"蓝 副本"通道，如图6-5所示。

图6-2

图6-3

步骤 3 ▶ 按【Ctrl+I】组合键使图像反相，效果如图6-6所示。执行菜单"图像"|"调整"|"亮度/对比度"命令，在弹出的"亮度/对比度"对话框中设置参数，如图6-7所示，单击"确定"按钮退出对话框，效果如图6-8所示。

步骤 4 ▶ 恢复前景色、背景色的默认设置，选择 "橡皮擦工具"，其工具选项栏参数设置如图6-9所示，擦除人物头发以外的区域，效果如图6-10所示。

图6-4　　　　　　　　　　　图6-5　　　　　　　　　　　图6-6

图6-7　　　　　　　　　　　　　　　　　图6-8

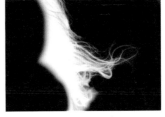

图6-9　　　　　　　　　　　　　　图6-10

步骤 5 载入"蓝 副本"通道的选区，如图6-11所示，选择"RGB"通道。切换至"图层"面板，按【Ctrl+J】组合键复制图层，得到"图层 3"，将其拖动至"图层2"的下方，如图6-12所示。

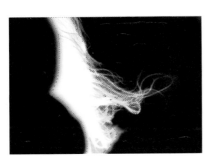

图6-11　　　　　　　　　　　　图6-12

步骤 6 ▶ 选择"图层 2"，单击"图层"面板下方的▣"添加图层蒙版"按钮，为"图层2"添加图层蒙版，如图6-13所示。选择✎"橡皮擦工具"，其工具选项栏参数设置如图6-14所示，擦除人物图像的背景，露出雪景，效果如图6-15所示。最终效果如图6-16所示。

图6-13

图6-14

图6-15

图6-16

6.2　通道与多种滤镜的运用——青春回忆

步骤 1 ▶ 执行菜单"文件"|"新建"命令，在弹出的"新建"对话框中设置参数，如图6-17所示，单击"确定"按钮退出对话框，新建一个制作文件。

步骤 2 ▶ 打开本书配套光盘中的"PIC12.tif"文件，如图6-18所示。将此图像拖入制作文件中，得到"图层 1"，如图6-19所示。

步骤 3 ▶ 执行菜单"图像"|"模式"|"CMYK颜色"命令。

步骤 4 ▶ 切换至"通道"面板，选择"黑色"通道，并载入该通道的选区，按【Ctrl+C】组合键复制，选择"黄色"通道，按【Ctrl+V】组合键粘贴。选择"CMYK"通道，效果如图6-20所示。

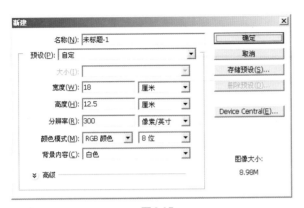

图6-17

图6-18

图6-19

图6-20

步骤5 ▶ 切换至"通道"面板，选择"洋红"通道，执行菜单"滤镜"|"杂色"|"添加杂色"命令，在弹出的"添加杂色"对话框中设置参数，如图6-21所示，单击"确定"按钮退出对话框，效果如图6-22所示。

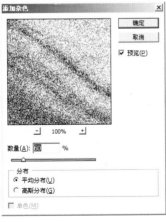

图6-21

图6-22

步骤6 ▶ 选择"洋红"通道，执行菜单"滤镜"|"素描"|"水彩画纸"命令，在弹出的

"水彩画纸"对话框中设置参数，如图6-23所示，单击"确定"按钮退出对话框，效果如图6-24所示。

图6-23　　　　　　　　　　　　　　　　图6-24

步骤7　选择"CMYK"通道，如图6-25所示，效果如图6-26所示。

图6-25　　　　　　　　　　　　　　　　图6-26

步骤8　选择 T "横排文字工具"，其工具选项栏参数设置如图6-27所示，在文字光标处输入文字。选择文字"逃走"，更改工具选项栏参数设置，如图6-28所示。选择文字"开球"，更改工具选项栏参数设置，如图6-29所示。选择文字"堕落。"，更改工具选项栏参数设置，如图6-30所示，效果如图6-31所示。最终效果如图6-32所示。

图6-27

图6-28

图6-29

图6-30

图6-31

图6-32

6.3 通道与"应用图像"命令的运用——古纹密符

步骤1 ▶ 执行菜单"文件"|"新建"命令,在弹出的"新建"对话框中设置参数,如图
6-33所示,单击"确定"按钮退出对话框,新建一个制作文件。

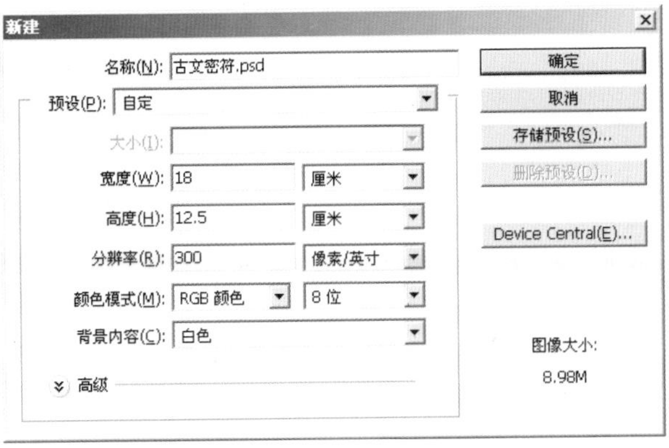

图6-33

步骤2 ▶ 单击"图层"面板下方的 "创建新图层"
按钮,得到"图层 1",如图6-34所示。选择
"钢笔工具",其工具选项栏参数设置如图6-35
所示,在画布中绘制形状,然后单击工具栏中的
"添加到形状区域"按钮继续绘制形状,效果如
图6-36和图6-37所示。

步骤3 ▶ 在画布中继续绘制形状,效果如图6-38和图6-39
所示。此时"形状 1"图层在"图层 1"的下方,
如图6-40所示。

图6-34

图6-35

图6-36   图6-37

图6-38   图6-39

步骤 4 ▷ 在画布中绘制三角环形形状，效果如图6-41和图6-42所示。此时在"图层"面板中得到"形状 2"，并置于"图层1"上方。按住【Alt】键拖动"形状2"的缩览图到"图层1"的缩览图上，此时"图层1"也转换为形状图层。选择"形状2"，单击工具栏中的 ▣"交叉形状区域"按钮，在画布中继续绘制形状，效果如图6-43所示。

图6-40

图6-41

图6-42

图6-43

步骤 5 ▶ 按照同样的方法绘制形状，效果如图6-44所示。将三个形状图层都栅格化，如图6-45所示。选择"背景"图层，如图6-46所示。

图6-44

图6-45

图6-46

步骤 6 ▶ 选择 █ "渐变工具"，在其工具选项栏中设置渐变颜色由褐色到深褐色，并单击 █ "线性渐变"按钮，如图6-47所示。执行菜单"滤镜"|"像素化"|"铜版雕刻"命令，在弹出的"铜版雕刻"对话框中设置参数，如图6-48所示，单击"确定"按钮退出对话框。

图6-47

步骤 7 ▶ 执行菜单"滤镜"|"模糊"|"高斯模糊"命令，在弹出的"高斯模糊"对话框中设置参数，如图6-49所示，单击"确定"按钮退出对话框，制作模糊效果。执行菜单"滤镜"|"渲染"|"光照效果"命令，在弹出的"光照效果"对话框中设置参数，如图6-50所示，单击"确定"按钮退出对话框，效果如图6-51所示。

步骤 8 ▶ 载入"形状 1"图层的选区，选择 █ "渐变工具"，在其工具选项栏中设置渐变颜色由橘黄色到深绿色，并单击 █ "线性渐变"按钮，如图6-52所示，在选区中由下向上拖拽出渐变效果，如图6-53所示。

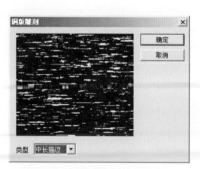

图6-48

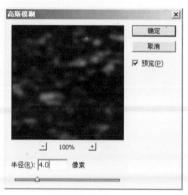

图6-49

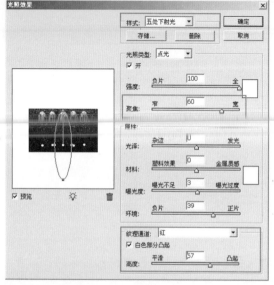

图6-50

图6-51

图6-52

步骤9 ▷ 切换至"通道"面板，新建"Alpha 1"通
道，将"形状 2"图层中的图像复制到此通
道中，如图6-54所示，效果如图6-55所示。
执行菜单"滤镜"|"模糊"|"高斯模糊"命
令，在弹出的"高斯模糊"对话框中设置参
数，如图6-56所示，单击"确定"按钮退出
对话框，制作模糊效果。

图6-53

图6-54   图6-55

步骤 10 执行菜单"滤镜"|"风格化"|"浮雕效果"命令，在弹出的"浮雕效果"对话
框中设置参数，如图6-57所示，单击"确定"按钮退出对话框，制作浮雕效果，
如图6-58所示。切换至"图层"面板，选择"形状 1"图层，如图6-59所示。

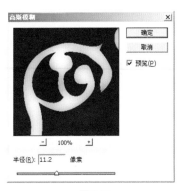

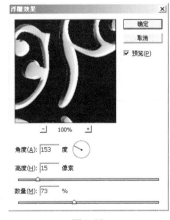

图6-56   图6-57

图6-58   图6-59

步骤 11 执行菜单"图像"|"应用图像"命令，在弹出的"应用图像"对话框中设置参数，如图6-60所示，单击"确定"按钮退出对话框，效果如图6-61所示。选择"图层 1"，如图6-62所示，并载入"形状 1"的选区。

图6-60

图6-61

图6-62

步骤 12 选择 "渐变工具"，在其工具选项栏中设置渐变颜色由褐色到中黄色，并单击 "线性渐变"按钮，如图6-63所示，在选区中由上向下拖拽出渐变效果，如图6-64所示。

图6-63

步骤 13 执行菜单"图层"|"图层样式"|"斜面和浮雕"命令，在弹出的"图层样式"对话框中设置参数，如图6-65所示，单击"确定"按钮退出对话框，制作斜面和浮雕效果，如图6-66所示。

步骤 14 切换至"通道"面板，新建"Alpha 2"通道；将"形状 1"中的图像复制到该通道中，如图6-67所示，效果如图6-68所示。执行菜单"滤镜"|"风格化"|"浮雕效果"命令，在弹出的"浮雕效果"对话框中设置参数，如图6-69所示，单击"确定"按钮退出对话框，效果如图6-70所示。

图6-64

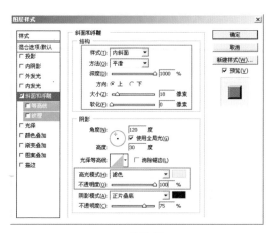

图6-65

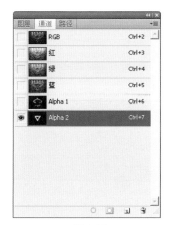

图6-67

图6-68

图6-69

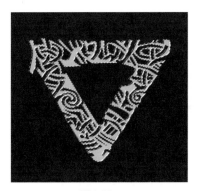

图6-70

步骤15 切换至"图层"面板,选择"图层1",如图6-71所示。执行菜单"图像"|"应用图像"命令,在弹出的"应用图像"对话框中设置参数,如图6-72所示,单击"确定"按钮退出对话框,效果如图6-73所示。

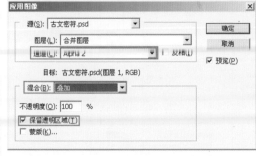

图6-71　　　　　　　　　　　　　　　　　　图6-72

步骤16 　新建"图层2"，放置在所有图层的上方，如图6-74所示，在画布中框选出三角选区，效果如图6-75所示。选择■."渐变工具"，其工具选项栏及"渐变编辑器"对话框参数设置如图6-76和图6-77所示。

图6-73　　　　　　　　　　　　　　　　　　图6-74

图6-75　　　　　　　　　　　　　　　　　　图6-76

步骤17 　使用设置好的■."渐变工具"在选区中拖拽出渐变效果，如图6-78所示。执行菜单"图层"|"图层样式"|"斜面和浮雕"命令，在弹出的"图层样式"对话框中设置参数，如图6-79所示，单击"确定"按钮退出对话框，制作斜面和浮雕效果。

图6-77　　　　　　　　　　　　图6-78

步骤18 ▶ 切换至"图层"面板，选择"图层 1"，更改其图层的混合模式为"线性光"，如图6-80所示。最终效果如图6-81所示。

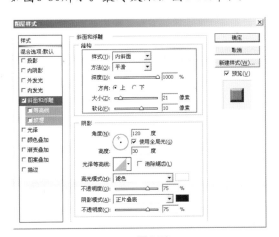

图6-79　　　　　　　　　　　　图6-80

图6-81

6.4   通道与滤镜的综合运用——水晶美女

步骤 1 打开本书配套光盘中的"海底.jpg"和"美女1.jpg"文件，如图6-82和图6-83所示。

步骤 2 使用 ▲ "钢笔工具"勾选出人物后按【Ctrl+Enter】组合键使路径转变为选区，如图6-84所示。将选区拖入"海底.jpg"文件中，得到"图层1"，并调整相应的位置，效果如图6-85所示。

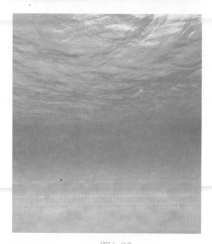

图6-82

图6-83

图6-84

图6-85

步骤 3 复制三次"图层1"，得到"图层1副本"、"图层1副本2"、"图层1副本3"，将"图层1"图层拖到所有图层的最上方，按照如图6-86所示进行摆放。

步骤 4 选中"图层1副本"，执行菜单"滤镜"|"素描"|"铬黄"命令，在弹出的"铬黄渐变"对话框中设置参数，如图6-87所示，单击"确定"按钮退出对话框，效果如图6-88所示。

图6-86

图6-87

步骤5 ▶ 更改"图层1副本"的混合模式为"叠加"，如图6-89所示，暂时隐藏"图层1副本2"和"图层1副本3"，效果如图6-90所示。

步骤6 ▶ 选择"图层1副本2"，执行菜单"滤镜"|"风格化"|"照亮边缘"命令，在弹出的"照亮边缘"对话框中设置参数，如图6-91所示，单击"确定"按钮退出对话框，效果如图6-92所示。

图6-88

图6-89

图6-90

步骤7 ▶ 选择"图层1副本3"，执行菜单"图层"|"调整"|"色相/饱和度"命令，在弹出的"色相/饱和度"对话框中设置参数，如图6-93所示。更改"图层1副本3"的"不透明度"为25%，如图6-94所示，暂时隐藏"图层1副本"和"图层1副本2"，效果如图6-95所示。

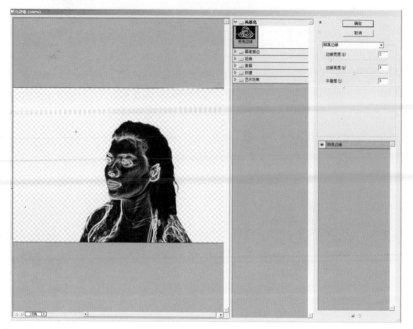

图6-91

图6-92

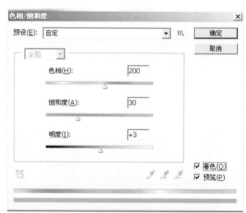

图6-93

图6-94

图6-95

步骤 8 选择"图层1副本2"，执行菜单"图层"|"调整"|"色相/饱和度"命令，在

弹出的"色相/饱和度"对话框中设置参数，如图6-96所示，暂时隐藏"图层1副本"和"图层1副本3"，效果如图6-97所示。

图6-96   图6-97

步骤 9 ▶ 选择"图层1副本"，执行菜单"图层"|"调整"|"色相/饱和度"命令，在弹出的"色相/饱和度"对话框中设置参数，如图6-98所示，暂时隐藏"图层1副本2"和"图层1副本3"，效果如图6-99所示。

图6-98   图6-99

步骤 10 ▶ 载入"图层1副本3"的选区，在"背景"图层上方新建"图层2"，设置前景色如图6-100所示。双击"图层2"图层，在弹出的"图层样式"对话框中设置"内发光"和"渐变叠加"选项的参数，如图6-101和图6-102所示，其中"内发光"的颜色值如图6-103所示。

步骤 11 ▶ "渐变叠加"中的渐变颜色设置如图6-104所示，应用后的效果如图6-105所示。

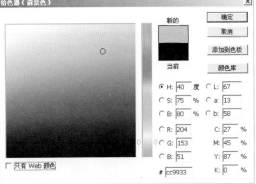

图6-100

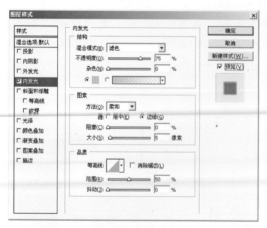

图6-101

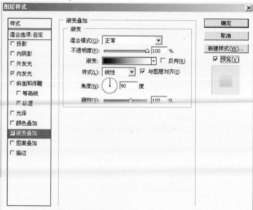

图6-102

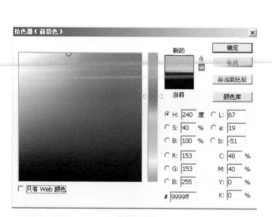

图6-103

图6-104

步骤12 打开本书配套光盘中的"波纹.jpg"文件，如图6-106所示，将其移动到制作文件中，得到"图层3"，并为"图层3"添加一个黑色蒙版，确认"前景色"为白色，使用 "画笔工具"在蒙版中涂抹将波纹显示出来，如图6-107所示，效果如图6-108所示。

图6-105

图6-106

图6-107

图6-108

步骤 13 ▶ 在"图层3"中使用 ⭒ "多边形套索工具"建立如图6-109所示的选区。然后执行菜单"选择"|"修改"|"羽化"命令,在弹出的"羽化选区"对话框中设置参数,如图6-110所示,单击"确认"按钮退出对话框。按【Ctrl+J】组合键复制选区内的图像,得到"图层4"。

图6-109

图6-110

步骤 14 ▶ 选择"图层4",执行菜单"图像"|"调整"|"曲线"命令,在弹出的"曲线"对话框中设置参数,如图6-111所示,应用后的效果如图6-112所示。

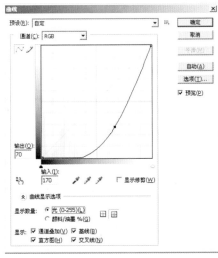

图6-111

图6-112

235

步骤 15 ▶ 复制"图层1副本",得到"图层1副本4",设置其图层混合模式和"不透明度",然后对该图层执行菜单"图像"|"调整"|"反相"命令,效果如图6-113所示。

图6-113

第7章　包装设计

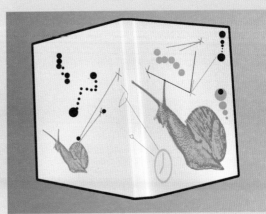

7.1 葡萄酒包装设计（一）——瓶贴

步骤 1 ▶ 执行菜单"文件"|"新建"命令，在弹出的"新建"对话框中设置参数，如图 7-1所示，单击"确定"按钮退出对话框，新建一个制作文件。

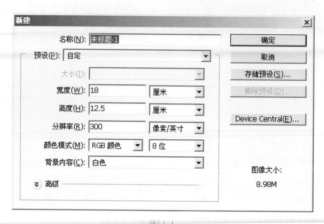

图 7-1

步骤 2 ▶ 打开本书配套光盘中的"PIC13.tif"、"PIC14.tif"文件，如图7-2和图7-3所示，将图像拖入制作文件中，得到"图层 1"、"图层 2"，按【Ctrl+T】组合键调整图像大小，如图7-4所示。选择"背景"图层，如图7-5所示。更改前景色如图7-6所示，执行菜单"编辑"|"填充"命令，"填充"对话框参数设置如图7-7所示，单击"确定"按钮填充"背景"图层，效果如图7-8所示。

图7-2

图7-3

步骤 3 ▶ 新建"图层 3"，如图7-9所示。选择 ♦ "钢笔工具"，其工具选项栏参数设置如图7-10所示，在画布中绘制不规则形状并转换为选区，如图7-11所示，填充颜色后的效果如图7-12所示。

图7-4

图7-5

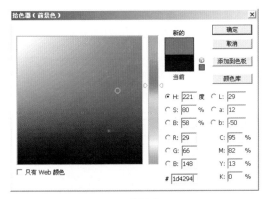

图7-6

图7-7

图7-8

图7-9

图7-10

图7-11 图7-12

步骤 4 复制"图层 3",得到"图层 3 副本",选择此图层,如图7-13所示。按
【Ctrl+T】组合键调出自由变换控制框,单击鼠标右键,在弹出的快捷菜单中选
择"水平翻转"命令,如图7-14所示,摆放位置后的效果如图7-15所示。

图7-13 图7-14

步骤 5 新建"图层 4",如图7-16所示。选择 T "横排文字工具","字符"面板中
的参数设置如图7-17所示。在画布中输入文字,效果如图7-18所示。链接除"背
景"图层以外的所有图层。

图7-15 图7-16

图7-17　　　　　　　　　　　　　　　　　图7-18

步骤 6 选择所有链接图层，单击"图层"面板右上角的 ▾≡ 按钮，在弹出的菜单中选择
"从图层新建组"命令，如图7-19所示，在弹出的"从图层新建组"对话框中设
置参数，如图7-20所示，单击"确定"按钮退出对话框，此时的"图层"面板
如图7-21所示。在"主界面"图层组上单击鼠标右键，在弹出的快捷菜单中选择
"向下合并"命令，如图7-22所示。更改前景色，其颜色设置如图7-23所示，填
充画布背景，效果如图7-24所示。

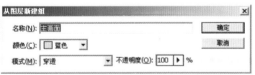

图7-19　　　　　　　　　　　　　　　　　图7-20

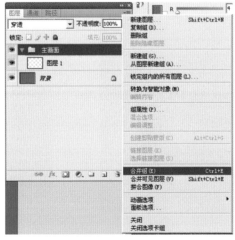

图7-21　　　　　　　　　　　　　　　　　图7-22

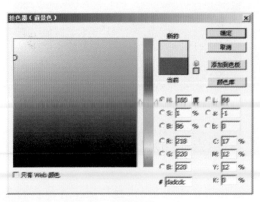

图7-23　　　　　　　　　　　　　　　　　　图7-24

步骤 7 新建"图层 5"，如图7-25所示。选择 ⊙ "椭圆选框工具"，其工具选项栏参数设置如图7-26所示，在画布中央框选出椭圆形选区，如图7-27所示。执行菜单"选择"|"反向"命令，反选选区，然后更改前景色为紫红色，其颜色设置如图7-28所示，对选区进行填充，效果如图7-29所示。

图7-25　　　　　　　　　　　　　　　　　　图7-26

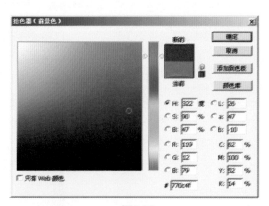

图7-27　　　　　　　　　　　　　　　　　　图7-28

步骤 8 选择 T "横排文字工具"，其工具选项栏参数设置如图7-30所示，在画布中输

入英文"PARASURAMAN"，如图7-31所示，得
到"PARASURAMAN"文字图层。执行菜单"图
层"|"文字"|"文字变形"命令，在弹出的"变形
文字"对话框中设置参数，如图7-32所示，单击"确
定"按钮退出对话框。执行菜单"图层"|"图层样
式"|"斜面和浮雕"和"图层"|"图层样式"|"描
边"命令，其对话框参数设置如图7-33和图7-34所
示，单击"确定"按钮退出对话框，效果如图7-35
所示。

图7-29

图7-30

图7-31

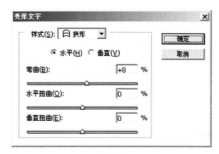

图7-32

步骤 9 复制"PARASURAMAN"文字图层，得到"PARASURAMAN 副本"文字图
层，执行菜单"图层"|"图层样式"|"描边"和"图层"|"图层样式"|"投

影"命令，其"图层样式"对话框
参数设置如图7-36和图7-37所示。复
制"PARASURAMAN 副本"文字
图层，得到"PARASURAMAN 副本
2"文字图层。选择此图层，执行菜
单"图层"|"文字"|"文字变形"
命令，在弹出的"变形文字"对话
框中设置参数，如图7-38所示，单击
"确定"按钮退出对话框，效果如
图7-39所示。

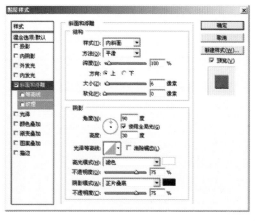

图7-33

图7-34　　　　　　　　　　　　　　　图7-35

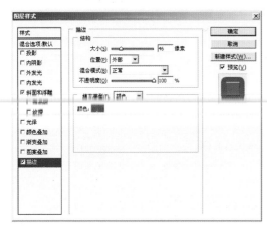

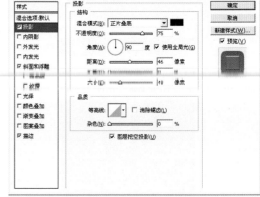

图7-36　　　　　　　　　　　　　　　图7-37

步骤 10　新建"图层 6"，如图7-40所示，将其放置在"PARASURAMAN 副本 2"文字
图层的下方。选择　"矩形选框工具"，在画布中拖出一个正方形选区。选择　，
"渐变工具"，其工具选项栏参数设置如图7-41所示，更改渐变颜色为从紫红色
到透明，在选区中由上向下拖拽出渐变效果，如图7-42所示。

图7-38　　　　　　　　　　　　图7-39　　　　　　　　　　　　图7-40

图7-41

步骤11 ▶ 选择 T, "横排文字工具", 其工具选项栏参数设置
如图7-43所示, 在画布中输入相关文字, 如图7-44所
示, 得到对应的文字图层。在文字图层上单击鼠标右
键, 在弹出的快捷菜单中选择"栅格化文字"命令,
如图7-45所示。

步骤12 ▶ 选择 ▷, "多边形套索工具", 在画布中央制作不规则
选区, 执行菜单"选择"|"修改"|"羽化"命令, 在
弹出的"羽化选区"对话框中设置参数, 如图7-46所
示, 单击"确定"按钮退出对话框, 效果如图7-47
所示。

图7-42

图7-43

图7-44

图7-45

步骤13 ▶ 执行菜单"选择"|"反向"命令, 然后将选区中的图像减去。切换至"图层"面
板, 在文字图层上单击鼠标右键, 在弹出的快捷菜单中选择"图层属性"命令,
在弹出的"图层属性"对话框中将"名称"设置为"图层8", 单击"确定"按
钮退出对话框, 在"图层"面板中更改"图层8"的"不透明度"为60%, 如图
7-48所示, 效果如图7-49所示。

步骤14 ▶ 选择 T, "横排文字工具", 其工具选项栏参数设置如图7-50所示, 在画布中输入
文字, 如图7-51所示, 得到"Henrylin"文字图层。切换至"图层"面板, 选择
此文字图层, 更改其图层的混合模式为"柔光", 如图7-52所示, 效果如图7-53
所示。最终效果如图7-54所示。

图7-46

图7-47

图7-48

图7-49

图7-50

图7-51

图7-52

图7-53 图7-54

7.2 葡萄酒包装设计（二）——整体效果

步骤 1 执行菜单"文件"|"新建"命令，在弹出的"新建"对话框中设置参数，如图7-55所示，单击"确定"按钮退出对话框，新建一个制作文件。

步骤 2 单击"图层"面板下方的 "创建新图层"按钮，新建"图层1"，如图7-56所示。选择 "钢笔工具"，在画布中绘制半个瓶子的形状，如图7-57所示。单击鼠标右键，在弹出的快捷菜单中选择"建立选区"命令，如图7-58所示，在弹出的"建立选区"对话框中设置参数，如图7-59所示，单击"确定"按钮退出对话框。

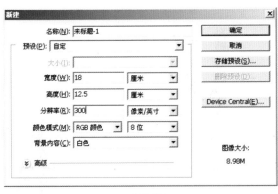

图7-55 图7-56

步骤 3 执行菜单"编辑"|"填充"命令，在弹出的"填充"对话框中设置参数，如图7-60所示，单击"确定"按钮退出对话框，效果如图7-61所示。

步骤 4 复制"图层1"，得到"图层1 副本"，如图7-62所示。将"图层1 副本"中的图像拖动到原图像右侧，按【Ctrl+T】组合键，然后单击鼠标右键，在弹出的快捷菜单中选择"水平翻转"命令，如图7-63所示，形成一个完整的酒瓶形状，效果如图7-64所示。

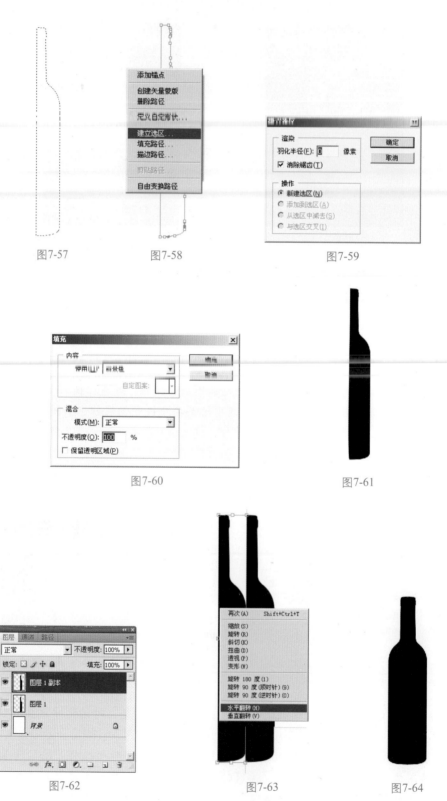

图7-57　　　　　　图7-58　　　　　　　　　　图7-59

图7-60　　　　　　　　　　　　　图7-61

图7-62　　　　　　　　　图7-63　　　　　　　图7-64

步骤5 ▷　载入"图层1"的选区，如图7-65所示。新建"图层2"，选择▣ "渐变工具"，其工具选项栏及"渐变编辑器"对话框参数设置如图7-66和图7-67所示，在选区中由左向右拖拽出渐变效果，如图7-68所示。

步骤 6 ▶ 复制"图层 2"，得到"图层 2 副本"，如图7-69所示。选择 ▣ "矩形选框工具"，在画布中拖拽出如图7-70所示的选区，执行菜单"选择"|"反向"命令，删除选区中的图像，效果如图7-71所示。

图7-65

图7-66

图7-67   图7-68

图7-69   图7-70   图7-71

步骤 7 ▶ 选择 ◎ "加深工具"，其工具选项栏参数设置如图7-72所示。在画布中的瓶口处涂抹出凹凸效果，如图7-73所示。执行菜单"图像"|"调整"|"色相/饱和度"命令，在弹出的"色相/饱和度"对话框中设置参数，如图7-74所示，单击"确定"按钮退出对话框，效果如图7-75所示。

图7-72

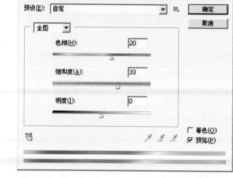

图7-73   图7-74   图7-75

步骤 8 ▶ 复制"图层2副本",得到"图层2副本2",如图7-76所示。选择 "矩形选框工具",在画布中拖出如图7-77所示的选区。执行菜单"选择"|"反向"命令,删除选区中的图像,效果如图7-78所示。

图7-76   图7-77   图7-78

步骤 9 ▶ 选择"图层2副本2",执行菜单"图像"|"调整"|"色相/饱和度"命令,在弹出的"色相/饱和度"对话框中设置参数,如图7-79所示,单击"确定"按钮退出对话框,效果如图7-80所示。

步骤 10 ▶ 选择"图层2",如图7-81所示。选择 "椭圆选框工具",其工具选项栏参数设置如图7-82所示。在画布中框选并删除瓶颈和瓶底区域的高光部分,效果如图7-83所示。

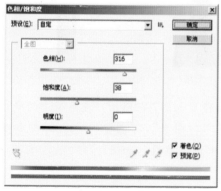

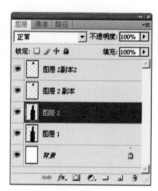

图7-79   图7-80   图7-81

图7-82

步骤 11 调入7.1节制作的瓶贴图像，如图7-84所示。按【Ctrl+T】组合键调出自由变换控制框对图像进行适当调整，效果如图7-85所示。载入酒瓶选区，按【Delete】键删除多余部分，选择 "钢笔工具"，其工具选项栏参数设置如图7-86所示，在画布中绘制路径，单击鼠标右键，在弹出的快捷菜单中选择 "建立选区" 命令，如图7-87所示，删除选区中的图像，效果如图7-88所示。

图7-83　　　　　图7-84　　　　　图7-85

图7-86

步骤 12 复制 "图层 2"，将复制得到的图层重命名为 "图层 3"。隐藏 "图层 2"，选择 "图层 3"，如图7-89所示。选择 "矩形选框工具"，其工具选项栏参数设置如图7-90所示，在画布中拖出矩形选区。执行菜单 "选择" | "反向" 命令，删除选区中的图像，效果如图7-91所示。执行菜单 "图像" | "调整" | "色相/饱和度" 命令，在弹出的 "色相/饱和度" 对话框中设置参数，如图7-92所示，单击 "确定" 按钮退出对话框，效果如图7-93所示。

图7-87　　　　　图7-88　　　　　图7-89

图7-90 图7-91

图7-92 图7-93

步骤13 ▶ 选择  "加深工具"，其工具选项栏参数设置如图7-94所示，载入"图层6"的
选区，分别在瓶贴两侧纵向涂抹出立体效果，如图7-95所示。最终效果如图7-96
所示。

图7-94

图7-95 图7-96

7.3 软件包装盒的设计

步骤 1 ▶ 执行菜单"文件"|"新建"命令，按照如图7-97所示设置对话框参数，单击"确定"按钮，新建一个制作文件。

步骤 2 ▶ 打开本书配套光盘中的"书封面.jpg"文件，将其移入制作文件中，如图7-98所示，得到"图层1"。

图7-97   图7-98

步骤 3 ▶ 执行菜单"编辑"|"变换"|"扭曲"命令，按照如图7-99所示将图片变形。按【Ctrl+J】组合键复制，得到"图层2"，将图片移动到"图层1"下方，如图7-100所示。

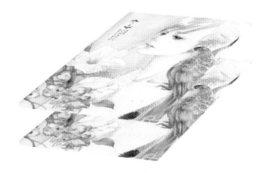

图7-99   图7-100

步骤 4 ▶ 将"图层2"填充为黄色，如图7-101所示。新建"图层3"，选择 ▢ "矩形选框工具"，按照如图7-102所示绘制选框，填充颜色为黄色。

步骤 5 ▶ 在"图层"面板中双击"图层1"，打开"图层样式"对话框，按照如图7-103所示设置对话框的参数，单击"确定"按钮。选择"图层3"，选择 ▷ "多边形套索"，按照如图7-104和图7-105所示绘制选框，填充为白色。

图7-101　　　　　　　　　　　　图7-102

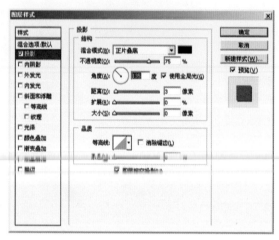

图7-103　　　　　　　　　　　　图7-104

步骤 6 执行菜单"图像"|"调整"|"色相/饱和度"命令，按照如图7-106所示设置对话框的参数。再次执行菜单"图像"|"调整"|"色相/饱和度"命令，按照如图7-107所示设置对话框的参数。

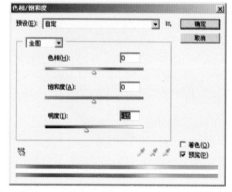

图7-105　　　　　　　　　　　　图7-106

步骤 7 选择"背景"图层，如图7-108所示。执行菜单"滤镜"|"杂色"|"添加杂色"命令，按照如图7-109所示设置对话框的参数，单击"确定"按钮，效果如图7-110所示。

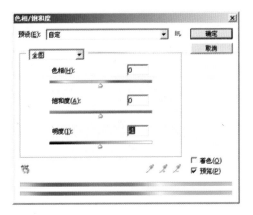

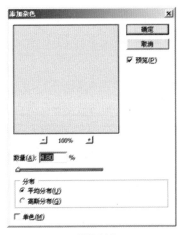

图7-107

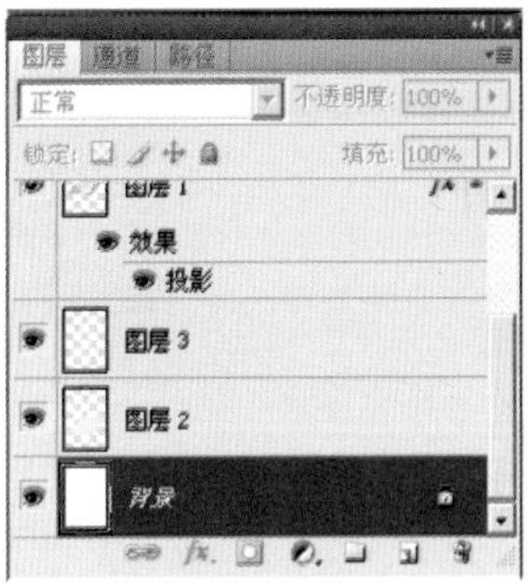

图7-108

图7-109

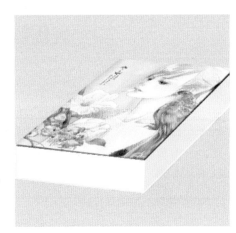

图7-110

步骤 8 在"图层"面板中双击"图层2",打开"图层样式"对话框,按照如图7-111和图7-112所示设置对话框的参数,单击"确定"按钮。最终效果如图7-113所示。

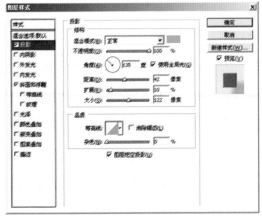

图7-111

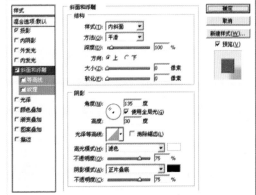

图7-112

图7-113

7.4 光盘包装盒的设计

步骤 1 ▶ 执行菜单"文件"|"新建"命令，在弹出的"新建"对话框中设置参数，如图7-114所示，单击"确定"按钮退出此对话框，此此一个制作文件。

步骤 2 ▶ 单击"图层"面板下方的 ⬛ "创建新图层"按钮，得到"图层1"，如图7-115所示。参照图7-116所示框选出一个选区，选择 ⬛ "渐变工具"，在其工具选项栏中单击 ⬛ "线性渐变"按钮并设置渐变颜色，如图7-117所示。

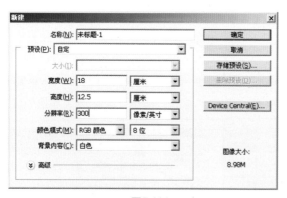

图7-114

图7-115

图7-116

图7-117

步骤 3 ▶ 在选区中拖拽出渐变效果，如图7-118所示。选择 ⬛ "减淡工具"，其工具选项栏参数设置如图7-119所示，在画布中涂抹出图像边角处的立体感，效果如图7-120所示。

图7-118   图7-119

步骤 4 执行菜单"编辑"|"描边"命令，在弹出的"描边"对话框中设置参数，如图7-121所示，单击"确定"按钮退出对话框，制作选区的描边效果。然后在"背景"图层中拖拽出如图7-122所示的渐变效果。

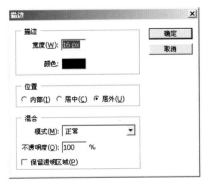

图7-120   图7-121

步骤 5 打开本书配套光盘中的"蜗牛.tif"文件，如图7-123所示。选择 "魔棒工具"，其工具选项栏参数设置如图7-124所示，在画布中选择背景区域，然后执行菜单"选择"|"反向"命令，如图7-125所示，效果如图7-126所示。

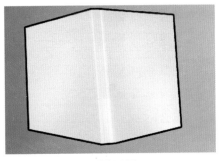

图7-122   图7-123

图7-124

步骤 6 将选中的蜗牛图像拖入制作文件中，按【Ctrl+T】组合键调出自由变换控制框，如图6-127所示，配合【Ctrl】键将图像进行缩放变形，效果如图7-128所示。

步骤 7 执行菜单"滤镜"|"素描"|"影印"命令，在弹出的"影印"对话框中设置参数，如图7-129所示，单击"确定"按钮退出对话框，效果如图7-130所示。复制

制作得到的图像，将其放置在画布的左下角，并按【Ctrl+T】组合键调出自由变换控制框将其缩小，效果如图7-131所示。

图7-125

图7-126

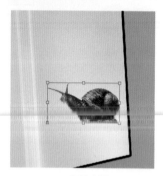

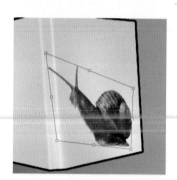

图7-127

图7-128

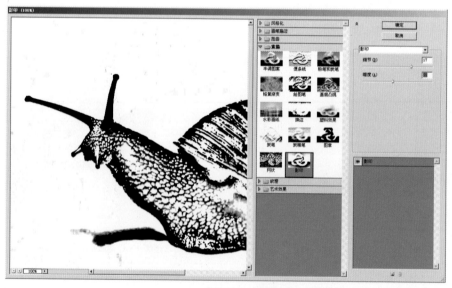

图7-129

步骤8 ▶ 选择 🔲 "自定形状工具"，在其工具选项栏中单击 🔲 "填充像素"按钮并选择形状，如图7-132所示，在画布中参照如图7-133所示拖动出形状，得到"图层3"，将其放置在所有图层的上方，如图7-134所示。

图7-130

图7-131

图7-132

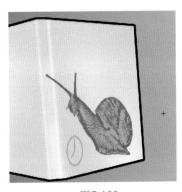

图7-133

图7-134

步骤 9 ▶ 选择 ✐ "画笔工具",其工具选项栏参数设置如图7-135所示,调整笔尖的大小,在画布中绘制出需要的图案。最终效果如图7-136所示。

图7-135

图7-136

7.5 化妆品包装盒的设计

步骤1 打开本书配套光盘中的"玫瑰背景图.tif"文件，如图7-137所示。再打开本书配套光盘中的"化妆品.tif"文件，并将其拖入"玫瑰背景图"中，如图7-138所示，得到"图层1"。执行菜单"编辑"|"变换"|"斜切"命令，对图片进行变形处理，如图7-139所示。

图7-137   图7-138

步骤2 新建"图层2"，选择 "多边形套索工具"，按照如图7-140所示套索图层。设置前景色为粉红色，如图7-141所示，按【Alt+Delete】组合键填充颜色，效果如图7-142所示。

图7-139

图7-140

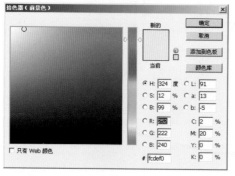

图7-141

图7-142

步骤3 新建"图层3"，按照上步所示，绘制立体盒的另一边，如图7-143所示。合并除
"背景"层外的其他图层，如图7-144所示。

图7-143　　　　　　　　　　　　　　　　　图7-144

步骤4 选择 "钢笔工具"，按照如图7-145所示绘制图形路径，将其转换为选区，按
【Ctrl+J】组合键复制图层，得到"图层2"，如图7-146所示。

 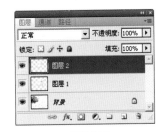

图7-145　　　　　　　　　　　　　　　　　图7-146

步骤5 在"图层"面板中双击"图层2"，打开"图层样式"对话框，按照如图7-147所
示设置"投影"对话框的参数，单击"确定"按钮，效果如图7-148所示。

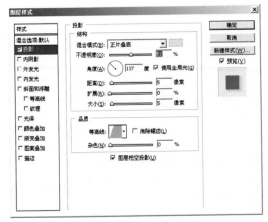 

图7-147　　　　　　　　　　　　　　　　　图7-148

步骤6 ▶ 设置当前图层为"图层1",选择 ✍ "多边形套索工具"套索选区,按【Ctrl+J】组合键复制图层,得到"图层3",如图7-149所示。在"图层"面板中双击"图层3",打开"图层样式"对话框,按照如图7-150所示设置"斜面和浮雕"对话框的参数,单击"确定"按钮,效果如图7-151所示。

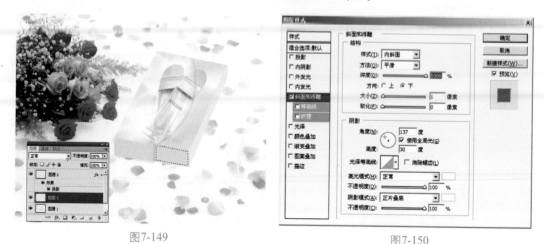

图7-149　　　　　　　　　　　　　图7-150

步骤7 ▶ 合并除"背景"图层外的所有图层,在"图层"面板中双击"图层1",进入"图层样式"对话框,按照如图7-152所示设置"投影"对话框的参数,单击"确定"按钮,效果如图7-153所示。

图7-151

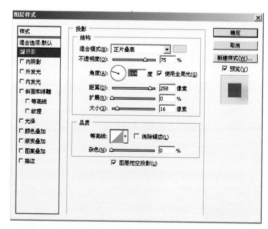

图7-152

步骤8 ▶ 打开本书配套光盘中的"玫瑰.tif"文件,将其拖入制作文件中,得到"图层2",对其进行旋转处理并调整到适当位置,效果如图7-154所示。在"图层"面板中双击"图层2",打开"图层样式"对话框,按照如图7-155所示设置"斜面和浮雕"对话框的参数,单击"确定"按钮,效果如图7-156所示。

步骤9 ▶ 选择 ✍ "加深工具",对立体盒子的周围进行加深处理,从而使得盒子的立体效果更加突出。最终效果如图7-157所示。

图7-153

图7-154

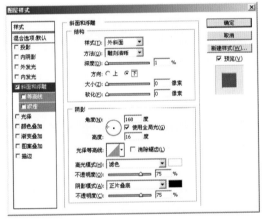

图7-155

图7-156

图7-157

读书笔记

第8章 海报设计

8.1　酒类海报设计

步骤1 执行菜单"文件"|"新建"命令，在弹出的"新建"对话框中设置参数，如图8-1所示，单击"确定"按钮退出对话框，新建一个制作文件。

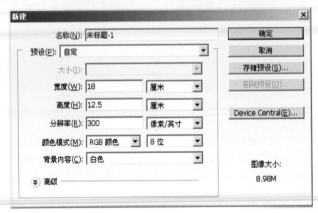

图8-1

步骤2 单击"图层"面板下方的 □ "创建新图层"按钮，得到"图层1"，如图8-2所示。更改前景色为黑色，其颜色设置如图8-3所示，用前景色填充"背景"图层，如图8-4所示。

图8-2　　　　　　　　　　　　图8-3

步骤3 打开本书配套光盘中的"散发女人.tif"文件，如图8-5所示，将图像拖入制作文件中，得到"图层2"，如图8-6所示。将图像放大，如图8-7所示。

步骤4 执行菜单"滤镜"|"渲染"|"光照效果"命令，在弹出的"光照效果"对话框中设置参数，如图8-8所示，单击"确定"按钮退出对话框，效果如图8-9所示。

图8-4

图8-5

图8-6

图8-7

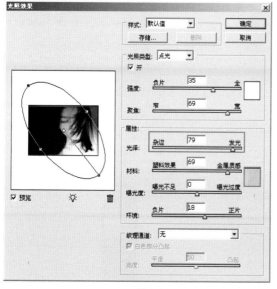

图8-8

图8-9

步骤5 ▷ 打开本书配套光盘中的"红酒.tif"文件，如图8-10所示。将其拖入制作文件中，得到"图层3"，缩放图像，效果如图8-11所示。选择 "魔棒工具"，其工具选项栏参数设置如图8-12所示，选择画布的背景区域，效果如图8-13所示，按【Delete】键将选区中的颜色删除。

图8-10

图8-11

图8-13

图8-12

步骤 6 ▶ 选择 ✐，"橡皮擦工具"，其工具选项栏参数设置如图8-14所示，参照如图8-15所示涂抹出效果。打开本书配套光盘中的"香槟酒.tif"文件，如图8-16所示。

图8-14

图8-15

图8-16

步骤 7 ▶ 将其拖入制作文件中，放置在画布的左下角，如图8-17所示，得到"图层4"。新建"图层5"，将其放置在"图层2"的上方，如图8-18所示。使用

[□] "矩形选框工具"在画布左侧拖出一个矩形选区并填充红色，效果如图8-19所示。

图8-17   图8-18   图8-19

步骤 8 ▶ 选择[图]"直排文字蒙版工具"，其工具选项栏参数设置如图8-20所示，在画布中制作文字选区并填充黑色，效果如图8-21所示。最终效果如图8-22所示。

图8-20

图8-21   图8-22

8.2 药品海报设计

步骤 1 ▶ 执行菜单"文件"|"新建"命令，在弹出的"新建"对话框中设置参数，如图8-23所示，单击"确定"按钮退出对话框，新建一个制作文件。

步骤 2 ▶ 单击"图层"面板下方的[□]"创建新图层"按钮，得到"图层1"，如图8-24所示。使用[□]"多边形套索工具"在画布中框选出选区，然后填充土黄色，效果如图8-25所示。选择[□]"加深工具"，其工具选项栏参数设置如图8-26所示。

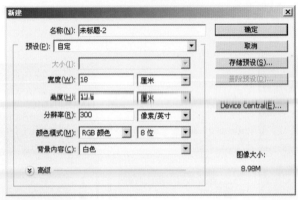

图8-23

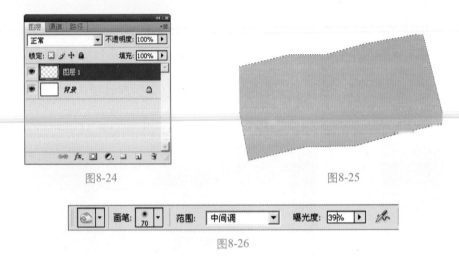

图8-24　　　　　　　　　　　　　　　图8-25

图8-26

步骤 3 ▶ 在画布中涂抹出阴影效果，如图8-27所示。选择 ◉ "减淡工具"，其工具选项栏参数设置如图8-28所示，并参照如图8-29所示在画布中涂抹出高光效果。

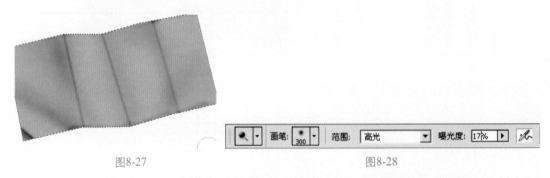

图8-27　　　　　　　　　　　　　　　图8-28

步骤 4 ▶ 新建 "图层 2"，将其放置在 "图层 1" 的上方，如图8-30所示。选择 ▰ "画笔工具"，其工具选项栏参数设置如图8-31所示，参照如图8-32所示，在画布中绘制抽象人物头像。

步骤 5 ▶ 随时更改前景色的颜色值及 ▰ "画笔工具"笔尖的大小，在画布中继续绘制抽象人物的身体及花草，效果如图8-33所示。然后在画布中涂抹出抽象的云朵及文

字，效果如图8-34所示。新建"图层3"，将其放置在"图层1"的下方，如图
8-35所示。

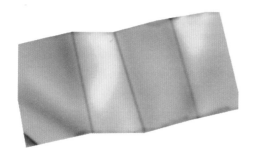

图8-29

图8-30

图8-31

图8-33

图8-34

图8-32

步骤6 ▶ 更改前景色为褐色，并用前景色填充"图层3"，效果如图8-36所示。执行菜单
"滤镜"|"纹理"|"拼缀图"命令，在弹出的"拼缀图"对话框中设置参数，
如图8-37所示，单击"确定"按钮退出对话框，效果如图8-38所示。

图8-35

图8-36

步骤 7 ▶ 选择"图层 1",如图8-39所示。执行菜单"图层"|"图层样式"|"投影"命令,在弹出的"图层样式"对话框中设置参数,如图8-40所示,单击"确定"按钮退出对话框,效果如图8-41所示。

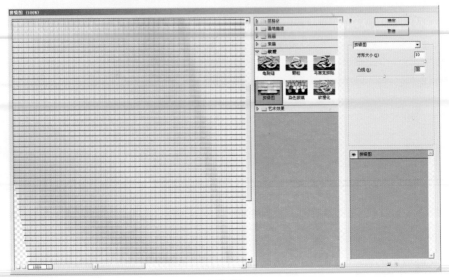

图8-37

图8-38

图8-39

图8-40

图8-41

步骤 8 新建"图层 4"，将其放置在"图层"面板的最上层，如图8-42所示。选择 ▢ "圆角矩形工具"，在其工具选项栏中单击 □ "填充像素"按钮并设置其他参数，如图8-43所示，在画布中人物的脚下拖出一个圆角矩形，如图8-44所示。

步骤 9 选择 ◎ "加深工具"，其工具选项栏参数设置如图8-45所示，在画布中涂抹出红色图形的阴影区域，效果如图8-46所示。再使用 ◉ "减淡工具"涂抹出高光区域，效果如图8-47所示。

图8-42

图8-43

图8-44

图8-45

图8-46

图8-47

步骤 10 使用 ▢ "矩形选框工具"框选出图形的右半部分区域，执行菜单"图像"|"调整"|"色相/饱和度"命令，其对话框参数设置及效果如图8-48所示，一颗胶囊药粒制作完成。按【Ctrl+T】组合键将制作完成的药粒进行调整，并复制几粒摆放在一旁，效果如图8-49所示。

步骤 11 选择"图层 1"，单击鼠标右键，在弹出的快捷菜单中选择"拷贝图层样式"命令，如图8-50所示。将复制的图层样式粘贴到"图层 4"中，如图8-51所示，效果如图8-52所示。

步骤 12 选择 T "横排文字工具"，其工具选项栏参数设置如图8-53所示。在画布中输入文字，效果如图8-54所示。执行菜单"图层"|"图层样式"|"描边"命令，在弹

出的"图层样式"对话框中设置参数，如图8-55所示，单击"确定"按钮退出对
话框，制作文字的描边效果，如图8-56所示。

图8-48

图8-49

图8-50

图8-51

图8-52

图8-53

图8-54

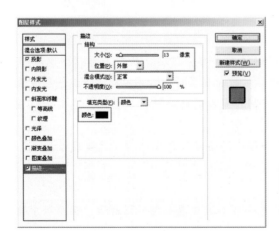
图8-55

图8-56

步骤13 更改文字的大小，然后输入其他相关文字，效果如图8-57所示。最终效果如图8-58所示。

图8-57 图8-58

8.3 房产海报设计

步骤1 执行菜单"文件"|"新建"命令，按照如图8-59所示设置"新建"对话框的参数，单击"确定"按钮，新建一个制作文件。按【Alt+Delete】组合键填充颜色为黑色。

步骤2 新建"图层1"，选择 "矩形选框工具"，按照如图8-50所示绘制矩形选框，填充颜色为土黄色。

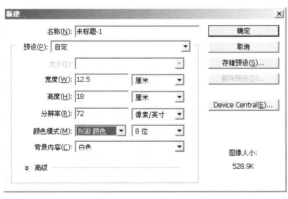

图8-59 图8-60

步骤3 执行菜单"滤镜"|"杂色"|"添加杂色"命令，按照如图8-61所示设置对话框的参数，单击"确定"按钮，效果如图8-62所示。

步骤4 选择 "直线工具"，其工具选项栏参数设置如图8-63所示，按照如图8-64所示绘制直线。

步骤 5 打开本书配套光盘中的"海报封面.tif"文件,如图8-65所示,将其移入制作文件
中并调整大小,如图8-66所示,得到"图层1"。

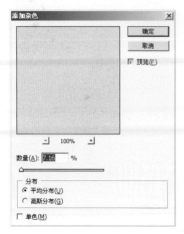

图8-61

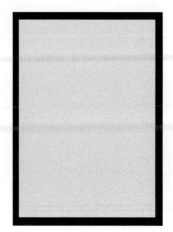

图8-62

图8-63

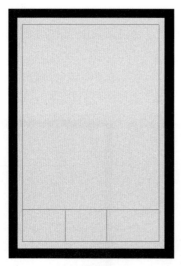

图8-64

图8-65

步骤 6 选择 T."横排文字工具",按照如图8-67所示输入相应的文字。再次选择 T."横
排文字工具",按照如图8-68所示输入相应的文字。

步骤 7 在"图层"面板中的文字图层上双击,打开"图层样式"对话框,按照如图8-69
和图8-70所示设置"图层样式"对话框的参数,单击"确定"按钮,效果如图
8-71所示。

图8-66

图8-67

图8-68

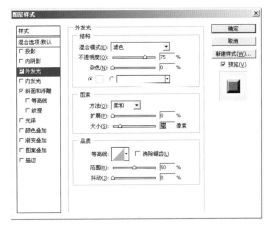
图8-69

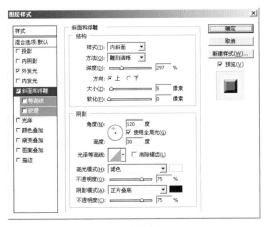
图8-70

图8-71

步骤8 选择 "自定形状工具"，其工具选项栏参数设置如图8-72所示，在图层中绘制图形，效果如图8-73所示。

图8-73

图8-72

步骤 9 ▶ 在"图层"面板中双击"形状1"图层，打开"图层样式"对话框，按照如图8-74
所示设置参数，单击"确定"按钮，效果如图8-75所示。

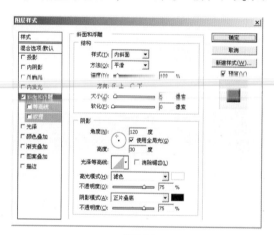

图8-74

图8-75

步骤 10 ▶ 在"图层"面板中双击"图层1"，打开"图层样式"对话框，按照如图8-76所示
设置参数，单击"确定"按钮，效果如图8-77所示。

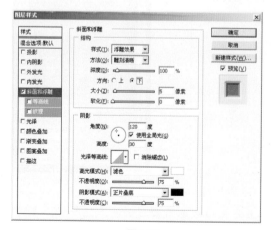

图8-76

图8-77

8.4 饮品海报设计

步骤1 ▶ 执行菜单"文件"|"新建"命令，在弹出的"新建"对话框中设置参数，如图8-78所示，单击"确定"按钮退出对话框，新建一个制作文件。

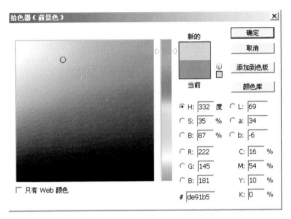

图8-78

步骤2 ▶ 打开本书配套光盘中的"PIC16.tif"、"PIC17.tif"文件，如图8-79和图8-80所示，将图像分别拖入制作文件中，得到"图层1"、"图层2"，如图8-81所示。单击"路径"面板下方的 ▣ "创建新路径"按钮，得到"路径1"，如图8-82所示。

图8-79

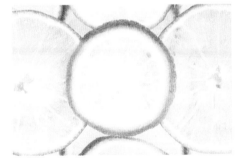

图8-80

图8-81

图8-82

步骤3 ▶ 选择 "钢笔工具"，工具选项栏参数设置如图8-83所示，按照如图8-84所示绘制不规则形状。载入 "路径1" 的选区，按【Ctrl+Shift+I】组合键反选选区，再按【Delete】键删除选区中的图像，效果如图8-85所示。

图8-83　　　　　　　　　　　　　　　　　　　　图8-84

步骤4 ▶ 选择 "图层1"，按【Ctrl+T】组合键将 "图层1" 中的图像旋转至适当位置，效果如图8-86所示。

步骤5 ▶ 选择 "图层2"，单击 "图层" 面板下方的 "添加图层蒙版" 按钮，为 "图层2" 添加图层蒙版，如图8-87所示。

图8-85　　　　　　　　图8-86　　　　　　　　图8-87

步骤6 ▶ 选择 "画笔工具"，其工具选项栏参数设置如图8-88所示。在画布中对苹果进行擦拭，露出下层的桔子，效果如图8-89所示。

图8-88　　　　　　　　　　　　　　　　　　　图8-89

步骤7 ▶ 选择 "图层1" 和 "图层2"，如图8-90所示，按【Ctrl+E】组合键合并图层。

步骤8 ▶ 更改前景色为橙色，其颜色设置如图8-91所示。选择 "背景" 图层，选择 "渐变工具"，其工具选项栏参数设置如图8-92所示，在 "背景" 图层中拖拽出渐变效果，如图8-93所示。

步骤9 ▶ 选择 "横排文字工具"，其工具选项栏参数设置如图8-94所示，输入 "桔子？苹果？"。选择 "背景" 图层，执行菜单 "滤镜" | "素描" | "绘图笔" 命令，

在弹出的"绘图笔"对话框中设置参数，如图8-95所示，单击"确定"按钮退出对话框，效果如图8-96所示。

图8-90

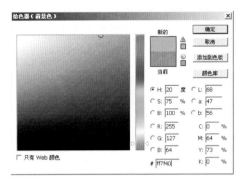

图8-91

图8-92

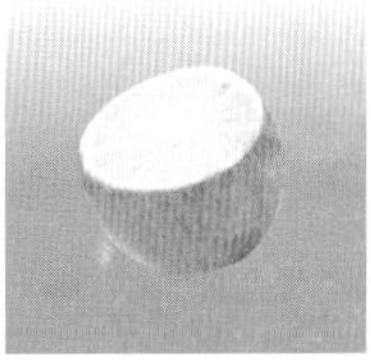

图8-93

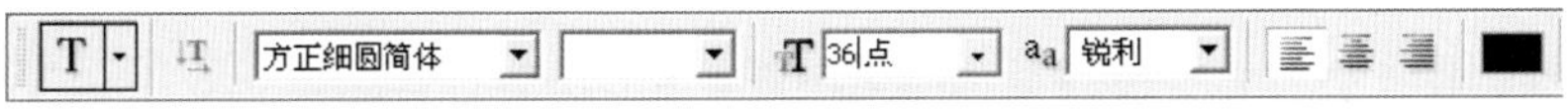

图8-94

图8-95

图8-96

步骤10 选择 "椭圆选框工具"，在画布中拖出一个椭圆形选区，效果如图8-97所示。按【Ctrl+J】组合键复制选区中的图像，得到"图层3"，如图8-98所示。

图8-97

图8-98

步骤11 ▶ 执行菜单"滤镜"|"杂色"|"添加杂色"命令，在弹出的"添加杂色"对话框中设置参数，如图8-99所示，单击"确定"按钮退出对话框。执行菜单"滤镜"|"扭曲"|"球面化"命令，在弹出的"球面化"对话框中设置参数，如图8-100所示，单击"确定"按钮退出对话框。多次按【Ctrl+F】组合键重复此滤镜操作，效果如图8-101所示。

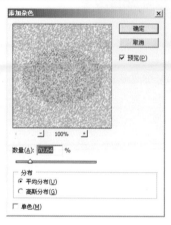

图8-99

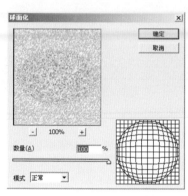

图8-100

步骤12 ▶ 在"图层"面板中双击"图层3"，分别对"渐变叠加"、"内发光"、"投影"、"内阴影"等图层样式进行参数设置，如图8-102至图8-105所示，单击"确定"按钮退出对话框，效果如图8-106所示。

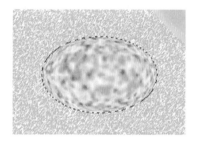

图8-101

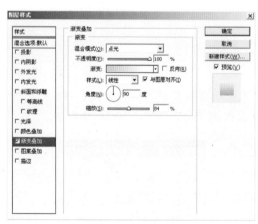

图8-102

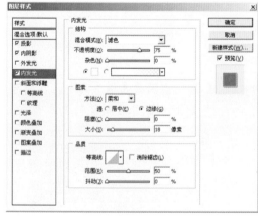

图8-103

步骤13 ▶ 选择 ⬭ "椭圆选框工具"，在画布中拖出一个椭圆形选区，效果如图8-107所示。

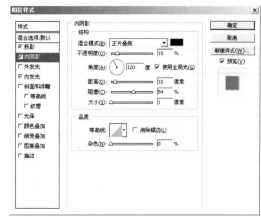

图8-104　　　　　　　　　　　　　　　图8-105

图8-106　　　　　　　　　　　　　图8-107

步骤14　更改前景色为白色，选择 ▣ "渐变工具"，其工具选项栏参数设置如图8-108所示，在选区中拖出渐变效果，如图8-109所示。按照相同的方法，继续绘制底部的高光效果，如图8-110所示。

图8-108

图8-109　　　　　　　　　　　　　图8-110

步骤15　选择"图层3"，按住【Alt】键对"图层3"中的图像进行复制，也可以根据个人喜好对图层中的图像进行缩放，效果如图8-111所示。

步骤16　打开本书配套光盘中的"PSD1.tif"文件，如图8-112所示。将图像拖入制作文件中，得到"图层4"，将其放置在"图层3"的上方，如图8-113所示。

图8-111 　　　　　　　　　　　　　　　　图8-112

步骤17 选择"图层4"，按【Ctrl+T】组合键将其中的图像缩小到适当大小，效果如图8-114所示。选择 T "横排文字工具"，其工具选项栏参数设置如图8-115所示，在文字光标处输入相关文字，如图8-116所示。

图8-113

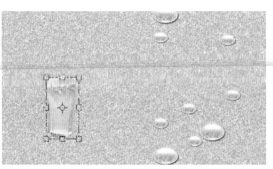

图8-114

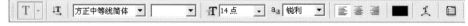

图8-115

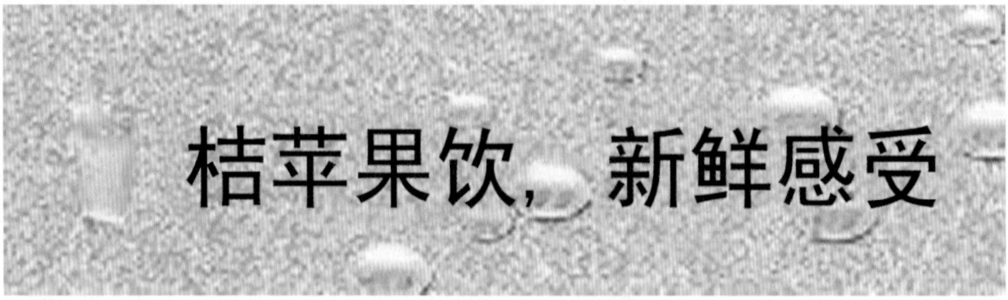

图8-116

步骤18 更改工具选项栏参数设置，如图8-117所示，继续输入文字，如图8-118所示。最终效果如图8-119所示。

图8-117

图8-118

图8-119

8.5　吉普车概念海报设计

步骤 1　执行菜单"文件"|"新建"命令，在弹出的"新建"对话框中设置参数，如图8-120所示，单击"确定"按钮退出对话框，新建一个制作文件。

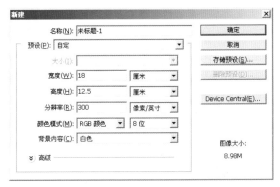
图8-120

步骤 2　单击"图层"面板下方的 "创建新图层"按钮，得到"图层 1"，如图8-121所示。使用相应工具在画布中框选出选区并填充黑色，效果如图8-122所示。在画布中再框选出一个较小的矩形选区并填充白色，效果如图8-123所示。

图8-121

图8-122

图8-123

步骤 3　按【Ctrl+T】组合键旋转选区中的图像，效果如图8-124所示。执行菜单"图层"|"图层样式"|"斜面和浮雕"命令，在弹出的"图层样式"对话框中设置参数，如图8-125所示，单击"确定"按钮退出对话框，制作斜面和浮雕效果，如图8-126所示。

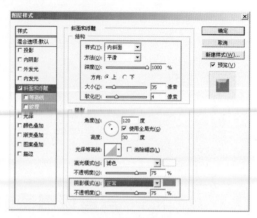

图8-124

图8-125

步骤 4 ▶ 切换至"通道"面板，新建"Alpha 1"通道，将"图层 1"中的图像复制到该
通道中，如图8-127所示，效果如图8-128所示。

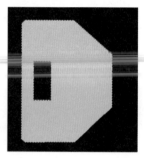

图8-126

图8-127

图8-128

步骤 5 ▶ 执行菜单"滤镜"|"纹理"|"龟裂缝"命令，在弹出的"龟裂缝"对话框中设
置参数，如图8-129所示，单击"确定"按钮退出对话框，效果如图8-130所示。

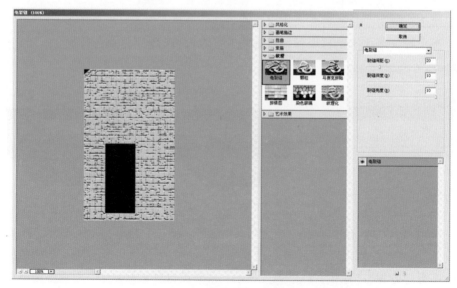

图8-129

步骤 6 参照如图8-131所示制作选区，执行菜单"选择"|"反向"命令，如图8-132所示，将反选后选区中的图像删除，效果如图8-133所示。

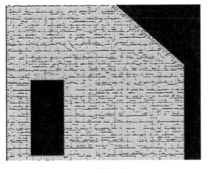

图8-130

图8-131

图8-132

图8-133

步骤 7 切换至"图层"面板，选择"图层 1"，如图8-134所示。执行菜单"图像"|"应用图像"命令，在弹出的"应用图像"对话框中设置参数，如图8-135所示，单击"确定"按钮退出对话框，效果如图8-136所示。

图8-134

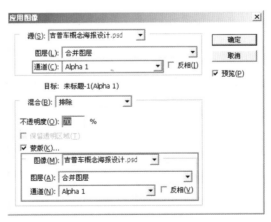

图8-135

步骤8 ▷ 新建"图层2"，将其放置在"图层1"的下方，如图8-137所示。在画布中参照如图8-138和图8-139所示框选出选区并填充颜色。

图8-136

图8-137

图8-138

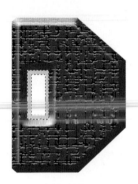

图8-139

步骤9 ▷ 确保选区仍然存在，执行菜单"编辑"|"描边"命令，在弹出的"描边"对话框中设置参数，如图8-140所示，单击"确定"按钮退出对话框，效果如图8-141所示。切换至"图层"面板，选择"图层1"，如图8-142所示。

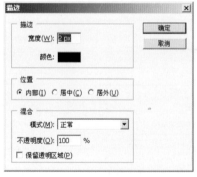

图8-140

图8-141

步骤10 ▷ 单击"图层"面板右上角的▼≡按钮，在弹出的菜单中选择"向下合并"命令，如图8-143所示。新建"图层3"，如图8-144所示，选择 "多边形套索工具"，在画布中参照如图8-145所示框选出选区并填充灰色。

步骤11 ▷ 选择 "加深工具"，其工具选项栏参数设置如图8-146所示，在选区边缘涂抹

出暗色调，效果如图8-147所示。执行菜单"滤镜"|"杂色"|"添加杂色"命令，在弹出的"添加杂色"对话框中设置参数，如图8-148所示，单击"确定"按钮退出对话框，制作杂色效果。

图8-142

图8-143

图8-144

图8-145

图8-146

图8-147

步骤12 在画布中框选出图像的中间区域并涂抹出暗色调，效果如图8-149所示。选择 "减淡工具"，其工具选项栏参数设置如图8-150所示，在画布中涂抹出高光效果，如图8-151所示。

步骤13 打开本书配套光盘中的"山脉.tif"文件，如图8-152所示。选择 "多边形套索工具"，其工具选项栏参数设置如图8-153所示，在画布中参照如图8-154所示框选出山脉形状。

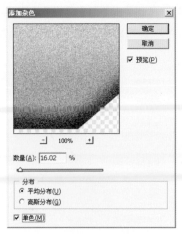

图8-148

图8-149

图8-150

图8-151

图8-152

图8-153

步骤 14 ▶ 将框选的形状拖入到制作文件中，得到"图层4"，按【Ctrl+T】组合键对此图像进行缩放，并将其放置在钥匙的上方，效果如图8-155所示。执行菜单"图像"|"调整"|"去色"命令，如图8-156所示，效果如图8-157所示。

步骤 15 ▶ 选择"图层4"，单击"图层"面板下方的▣"添加图层蒙版"按钮，为"图层4"添加图层蒙版，如图8-158所示。载入"图层4"的选区，选择▣"渐变工具"，在其工具选项栏中设置渐变颜色由灰色到透明，如图8-159所示，在选区中拖拽出渐变效果，如图8-160所示。

图8-154

图8-155

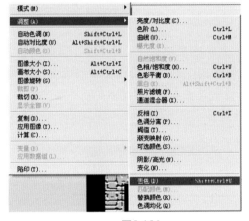

图8-156

图8-157

图8-158

图8-159

步骤 16 选择 T. "横排文字工具",其工具选项栏参数设置如图8-161所示,在画布中输入文字,效果如图8-162所示。按照同样的方法,再次输入文字,效果如图8-163所示。

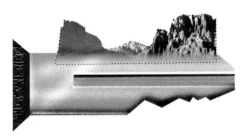

图8-160

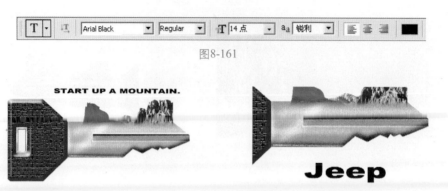

图8-161

图8-162　　　　　　　　　　　　　　　　图8-163

步骤17 切换至"图层"面板，将"Jeep"文字图层栅格化，如图8-164所示。复制文字"Jeep"，并载入原文字"Jeep"的选区，更改其颜色并执行菜单"编辑"|"描边"命令，在弹出的"描边"对话框中设置参数，如图8-165所示，单击"确定"按钮退出对话框，效果如图8-166所示。

图8-164　　　　　　　　　　　　　　　　图8-165

步骤18 按【Ctrl+T】组合键将原文字"Jeep"进行旋转，并将其放置在钥匙前端，效果如图8-167所示。切换至"通道"面板，新建"Alpha 2"通道，将复制得到的文字"Jeep"再复制到此通道中，如图8-168所示，效果如图8-169所示。

图8-166　　　　　　　　　　　　　　　　图8-167

步骤19 切换至"图层"面板，选择"图层2"，如图8-170所示。执行菜单"滤镜"|"渲染"|"光照效果"命令，在弹出的"光照效果"对话框中设置参数，如图8-171所示，单击"确定"按钮退出对话框，制作光照效果。

图8-168

图8-169

图8-170

步骤20 选择"Jeep"图层，更改其图层的混合模式为"颜色减淡"，如图8-172所示，效果如图8-173所示。最终效果如图8-174所示。

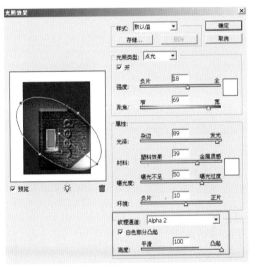

图8-171

图8-172

图8-173

图8-174

读书笔记

第9章 封面设计

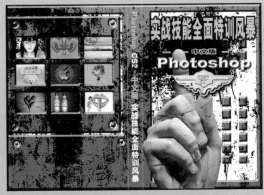

9.1 日记本封面设计

步骤 1 执行菜单"文件"|"新建"命令,在弹出的"新建"对话框中设置参数,如图 9-1所示,单击"确定"按钮退出对话框,新建一个制作文件。

步骤 2 单击"图层"面板下方的 <u>□</u> "创建新图层"按钮,得到"图层 1",如图9-2所 示。更改前景色为土黄色,其颜色设置如图9-3所示,用前景色填充画布,效果如 图9-4所示。

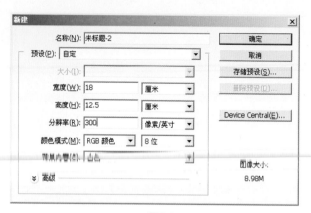

图9-1

图9-2

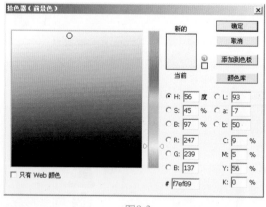

图9-3

图9-4

步骤 3 新建"图层 2",如图9-5所示。更改前景色为灰褐色,其颜色设置如图9-6所 示,参照如图9-7所示绘制出长条矩形选区并填充颜色,效果如图9-8所示。

步骤 4 新建"图层 3",如图9-9所示。选择 ✔."画笔工具",其工具选项栏参数设置如 图9-10所示,在画布中参照如图9-11至图9-13所示绘制卡通人物。

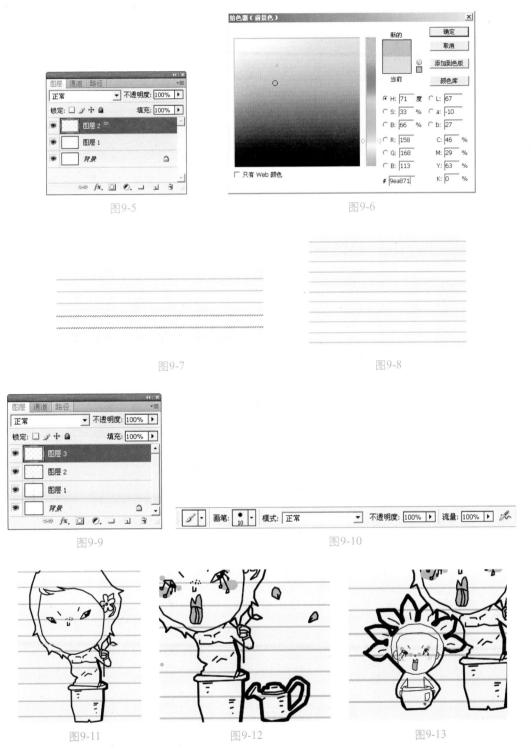

图9-5

图9-6

图9-7

图9-8

图9-9

图9-10

图9-11

图9-12

图9-13

步骤5 ▶ 使用 ✦."多边形套索工具"参照如图9-14所示框选出选区并填充颜色，效果如图9-15所示。

图9-14　　　　　　　　　　　　　　　图9-15

步骤6　选择 T.“横排文字工具”，其工具选项栏参数设置如图9-16所示。在画布上方输入文字，并按【Ctrl+T】组合键将文字变形，效果如图9-17所示。最终效果如图9-18所示。

图9-16

图9-17　　　　　　　　　　　　　　　图9-18

9.2　儿童图书封面设计

步骤1　执行菜单“文件”|“新建”命令，在弹出的“新建”对话框中设置参数，如图9-19所示，单击“确定”按钮退出对话框，新建一个制作文件。

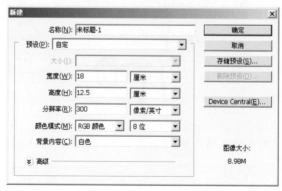

图9-19

步骤 2 单击"图层"面板下方的 ▣ "创建新图层"按钮，得到"图层 1"，如图9-20 所示。选择"背景"图层，更改前景色为粉色，其颜色设置如图9-21所示，按 【Ctrl+T】组合键填充前景色。

图9-20

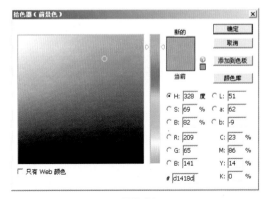
图9-21

步骤 3 选择 ▣ "矩形选框工具"，其工具选项栏参数设置如图9-22所示，在画布中拖拽 出一个长条矩形选区作为书脊，效果如图9-23所示。

图9-22

图9-23

步骤 4 更改前景色为白色，按【Alt+Delete】组合键填充选区，效果如图9-24所示。

步骤 5 新建"图层 2"，如图9-25所示。单击"路径"面板下方的 ▣ "创建新路径"按 钮，新建"路径 1"， 如图9-26所示。

图9-24

图9-25

图9-26

步骤 6 选择 ♦ "钢笔工具"，其工具选项栏参数设置如图9-27所示，在画布中绘制云形 的不规则路径，效果如图9-28所示。载入"路径 1"选区，更改前景色为白色， 用前景色填充选区，效果如图9-29所示。

图9-27

图9-28

图9-29

步骤 7 ▶ 复制"图层2",得到"图层2副本",如图9-30所示。载入"图层2"的选区，如图9-31所示。更改前景色为粉色，其颜色设置如图9-32所示，按【Alt+Delete】组合键填充选区为粉色，取消选区，分别按↓和←键各四次，效果如图9-33所示。

图9-30

图9-31

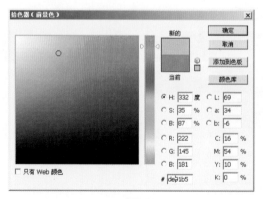

图9-32

图9-33

步骤 8 ▶ 新建"图层3",如图9-34所示。在"路径"面板中新建"路径2",如图9-35所示。选择 "钢笔工具"，其工具选项栏参数设置如图9-36所示，在画布中绘制小熊的基本轮廓及五官，效果如图9-37所示。

图9-34

图9-35

图9-36

图9-37

步骤9 ▶ 选择 ✎ "画笔工具"，其"画笔"面板参数设置如图9-38和图9-39所示。单击 "路径"面板下方的 ○ "用画笔描边路径"按钮，效果如图9-40所示。

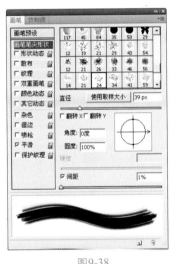

图9-38

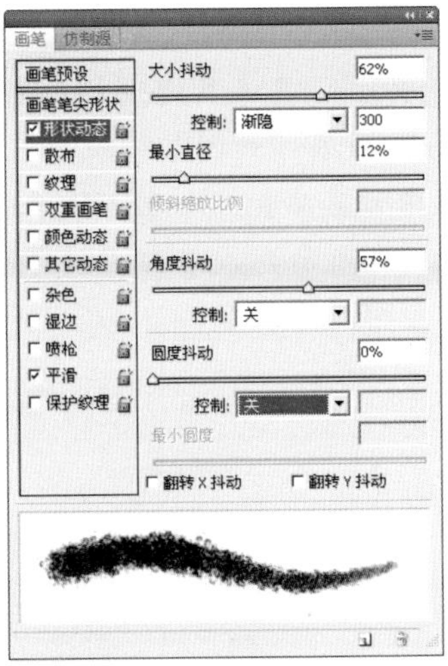

图9-39

图9-40

步骤10 ▶ 在"图层3"的下方新建"图层4"，如图9-41所示。更改前景色为淡黄色，其颜色设置如图9-42所示。

步骤11 ▶ 选择 ✎ "画笔工具"，其工具选项栏参数设置如图9-43所示，在画布中进行涂抹，效果如图9-44所示。

步骤12 ▶ 按照第11步的方法，在画布中分别涂抹出小熊的面部、鼻子等，直至将小熊绘制完整，效果如图9-45所示。

图9-41 图9-42

图9-43

图9-44 图9-45

步骤13 选择 T "横排文字工具"，其工具选项栏参数设置如图9-46所示，输入"卡通岛"，得到"卡通岛"图层，如图9-47所示。双击"卡通岛"图层，在弹出的"图层样式"对话框中设置参数，如图9-48至图9-51所示（其中"颜色叠加"中的色块颜色设置如图9-50所示），单击"确定"按钮退出对话框，效果如图9-52所示。

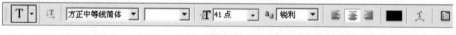

图9-46

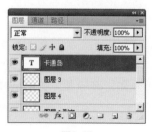

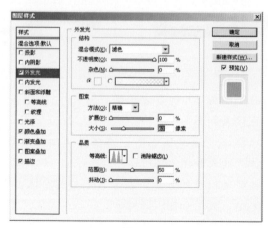

图9-47 图9-48

图9-49

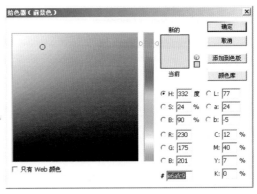

图9-50

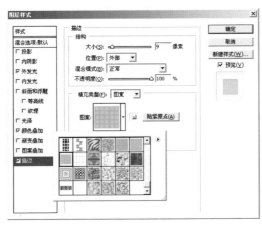

图9-51

图9-52

步骤 14 ▶ 将"图层2"和"图层2副本"拖至"图层4"的下方，如图9-53所示。复制"图层2"，得到"图层2副本2"，如图9-54所示。

图9-53

图9-54

步骤 15 ▶ 选择"图层2"，按【Ctrl+T】组合键将"图层2"中粉红色的云朵缩小到适当大小（约为文字"卡通岛"高度的1/3），效果如图9-55所示。将调整后的云朵放置在画布的左上角，并进行复制，效果如图9-56所示。按照相同的方法不断复制，效果如图9-57所示。

图9-55

图9-56

图9-57

步骤16 ▶ 按照第15步的方法对"图层 2 副本"和"图层 2 副本 2"中的图像进行复制，根据视觉美感调整图层中图像的大小，如图9-58所示。最终效果如图9-59所示。

图9-58

图9-59

9.3 文学图书封面设计

步骤1 ▶ 执行菜单"文件"|"新建"命令，在弹出的"新建"对话框中设置参数，如图9-60所示，单击"确定"按钮退出对话框，新建一个制作文件。

步骤2 ▶ 单击"图层"面板下方的 "创建新图层"按钮，得到"图层1"，如图9-61所示。选择 "渐变工具"，在其工具选项栏中设置渐变颜色，并单击 "径向渐变"按钮，如图9-62所示，在画布中拖拽出渐变效果，如图9-63所示。

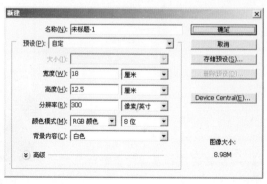
图9-60

图9-61

图9-62

步骤3 使用 "矩形选框工具"在画布中央框选出一个矩形选区并填充深褐色，制作出书脊效果，如图9-64所示。打开本书配套光盘中的"线稿.tif"文件，如图9-65所示，将图像拖入制作文件中，得到"图层2"，将"图层2"中的图像放置在面封的底部位置，并按【Ctrl+T】组合键将其放大，效果如图9-66所示。

图9-63

图9-64

图9-65

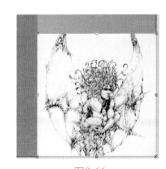

图9-66

步骤4 选择"图层2"，更改其图层的混合模式为"正片叠底"，如图9-67所示。单击"图层"面板下方的 "添加图层蒙版"按钮，为"图层2"添加图层蒙版，如图9-68所示。选择 "渐变工具"，在其工具选项栏中设置渐变颜色，单击 "线性渐变"按钮，如图9-69所示，在画布中拖拽出渐变效果，如图9-70所示。

图9-67

图9-68

图9-69

步骤5 ▶ 新建"图层3",将其放置在"图层2"的下方,如图9-71所示。选择 ✐ "画笔工具",其工具选项栏参数设置如图9-72所示。

图9-70

图9-71

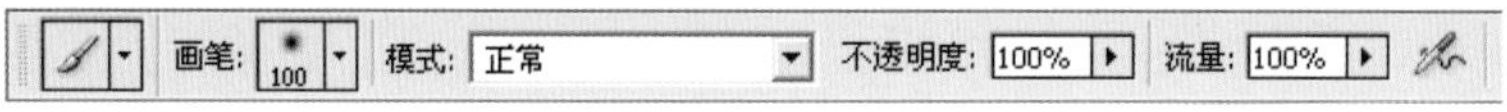

图9-72

步骤6 ▶ 在画布中参照如图9-73所示进行绘制,选择 ✐ "涂抹工具",其工具选项栏参数设置如图9-74所示,在画布中进行涂抹,效果如图9-75所示。执行菜单"滤镜"|"模糊"|"动感模糊"命令,在弹出的"动感模糊"对话框中设置参数,如图9-76所示,单击"确定"按钮退出对话框,制作模糊效果,如图9-77所示。

图9-73

图9-74

图9-75

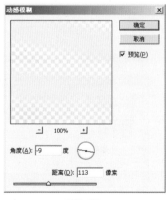

图9-76

步骤7 配合使用 "加深工具" 和 "减淡工具" 在画布中涂抹出高光和阴影效果，如图9-78所示。

图9-77　　　　　　　　　图9-78

步骤8 复制刚制作好的效果，并将复制得到的效果放置在画布的右侧，并对其变形，效果如图9-79所示。选择"图层3"，如图9-80所示，更改其"不透明度"为76%，效果如图9-81所示。

图9-79　　　　　　　　　图9-80

步骤9 新建"图层4"，将其放置在"图层3"的下方，如图9-82所示。选择 "钢笔工具"，其工具选项栏参数设置如图9-83所示，在画布中参照如图9-84所示绘制出形状。

图9-81　　　　　　　　　图9-82

图9-83

步骤 10 ▷ 选择"形状 1"图层并将其栅格化,如图9-85所示,复制该形状并将其放置在画布的另一侧,效果如图9-86所示。选择"图层 1",如图9-87所示。

图9-84

图9-85

图9-86

图9-87

步骤 11 ▷ 执行菜单"滤镜"|"纹理"|"龟裂缝"命令,在弹出的"龟裂缝"对话框中设置参数,如图9-88所示,单击"确定"按钮退出对话框,效果如图9-89所示。

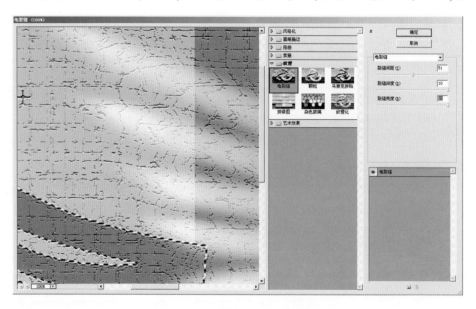

图9-88

步骤12 ▶ 选择 T "直排文字工具"，其工具选项栏参数设置如图9-90所示，在画布中输入相关文字，效果如图9-91所示。切换至"图层"面板，将文字图层栅格化。

步骤13 ▶ 执行菜单"图层"|"图层样式"|"描边"命令，在弹出的"图层样式"对话框中设置参数，如图9-92所示，单击"确定"按钮退出对话框，制作文字的描边效果。最终效果如图9-93所示。

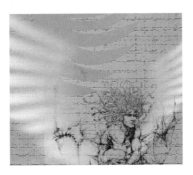

图9-89

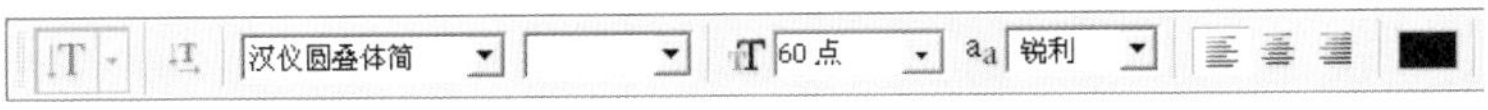

图9-91

图9-90

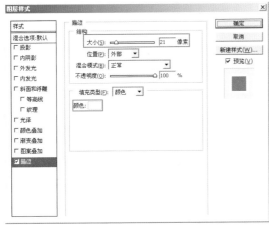

图9-92

图9-93

9.4 电脑图书封面设计

步骤1 ▶ 执行菜单"文件"|"新建"命令，在弹出的"新建"对话框中设置参数，如图9-94所示，单击"确定"按钮退出对话框，新建一个制作文件。

步骤2 ▶ 单击"图层"面板下方的 "创建新图层"按钮，得到"图层1"，如图9-95所示。在画布中央拖出三条参考线以定义书脊的位置，如图9-96所示。选择 "渐变工具"，在其工具选项栏中设置渐变颜色由深蓝色到蓝色，并单击 "线 性渐变"按钮,如图9-97所示,在面封中从上到下拖拽出渐变效果,如图9-98所示。

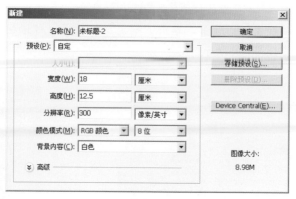

图9-94

图9-95

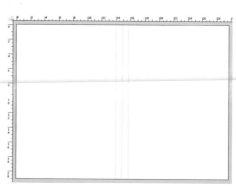

图9-96

图9-97

图9-98

步骤3 将配套光盘中的"徽章.tif"文件拖入制作文件中,如图9-99所示。在画布中单击鼠标右键,在弹出的快捷菜单中选择"形状4"图层,如图9-100所示。使用 "矩形选框工具"在画布中框选出一个矩形选区,然后填充深灰色。选择 "钢笔工具",其工具选项栏参数设置如图9-101所示。

步骤4 参照如图9-102所示绘制徽章中间位置的形状,选择"形状6"图层并将其栅格化,如图9-103所示,单击"图层"面板右上角的 三按钮,在弹出的菜单中选择

"向下合并"命令，如图9-104所示，效果如图9-105所示，整体效果如图9-106所示。

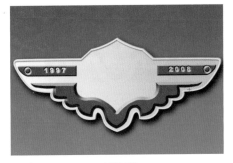
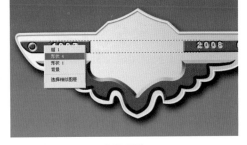

图9-99　　　　　　　　　　　　　　图9-100

图9-101

图9-102　　　　　　　　　图9-103　　　　　　　　　图9-104

图9-105　　　　　　　　　　　　　　图9-106

步骤 5 　选择 "横排文字蒙版工具"，在带有图层样式的图层上制作文字蒙版选区，并按【Delete】键将选区中的部分删除，得到立体文字效果，如图9-107和图9-108所示。

图9-107　　　　　　　　　　　　　　　图9-108

步骤 6 选择 T. "横排文字工具"，其工具选项栏参数设置如图9-109所示，在徽章的上
方输入文字，并【Ctrl+T】组合键调整文字的大小，效果如图9-110所示。

图9-109　　　　　　　　　　　　　　　图9-110

步骤 7 执行菜单"图层"|"图层样式"|"斜面和浮雕"命令，在弹出的"图层样式"
对话框中设置参数，如图9-111所示，单击"确定"按钮退出对话框，制作文字的
立体效果，如图9-112所示。

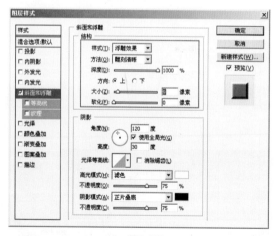

图9-111　　　　　　　　　　　　　　　图9-112

步骤 8 选择 T. "横排文字工具"，其工具选项栏参数设置如图9-113所示，在画布的
上方输入文字，效果如图9-114所示。打开本书配套光盘中的"背景材质.tif"文
件，如图9-115所示。

图9-113

图9-114 图9-115

步骤 9　将"背景材质.tif"中的图像拖入制作文件中，并按【Ctrl+T】组合键调整其大小，效果如图9-116所示。执行菜单"图像"|"调整"|"阈值"命令，在弹出的"阈值"对话框中设置参数，如图9-117所示，单击"确定"按钮退出对话框，效果如图9-118所示。

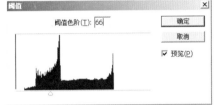

图9-116 图9-117

步骤 10　载入"实战技能全面特训风暴"文字图层的选区，将文字颜色更改为红色，效果如图9-119所示，再将文字"Photoshop"的颜色更改为白色，效果如图9-120所示。打开本书配套光盘中的"雕塑手.tif"文件，如图9-121所示。

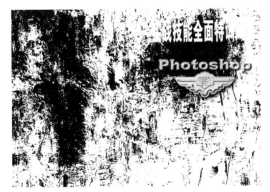

图9-118 图9-119

图9-120   图9-121

步骤11 ▶ 选择 ◣ "多边形套索工具"，其工具选项栏参数设置如图9-122所示，在画布中
框选出塑料手的轮廓，并将选区中的图像复制到制作文件中，按【Ctrl+T】组合
键将此图像进行缩放，效果如图9-123所示。

图9-122   图9-123

步骤12 ▶ 选择"图层1"，如图9-124所示。选择 ■ "渐变工具"，在其工具选项栏中设置
渐变颜色，并单击 ■ "径向渐变"按钮，如图9-125所示，在画布中由上到下拖拽
出渐变效果，如图9-126所示。

图9-124   图9-125

步骤 13 使用 ▭ "矩形选框工具" 在封面中框选出一个矩形选区，并按【Ctrl+T】组合键将选区内的图像稍微缩小，效果如图9-127所示。再框选出一个十字形选区，将选区内的颜色删除，效果如图9-128所示。

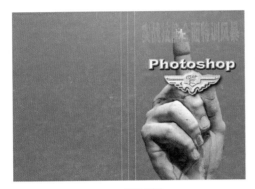

图9-126　　　　　　　　　　图9-127　　　　　　　　　　图9-128

步骤 14 执行菜单"图层"|"图层样式"|"斜面和浮雕"命令，在弹出的"图层样式"对话框中设置参数，如图9-129所示，单击"确定"按钮退出对话框，在画布中制作斜面和浮雕效果。再框选出相应选区并按【Delete】键将选区内的图像删除，效果如图9-130所示。

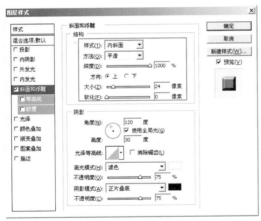

图9-129　　　　　　　　　　　　　　图9-130

步骤 15 载入"实战技能全面特训风暴"文字图层的选区，将文字颜色更改为中黄色，效果如图9-131所示。执行菜单"图层"|"图层样式"|"描边"命令，在弹出的"图层样式"对话框中设置参数，如图9-132所示，单击"确定"按钮退出对话框，制作文字的描边效果，如图9-133所示。

步骤 16 选择"图层 1"，如图9-134所示。按照同样的方法，在底封框选出相应选区，并按【Delete】键将选区内的图像删除，得到立体方格效果，如图9-135所示。

步骤 17 将各实例效果图拖入方格中，如图9-136所示。使用 ▭ "矩形选框工具"框选出方格边缘的选区并删除选区中的图像，效果如图9-137所示。

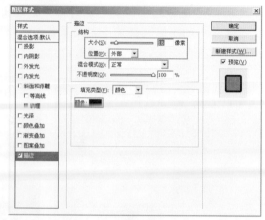

图9-131　　　　　　　　　　　　　　　　　　图9-132

图9-133　　　　　　　　图9-134　　　　　　　图9-135

图9-136　　　　　　　　　　　　　　　　图9-137

步骤18▶ 　使用 "椭圆选框工具" 绘制出小正圆选区，并按【Ctrl+T】组合键将选区中的图像缩小以制作按钮形状，效果如图9-138所示。选择 "图层1"，更改其图层的混合模式为 "正片叠底"，如图9-139所示。最终效果如图9-140所示。

图9-138

图9-139

图9-140

9.5 宣传册

步骤 1 执行菜单"文件"|"新建"命令，按照如图9-141所示设置"新建"对话框的参数，单击"确定"按钮新建一个制作文件。打开本书配套光盘中的"古代画.tif"文件，如图9-142所示。执行菜单"图像"|"调整"|"去色"命令，然后将其移到制作文件中，调整适当位置，效果如图9-143所示。

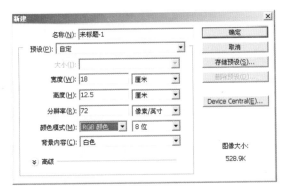

图9-141

图9-142

步骤2 ▶ 执行菜单"选择"|"色彩范围"命令，选择"色彩范围"中的白色区域，如图9-144所示，单击"确定"按钮，效果如图9-145所示。按【Ctrl+Delete】组合键填充为白色，效果如图9-146所示。

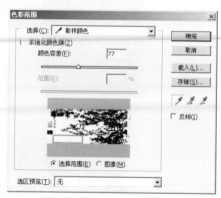

图9-143　　　　　　　　　　　　　　图9-144

图9-145　　　　　　　　　　　　　　图9-146

步骤3 ▶ 执行菜单"编辑"|"变换"|"水平翻转"命令，效果如图9-147所示。选择"直排文字工具"，其工具选项栏参数设置如图9-148所示，按照如图9-149所示在图层中输入文字。

图9-147

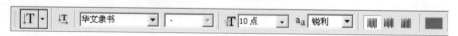

图9-148

步骤4 ▶ 更改工具栏选项设置，如图9-150所示，按照如图9-151所示在图层中输入"苔苔"。

步骤5 ▶ 打开本书配套光盘中的"酒.png"文件，如图9-152所示，并移入制作文件中，如图9-153所示。

图9-149

图9-150

图9-151

图9-152

图9-153

步骤6　在"图层"面板中双击"图层3",打开"图层样式"对话框,按照如图9-154所示设置"投影"对话框的参数,单击"确定"按钮,效果如图9-155所示。

步骤7　设置当前图层为"茅苔"文字图层,双击该图层打开"图层样式"对话框,按照如图9-156所示设置"描边"对话框中的参数,其中颜色为白色,单击"确定"按钮,效果如图9-157所示。

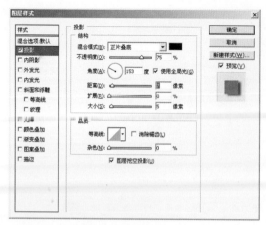

图9-154

图9-155

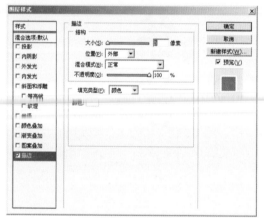

图9-156

图9-157

第10章　商标设计

10.1　汽车商标设计

步骤 1 ▶　执行菜单"文件"｜"新建"命令，在弹出的"新建"对话框中设置参数，如图10-1所示，单击"确定"按钮退出对话框，新建一个制作文件。

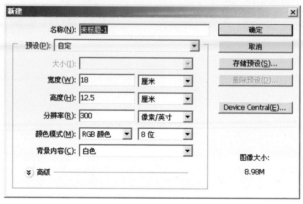

图10-1

步骤 2 ▶　选择▣."渐变工具"，其工具选项栏参数设置如图10-2所示，对"背景"图层填充渐变效果，如图10-3所示。

图10-2

步骤 3 ▶　执行菜单"滤镜"｜"杂色"｜"添加杂色"命令，在弹出的"添加杂色"对话框中设置参数，如图10-4所示。执行菜单"滤镜"｜"素描"｜"粉笔和炭笔"命令，在弹出的"粉笔和炭笔"对话框中设置参数，如图10-5所示，单击"确定"按钮退出对话框。

图10-3　　　　　　　　图10-4　　　　　　　　图10-5

步骤 4 切换至"图层"面板，单击"图层"面板下方的 ▣ "创建新图层"按钮，得到"图层 1"，如图10-6所示。选择 ◯ "椭圆选框工具"，同时按住【Shift】键，在画布中拖动出一个正圆形选区，效果如图10-7所示。

图10-6　　　　　　　　　　　图10-7

步骤 5 选择 ▣ "渐变工具"，其工具选项栏参数设置如图10-8所示，在选区中拖动出渐变效果，如图10-9所示。

图10-8　　　　　　　　　　　图10-9

步骤 6 切换至"图层"面板，双击"图层1"，在弹出的"图层样式"对话框中分别对"投影"和"描边"进行参数设置，如图10-10和图10-11所示，单击"确定"按钮退出对话框，效果如图10-12所示。

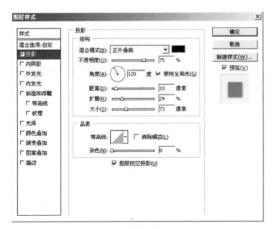

图10-10　　　　　　　　　　　图10-11

步骤7 切换至"图层"面板，单击"图层"面板下方的 ▣ "创建新图层"按钮，得到"图层2"，如图10-13所示。按住【Ctrl】键的同时单击"图层1"的图层缩览图，载入其选区。执行菜单"选择"|"修改"|"收缩"命令，在弹出的"收缩选区"对话框中设置参数，如图10-14所示，单击"确定"按钮退出对话框，效果如图10-15所示。选择 ▣ "渐变工具"，其工具选项栏参数设置如图10-16所示，在选区中拖动出渐变效果，如图10-17所示。

图10-12

图10-13

图10-14

图10-15

图10-16

图10-17

步骤8 切换至"图层"面板，单击"图层"面板下方的 ▣ "创建新图层"按钮，得到"图层3"，如图10-18所示。按住【Ctrl】键的同时单击"图层2"的图层缩览图，载入其选区。

步骤9 执行菜单"选择"|"修改"|"收缩"命令，在弹出的"收缩选区"对话框中设置参数，如图10-19所示，单击"确定"按钮退出对话框，效果如图10-20所示。选择 ▣ "渐变工具"，其工具选项栏参数设置如图10-21所示，在设置过程中用

到的颜色设置如图10-22所示，在选区中拖动出渐变效果，如图10-23所示。

图10-18   图10-19   图10-20

图10-21

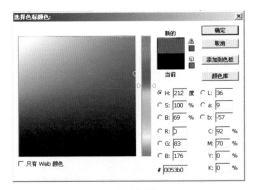

图10-22   图10-23

步骤10 ▶ 切换至"图层"面板，双击"图层3"，在弹出的"图层样式"对话框中设置参数，如图10-24所示，其中颜色设置如图10-25所示，单击"确定"按钮退出对话框，效果如图10-26所示。

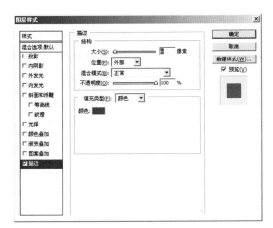

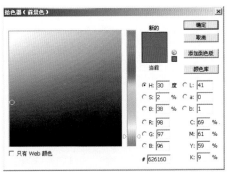

图10-24   图10-25

步骤 11 切换至"图层"面板,单击"图层"面板下方的 ▣ "创建新图层"按钮,得到"图层 4",如图10-27所示。切换至"图层"面板,按住【Ctrl】键,单击"图层3"的图层缩览图载入其选区,并在选区中填充纯白色,效果如图10-28所示。

图10-26　　　　　　　　　　图10-27　　　　　　　　　　图10-28

步骤 12 执行菜单"选择"|"修改"|"收缩"命令,在弹出的"收缩选区"对话框中设置参数,如图10-29所示,单击"确定"按钮退出对话框。按【Delete】键删除选区中的图像,效果如图10-30所示。

图10-29　　　　　　　　　　　　　　图10-30

步骤 13 选择 ✐ "橡皮擦工具",其工具选项栏参数设置如图10-31所示,在画布中将白色圆环的中间部分擦除,使其形成光照效果,如图10-32所示。

图10-31　　　　　　　　　　　　　　　图10-32

步骤 14 切换至"图层"面板,单击"图层"面板下方的 ▣ "创建新图层"按钮,得到"图层 5",如图10-33所示,将"图层5"的"不透明度"改为15%。选择 ◯ "椭圆选框工具",按住【Shift】键在画布中拖动出一个正圆形选区,效果如图10-34所示。执行菜单"选择"|"修改"|"收缩"命令,在弹出的"收缩选区"

对话框中设置参数，如图10-35所示，单击"确定"按钮退出对话框，在选区中填充纯白色，效果如图10-36所示。

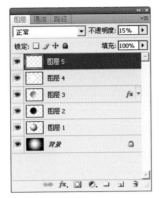

图10-33

图10-34

图10-35

图10-36

步骤15 ▶ 切换至"图层"面板，单击"图层"面板下方的 ▣ "创建新图层"按钮，得到"图层6"，如图10-37所示。选择 ◯ "椭圆选框工具"，按住【Shift】键在画布中拖动出一个正圆形选区，效果如图10-38所示。选择 ▣ "渐变工具"，其工具选项栏参数设置如图10-39所示，在选区中填充渐变效果，如图10-40所示。

图10-37

图10-38

步骤16 ▶ 选择 ▱ "橡皮擦工具"，其工具选项栏参数设置如图10-41所示，擦除"图层6"中多余的部分，效果如图10-42所示。

步骤17 ▶ 切换至"图层"面板，单击"图层"面板下方的 ▣ "创建新图层"按钮，得到"图层7"，如图10-43所示。切换至"路径"面板，单击"路径"面板下方的 ▣ "创建新路径"按钮，得到"路径1"，如图10-44所示。

图10-39   图10-40

图10-41   图10-42

图10-43   图10-44

步骤 18   选择 ◊ "钢笔工具"，其工具选项栏参数设置如图10-45所示，在画布下方绘制
不规则的形状，效果如图10-46所示。按住【Ctrl】键的同时单击"路径 1"的
路径缩览图，载入其选区。选择 █ "渐变工具"，其工具选项栏参数设置如图
10-47所示，在选区中拖拽出渐变效果，如图10-48所示。

图10-45

图10-46

图10-47

图10-48

步骤 19 ▷ 按照第18步的方法，继续绘制高光效果，如图10-49所示。

步骤 20 ▷ 切换至"图层"面板，单击"图层"面板下方的 ▣ "创建新图层"按钮，得到
"图层8"，将其拖至"图层7"的上方，如图10-50所示。选择 ◯ "椭圆选框工
具"，按住【Shift】键在画布中拖动出一个正圆形选区并在选区中填充纯白色，
效果如图10-51所示。执行菜单"选择"|"修改"|"收缩"命令，在弹出的"收
缩选区"对话框中设置参数，如图10-52所示，单击"确定"按钮退出对话框。按
【Delete】键删除选区中的图像，效果如图10-53所示。

图10-49

图10-50

图10-51

图10-52

图10-53

步骤 21 ▷ 切换至"图层"面板，单击"图层"面板下方的 ▣ "创建新图层"按钮，得到
"图层9"，如图10-54所示。选择 ▦ "矩形选框工具"，其工具选项栏参数设置
如图10-55所示。在画布中拖动出矩形选区并填充纯白色，效果如图10-56所示。
按【Ctrl+T】组合键调出自由变换控制框进行旋转，效果如图10-57所示。

图10-54

图10-55

图10-56

图10-57

步骤22 切换至"图层"面板，按【Ctrl+J】组合键复制图层，得到"图层9副本"。移动"图层9副本"中的图像到适当位置，效果如图10-58所示。选择"图层9副本"和"图层 9"两个图层，如图10-59所示，按【Ctrl+E】组合键合并图层。按照相同的方法复制"图层9副本"，得到"图层9副本2"图层，执行菜单"编辑"|"变换"|"垂直翻转"命令，然后将"图层9副本2"中的图像摆放到适当位置，效果如图10-60所示。

图10-58

图10-59

图10-60

步骤23 选择○"椭圆选框工具"，按住【Shift】键在画布中拖动出一个正圆形选区，效果如图10-61所示。按【Ctrl+Shift+I】组合键反选选区，按【Delete】键删除选区中的图像，效果如图10-62所示。选择□"矩形选框工具"，其工具选项栏参数设置如图10-63所示，在三个"V"图形交叉的中心位置拖拽出一个矩形选区，按【Delete】键删除选区中的图像，效果如图10-64所示。最终效果如图10-65所示。

图10-61

图10-62

图10-63

图10-64

图10-65

10.2 产品商标设计

步骤 1 ▸ 执行菜单"文件"|"新建"命令,在弹出的"新建"对话框中设置参数,如图10-66所示,单击"确定"按钮,新建一个文件。

步骤 2 ▸ 使用 ◻."钢笔工具"绘制如图10-67所示的路径,将路径转化为选区,如图10-68所示。

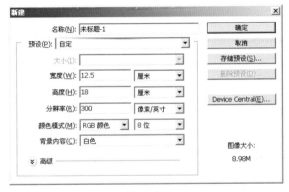

图10-66

图10-67   图10-68

步骤3 ▶ 选择 ▣."渐变工具"，单击"点按可编辑渐变"按钮，打开"渐变编辑器"对话
框，设置如图10-69所示，单击"确定"按钮创建一个线性渐变，效果如图
10-70所示。

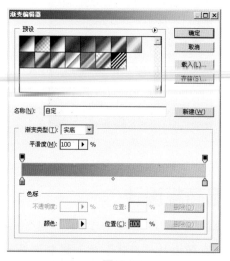

图10-69   图10-70

步骤4 ▶ 新建"图层3"，使用"钢笔工具"绘制如图10-71所示的路径，将路径转化为选
区，如图10-72所示。

图10-71   图10-72

步骤 5 ▶ 再次创建第3步同样的线性渐变，效果如图10-73所示。执行菜单"编辑"|"描边"命令，对话框设置如图10-74所示，单击"确定"按钮，效果如图10-75所示。选择"图层2"，按照同样的方法进行描边，如图10-76所示。然后将两个图层进行合并。

图10-73   图10-74

步骤 6 ▶ 新建"图层4"，使用 ✎ "钢笔工具"绘制如图10-77所示的路径，再将路径转化为选区。选择 ▇ "渐变工具"，单击"点按可编辑渐变"按钮，打开"渐变编辑器"对话框，设置如图10-78所示，单击"确定"按钮创建一个线性渐变，效果如图10-79所示。

图10-75   图10-76   图10-77

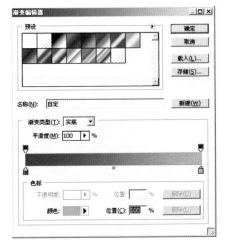

图10-78   图10-79

步骤7 ▶ 按照上一步的操作方法，使用 ✍️"钢笔工具"绘制图形路径并填充颜色，效果如图10-80所示。选择 ⭕"椭圆选框工具"，绘制如图10-81所示的3个圆形。设置前景色为"深灰色"，如图10-82所示。按【Alt+Delete】组合键填充颜色，效果如图10-83所示。

图10-80

图10-81

图10-82

图10-83

步骤8 ▶ 执行菜单"滤镜"|"扭曲"|"球面化"命令，"球面化"对话框参数设置如图10-84所示，单击"确定"按钮，效果如图10-85所示。

图10-84

图10-85

步骤9 ▶ 选择 T "横排文字工具"，输入如图10-86所示的文字，在"图层"面板中双击文字图层打开"图层样式"对话框，设置如图10-87所示，单击"确定"按钮，效果如图10-88所示。

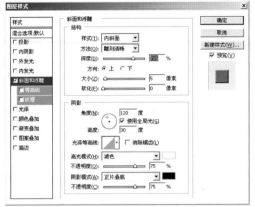

图10-86　　　　　　　　　　　　图10-87　　　　　　　　　　　　图10-88

10.3　公司商标设计

步骤 1　执行菜单"文件"|"新建"命令，在弹出的"新建"对话框中设置参数，如图10-89所示，单击"确定"按钮退出对话框，新建一个制作文件。

步骤 2　切换至"图层"面板，单击"图层"面板下方的 □ "创建新图层"按钮，得到"图层1"，如图10-90所示。

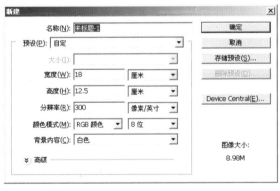

图10-89　　　　　　　　　　　　　　　　图10-90

步骤 3　选择 □ "渐变工具"，在其工具选项栏中设置渐变颜色，并单击 □ "线性渐变"按钮，如图10-91所示，在画布中拖拽出渐变效果，如图10-92所示。

图10-91　　　　　　　　　　　　　　　图10-92

步骤 4 ▷ 更改工具选项栏中的颜色，如图10-93所示，在画布中由下向中央拖拽出渐变效果，如图10-94所示。再次更改工具选项栏中的颜色，如图10-95所示，在画布中由上向中央继续拖拽出渐变效果，如图10-96所示。

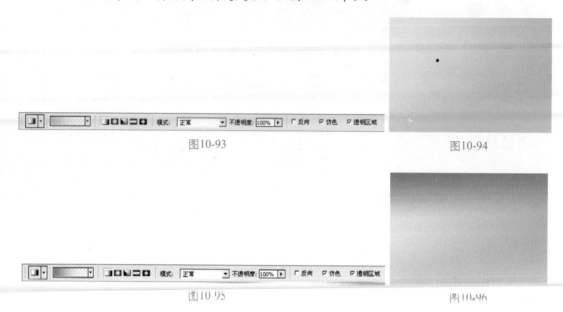

图10-93　　　　　　　　　　　　　　　　　　　图10-94

图10-95　　　　　　　　　　　　　　　　　　　图10-96

步骤 5 ▷ 执行菜单"滤镜"|"扭曲"|"玻璃"命令，在弹出的"玻璃"对话框中设置参数，如图10-97所示，单击"确定"按钮退出对话框，效果如图10-98所示。

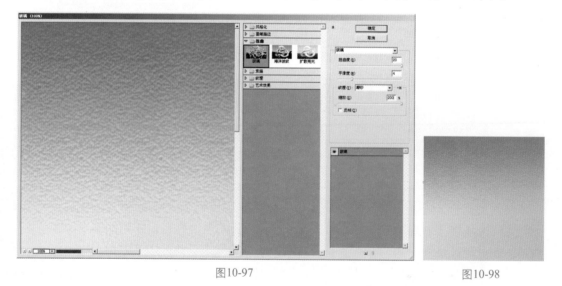

图10-97　　　　　　　　　　　　　　　　　　　图10-98

步骤 6 ▷ 执行菜单"滤镜"|"扭曲"|"海洋波纹"命令，在弹出的"海洋波纹"对话框中设置参数，如图10-99所示，单击"确定"按钮退出对话框，制作海洋波纹扭曲效果。切换至"图层"面板，新建"图层2"，如图10-100所示。

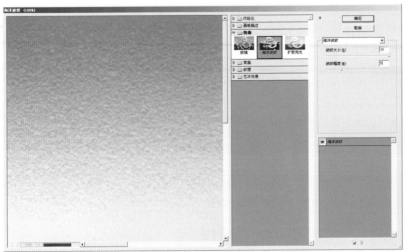

| 图10-99 | 图10-100 |

步骤7 选择 $\diamond$ "钢笔工具"，其工具选项栏参数设置如图10-101所示，在画布中绘制缺口苹果的形状，效果如图10-102所示。更改前景色，绘制出苹果厚度的立体感，效果如图10-103所示。

图10-101

| 图10-102 | 图10-103 |

步骤8 选择"形状2"图层，如图10 104所示，将此图层栅格化，如图10-105所示。选择 "加深工具"和 "减淡工具"，工具选项栏参数设置如图10-106所示，分别在画布中涂抹出高光和阴影效果，如图10-107所示，整体效果如图10-108所示。

步骤9 选择"形状1"图层并将其栅格化，如图10-109所示。

步骤10 执行菜单"图层"|"图层样式"|"斜面和浮雕"命令，在弹出的"图层样式"对话框中设置参数，如图10-110所示，单击"确定"按钮退出对话框，效果如图10-111所示。

图10-104 图10-105

图10-106

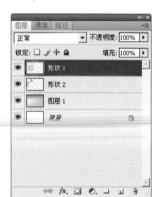

图10-107 图10-108 图10-109

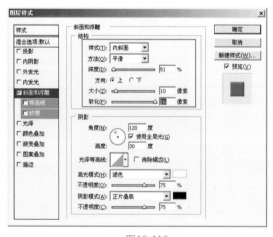

图10-110 图10-111

步骤11 分别复制"形状1"图层和"形状2"图层两次，得到"形状1副本"图层、"形状2副本"图层和"形状1副本2"图层、"形状2副本2"图层，如图10-112所示，将副本图层中的图像依次排列，效果如图10-113所示。

图10-112

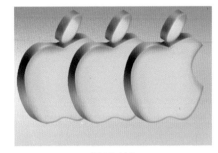

图10-113

步骤 12 ▶ 单击"图层"面板右上角的 ▼≡ 按钮，在弹出的菜单中选择"向下合并"命令，
如图10-114所示，将"形状1副本2"图层和"形状2副本2"图层合并为"形状2副
本2"图层。按照同样的方法，将"形状1副本"图层和"形状2副本"图层合并
为"形状2副本"图层，合并图层后的"图层"面板如图10-115所示。

图10-114

图10-115

步骤 13 ▶ 选择"形状2 副本"图层，执行菜单"图像"|"调整"|"色相/饱和度"命令，
在弹出的"色相/饱和度"对话框中设置参数，如图10-116所示，单击"确定"按
钮退出对话框，效果如图10-117所示。

步骤 14 ▶ 选择"形状2副本2"图层，如图10-118所示。执行菜单"图像"|"调整"|"色相/
饱和度"命令，在弹出的"色相/饱和度"对话框中设置参数，如图10-119所示，
单击"确定"按钮退出对话框，效果如图10-120所示。分别复制"形状2"图层、
"形状2 副本"图层、"形状2副本2"图层，此时的"图层"面板如图10-121
所示。

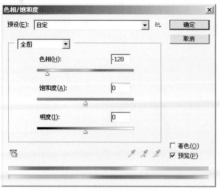

图10-116

图10-117

图10-118

图10-119

图10-120

图10-121

步骤 15 ▶ 将新复制的副本图层中的图像进行翻转，按【Ctrl+T】组合键调出自由变换控制框，按住【Ctrl】键将图像进行变形以制作倒影效果，如图10-122所示。将"形状2副本3"图层、"形状2副本4"图层、"形状2副本5"图层拖动至"图层"面板下方的█ "创建新组"按钮上，如图10-123所示，得到"组1"，并更改图层组的混合模式为"穿透"，"不透明度"为30%，如图10-124所示。最终效果如图10-125所示。

图10-122

图10-123

图10-124

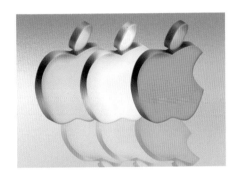

图10-125

10.4　软件商标设计

步骤 1　执行菜单"文件"|"新建"命令，在弹出的"新建"对话框中设置参数，如图10-126所示，单击"确定"按钮，新建一个制作文件。选择■"渐变工具"，打开"渐变编辑器"对话框，按照如图10-127所示设置渐变色，单击"确定"按钮创建一个径向渐变，效果如图10-128所示。

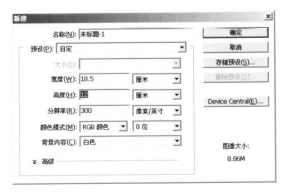

图10-126

步骤2 执行菜单"滤镜"|"杂色"|"添加杂色"命令，如图10-129所示，单击"确定"
按钮，效果如图10-130所示。

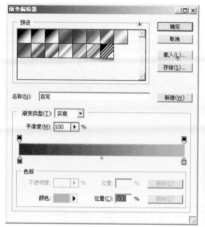

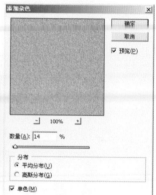

图10-127 图10-128 图10-129

步骤3 选择 ，"钢笔工具"，绘制如图10-131所示的路径，将路径转换为选区，选择 ，
"渐变工具"，单击"点按可编辑渐变"按钮，在弹出的"渐变编辑器"对话框
中设置渐变色为从黄色到白色，如图10-132所示，单击"确定"按钮创建一个线
性渐变，效果如图10-133所示。

图10-130 图10-131

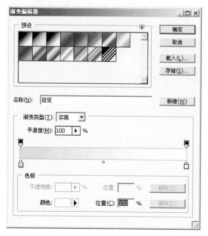

图10-132 图10-133

步骤 4 继续使用 ❂ "钢笔工具"绘制如图10-134所示的路径，将路径转换选区，创建与第4步同样的渐变，效果如图10-135所示。

图10-134

图10-135

步骤 5 双击"图层2"，打开"图层样式"对话框，在左侧选项栏中选中"投影"和"斜面和浮雕"选项，对话框设置如图10-136所示，单击"确定"按钮，效果如图10-137所示。对"图层4"进行同样的图层样式设置，效果如图10-138所示。

步骤 6 选择 T "横排文本工具"，输入"亚星"，如图10-139所示。设置前景色为黄色，将文字进行栅格化处理，填充前景色，如图10-140所示。双击文字图层，在"图层样式"对话框的左侧选项栏选中"投影"，单击"确定"按钮，效果如图10-141所示。

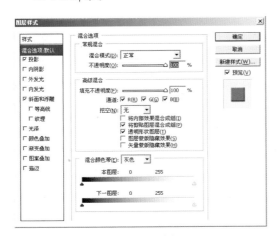

图10-136

图10-137

图10-138

图10-139

图10-140

图10-141

步骤7 选择 ◢ "橡皮擦工具"，在文字背景上擦除，效果如图10-142所示。选择 T "横排文本工具"，输入"YAXING"，如图10-143所示。设置前景色为淡黄色，将文字进行栅格化处理，填充前景色。双击"YAXING"图层，打开"图层样式"对话框，在左侧选项栏选中"投影"和"外发光"，如图10-144所示，单击"确定"按钮，效果如图10-145所示。

图10-142

图10-143

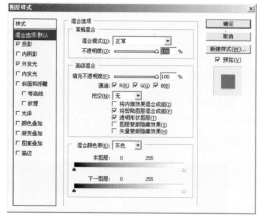
图10-144

图10-145

步骤8 使用 ◣ "魔棒工具"载入如图10-146所示的选区。按【Ctrl+J】组合键复制图层，按【Ctrl+T】组合键调出自由变换框，对其进行缩小和旋转，效果如图10-147所示。

图10-146　　　　　　　　　　　　　　　图10-147

10.5　俱乐部标志设计

步骤 1　执行菜单"文件"｜"新建"命令，打开"新建"对话框，按照如图10-148所示设置对话框的参数。新建"图层1"，选择　"钢笔工具"，按照如图10-149所示绘制路径。设置前景色为蓝色，单击鼠标右键选择"填充路径"命令，在弹出"填充路径"对话框中按照如图10-150所示进行设置，单击"确定"按钮，效果如图10-151所示。

图10-148　　　　　　　　　　　　　　　图10-149

图10-150　　　　　　　　　　　　　　　图10-151

步骤2 ▶ 按【Ctrl+J】组合键复制"图层1"，得到"图层1副本"。设置前景色为黑色，按【Alt+Delete】组合键填充为黑色。将图层进行放大处理，并将"图层1"移到"图层1副本"上方，如图10-152所示。

图10-152

步骤3 ▶ 新建"图层2"，选择 ◢ "钢笔工具"，按照如图10-153所示绘制路径。单击鼠标右键选择"填充路径"命令，弹出"填充路径"对话框，在"使用"下拉列表中选择"白色"，单击"确定"按钮，效果如图10-154所示。

图10-153   图10-154

步骤4 ▶ 单击鼠标右键选择"描边路径"命令，在"描边路径"对话框的下拉列表中选择"铅笔"，如图10-155所示，单击"确定"按钮，效果如图10-156所示。

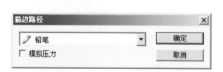

图10-155   图10-156

步骤5 ▶ 选择 ◢ "钢笔工具"，按照如图10-157所示绘制白色区域中的路径，单击鼠标右键选择"描边路径"命令，在弹出的对话框中直接单击"确定"按钮，效果如图 10-158所示。选择 ✐ "铅笔工具"，按照如图10-159所示将线条部分进行加深。

图10-157　　　　　　　图10-158　　　　　　　图10-159

步骤 6 更改"形状 1 副本"图层的混合模式为"正片叠底"，效果如图10-160所示。选择 ✐ "橡皮擦工具"，在画布边缘及下方进行涂抹，效果如图10-161所示。

图10-160　　　　　　　　　　图10-161

步骤 7 新建"图层3"，选择 ▢ "矩形选框工具"，按照如图10-162所示绘制图形，填充颜色为黑色。执行菜单"编辑"|"变换"|"斜切"命令，按照如图10-163所示，将图片进行变形处理。

图10-162　　　　　　　　　图10-163

步骤 8 选择 ✐ "画笔工具"，按照如图10-164所示任意绘制图形。在"图层"面板中选择如图10-165所示的图层，然后单击鼠标右键选择"合并图层"命令。

图10-164　　　　　　　　　　　　　　　　图10-165

步骤9 新建"图层5"，按照如图10-166所示绘制圆形，填充颜色为黄色。复制该图形并进行摆放，如图10-167所示。执行菜单"编辑"|"描边"命令，效果如图10-168所示。

图10-166　　　　　　　　　图10-167　　　　　　　　　图10-168

步骤10 新建"图层6"，选择 "钢笔工具"，按照如图10-169所示绘制路径，单击鼠标右键，选择"描边路径"命令，在弹出对话框的下拉列表中选择"画笔"，单击"确定"按钮，效果如图10-170所示。

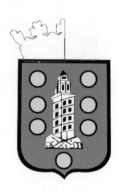

图10-169　　　　　　　　　　　　　　　图10-170

步骤11 执行菜单"编辑"|"变换路径"|"水平翻转"命令，移动至水平对齐位置，再

执行"描边路径"命令，在弹出的对话框中单击"确定"按钮，效果如图10-171所示。选择  "橡皮擦工具"，按照如图10-172所示将中线部分进行擦除。

图10-171　　　　　　　　　　　　　图10-172

步骤12 ▶ 执行菜单"编辑"|"描边"命令，按照如图10-173所示设置"描边"对话框的参数，单击"确定"按钮，效果如图10-174所示。

图10-173　　　　　　　　　　　　　图10-174

步骤13 ▶ 选择 "自定形状工具"，其工具选项栏设置如图10-175所示，在图层中绘制圆形，如图10-176所示。

图10-175　　　　　　　　　　　　　图10-176

步骤14 将"形状1"图层栅格化，如图10-177所示。按【Ctrl+J】组合键反复移动复制图层，效果如图10-178所示。

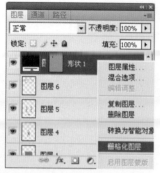

图10-177

图10-178

步骤15 选择 "钢笔工具"，按照如图10-179所示绘制路径。单击鼠标右键选择"描边路径"命令，在对话框下拉列表中选择"画笔"，单击"确定"按钮，效果如图10-180所示。

图10-179

图10-180

步骤16 按照如图10-181所示将部分区域填充颜色。选择 "画笔工具"，按照如图10-182所示在红色区域绘制直线。

图10-181

图10-182

步骤 17 选择 ⬡ "自定形状工具"，其工具选项栏设置如图10-183所示，按照如图10-184所示绘制图形。

图10-183 　　　　　　　　　　　　　　　　　　图10-184

步骤 18 更改工具选项栏设置，如图10-185所示，按照如图10-186所示绘制图形。

图10-185 　　　　　　　　　　　　　　　　　　图10-186

步骤 19 再次更改工具选项栏设置，如图10-187所示，按照如图10-188所示绘制图形。

图10-187 　　　　　　　　　　　　　　　　　　图10-188

步骤 20 按【Ctrl+J】组合键复制图层，载入其中两个菱形的选区，将选区收缩2像素，填充颜色为绿色，如图10-189所示。按照前面的方法，在头冠中央绘制椭圆形状，填充黑色后将其适当缩小，载入选区并填充红色，最终效果如图10-190所示。

图10-189

图10-190

第11章 绘画技法

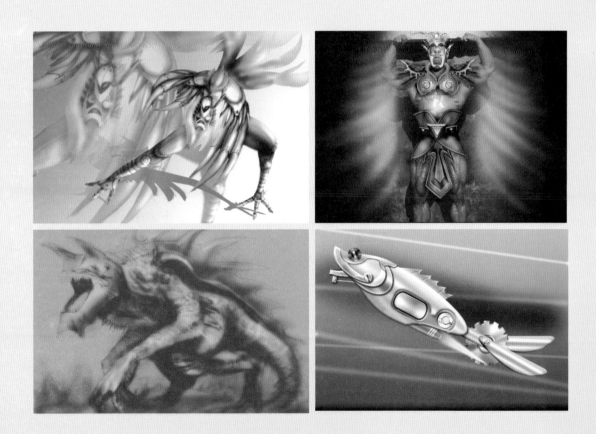

11.1 鼠绘人像

步骤 1 ▶ 执行菜单"文件"|"新建"命令，在弹出的"新建"对话框中新建一幅"名称"为鼠绘人物、"宽度"为30厘米、"高度"为20厘米、"分辨率"为72的图像文件。

步骤 2 ▶ 选择 ╲ "直线工具"，在图像窗口中绘制如图11-1所示的多条参考线。然后在"背景"图层上方新建"图层 1"，并将前景色设为纯黑色。选择 ╱ "画笔工具"，在其工具选项栏中设置画笔大小为"尖角2像素"，单击"路径"面板下方的 ◯ "用画笔描边路径"按钮，沿图像窗口中的所有直线进行描边，然后删除该"工作路径"。更改"图层1"的"不透明度"为50%。至此，草图就绘制完成了，如图11-2所示。

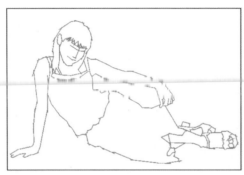

图11-1

图11-2

步骤 3 ▶ 选择"钢笔"工具，参照草图在图像窗口中绘制出人物头部的轮廓，效果如图11-3所示。在绘制的路径上单击鼠标右键，在弹出的快捷菜单中选择"建立选区"命令，弹出"建立选区"对话框，单击"确定"按钮将路径转换为选区。在"图层 1"下方新建"图层 2"，并设置前景色为米黄色（R：254，G：207，B：190），按【Alt+Delete】组合键为选区填充前景色，完成后按【Ctrl+D】组合键取消选区，如图11-4所示。

图11-3

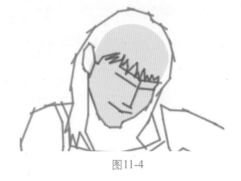

图11-4

步骤 4 ▶ 继续使用 ♦ "钢笔工具"沿草图绘制出如图11-5所示的人物双手和肩部轮廓，然后在"图层 2"下方新建"图层 3"，并用上一步中所讲的方法，将路径转换为选区并填充前景色，完成后按【Ctrl+D】组合键取消选区，如图11-6所示。

图11-5 图11-6

步骤 5 参照草图绘制如图11-7所示的腿部轮廓，完成后将路径转换为选区，然后在"图层 3"下方新建"图层 4"，并为选区填充前景色，取消选区，如图11-8所示。

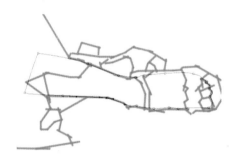 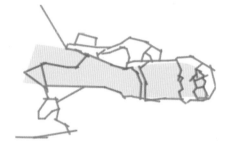

图11-7 图11-8

步骤 6 继续绘制如图11-9所示的另一条腿的轮廓，将路径转换为选区，并在"图层 4"下方新建"图层 5"，使用前面所讲的方法，为选区填充前景色，取消选区，如图11-10所示。

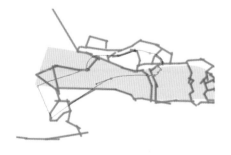 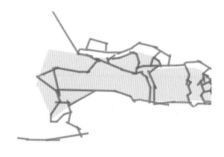

图11-9 图11-10

步骤 7 继续参照草图绘制出如图11-11所示的耳朵轮廓，完成后将该路径转换为选区，然后在"图层 2"上方新建"图层 6"，并为选区填充前景色，取消选区，如图11-12所示。

图11-11

图11-12

步骤8 继续参照草图绘制如图11-13所示的头发轮廓，完成后将该路径转换为选区，然后设置前景色为亮棕色（R：129，G：74，B：56），在"图层6"上方新建"图层7"，并为选区填充前景色，取消选区，如图11-14所示。

图11-13

图11-14

步骤9 按住【Ctrl】键的同时单击"图层6"的图层缩览图，载入其选区，如图11-15所示，按【Delete】键将选区内的图像删除，取消选区，如图11-16所示。

图11-15

图11-16

步骤10 继续绘制如图11-17所示另一侧的头发轮廓，然后在"图层2"下方新建"图层8"，并为选区填充前景色，取消选区，如图11-18所示。

图11-17

图11-18

步骤11　参照草图绘制如图11-19所示的裙子轮廓，完成后将该路径转换为选区，然后设置前景色为橘红色（R：228，G：121，B：67），在"图层4"上方新建"图层9"，并为选区填充前景色，取消选区，如图11-20所示。

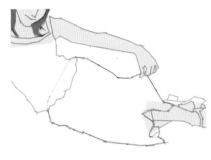
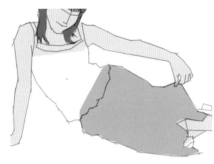

图11-19　　　　　　　　　　　　　　　　图11-20

步骤12　继续绘制如图11-21所示的封闭路径，将路径转换为选区。设置前景色为R：243，G：177，B：129的颜色，在"图层9"下方新建"图层10"，填充选区，取消选区后的效果如图11-22所示。

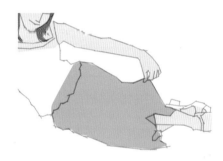

图11-21　　　　　　　　　　　　　　　　图11-22

步骤13　继续参照草图绘制如图11-23所示的吊带衫轮廓，完成后将该路径转换为选区，然后设置前景色为亮粉色（R：241，G：122，B：120），在"图层2"上方新建"图层11"，并为选区填充前景色，取消选区，如图11-24所示。

图11-23　　　　　　　　　　　　　　　　图11-24

步骤14　继续绘制如图11-25所示的轮廓，完成后将该路径转换为选区，然后设置前景色为深棕色（R：79，G：53，B：51），在"图层4"下方新建"图层12"，并为选区填充前景色，取消选区，如图11-26所示。

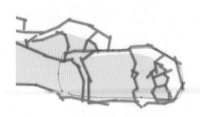 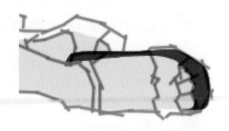

图11-25　　　　　　　　　　　图11-26

步骤15 绘制如图11-27所示的凉鞋轮廓，完成后将该路径转换为选区，然后设置前景色为朱红色（R：205，G：54，B：46），在"图层4"上方新建"图层13"，并为选区填充前景色，取消选区，如图11-28所示。

 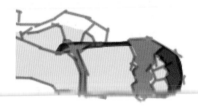

图11-27　　　　　　　　　　　图11-28

步骤16 继续绘制如图11-29所示的鞋底轮廓，并将其转换为选区，在"图层5"下方新建"图层14"，为选区填充深棕色（R：79，G：53，B：51）。再绘制如图11-30所示的凉鞋轮廓，并将其转换为选区，在"图层5"上方新建"图层15"，为选区填充朱红色（R：205，G：54，B：46）。

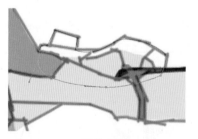 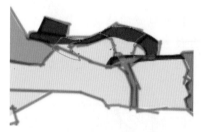

图11-29　　　　　　　　　　　图11-30

步骤17 在图像窗口中绘制如图11-31所示的眉毛轮廓，然后在"图层2"上方新建"图层16"，将路径转换为选区，并为其填充亮棕色（R：129，G：74，B：56），取消选区，如图11-32所示。

步骤18 继续绘制如图11-33所示的眼睛轮廓，在"图层16"上方新建"图层17"，将路径转换为选区，并为其填充纯白色，取消选区，然后再绘制如图11-34所示的鼻子轮廓，在"图层17"上方新建"图层18"，将路径转换为选区，并为其填充米黄色（R：254，G：207，B：190），取消选区。

图11-31

图11-32

图11-33

图11-34

步骤 19 ▶ 绘制如图11-35所示的嘴唇轮廓，然后在"图层 18"上方新建"图层 19"，将路径转换为选区，并为其填充亮粉色（R：246，G：121，B：140），取消选区，如图11-36所示。

图11-35

图11-36

步骤 20 ▶ 继续绘制如图11-37所示的牙齿图形，然后在"图层 19"下方新建"图层 20"，将路径转换为选区，并为其填充浅黄色（R：255，G：250，B：240），取消选区。至此，人物的底色就全部绘制完成了，将"图层 1"设为不可见，观察其整体效果，如图11-38所示。

图11-37

图11-38

步骤21 下面我们来仔细描绘面部细节，选择"图层2"，选择 "加深工具"，在其工具选项栏中设置画笔大小为柔角10像素，"范围"为"中间调"，"曝光度"为20%，然后分别在人物面部、鼻子和眼睛边缘处进行适当的加深处理，如图11-39所示。

步骤22 在嘴唇和鼻子处绘制如图11-40所示的封闭路径，绘制完成后用前面所讲的方法打开"建立选区"对话框，在其中设置"羽化半径"为2，单击"确定"按钮将路径转换为带羽化的选区。

图11-39

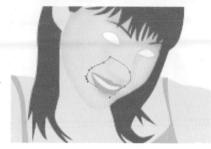

图11-40

步骤23 然后使用 "加深工具"在选区的边缘处进行适当的加深处理，取消选区，效果如图11-41所示。然后选择 "涂抹工具"，在其工具选项档中设置画笔大小为柔角8像素，"曝光度"为30%，在刚加深的区域处进行适当的涂抹，如图11-42所示。

图11-41

图11-42

步骤24 在眼睛处绘制如图11-43所示的两个封闭路径，并用前面所讲的方法，将它们转换为带有2像素羽化的选区，然后使用 "加深工具"在选区的边缘处进行适当的加深处理，绘制出眼袋和眼皮上的阴影，取消选区，如图11-44所示。

图11-43

图11-44

步骤25 选择 "减淡工具"，在其工具选项栏中设置画笔大小为柔角15像素，"曝光度"为15%，然后在面部的额头和颧骨处进行适当的减淡处理，绘制出面部的高光，效果如图11-45所示。选择"图层 18"，选择 "加深工具"，在其工具选项栏中设置画笔大小为柔角8像素，"曝光度"为20%，在鼻子边缘处进行适当的加深处理，绘制出鼻子上的阴影，如图11-46所示。

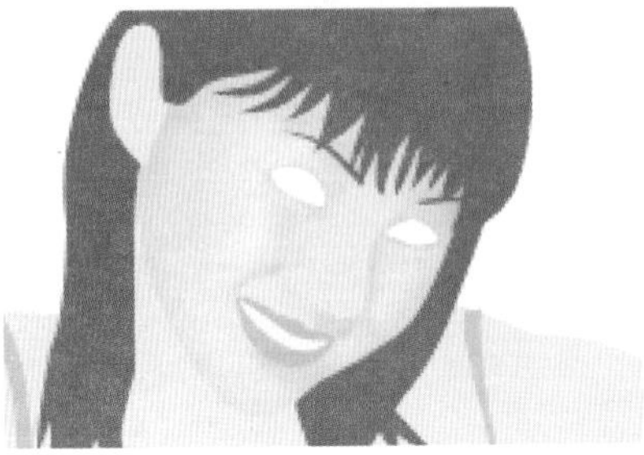
图11-45

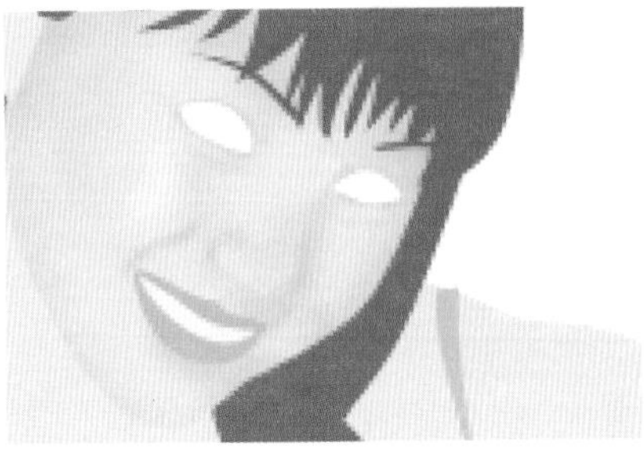
图11-46

步骤26 在鼻子下端绘制出如图11-47所示的封闭路径，并用前面所讲的方法，将它们转换为带有1像素羽化的选区，然后使用 "加深工具"对选区内的图像进行适当的加深处理，绘制出鼻孔，取消选区，如图11-48所示。

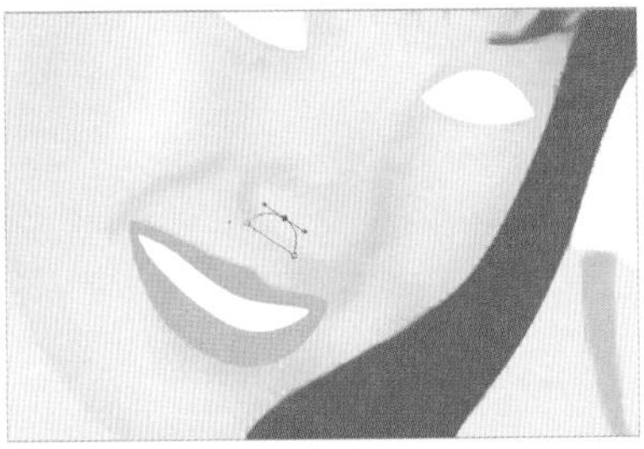
图11-47

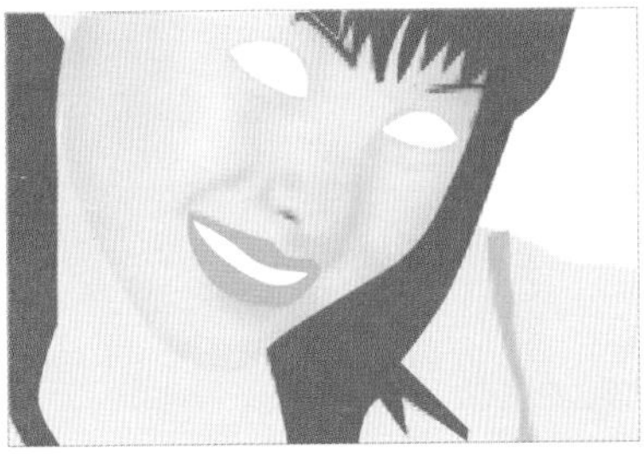
图11-48

步骤27 选择"图层 2"，并将其与"图层 18"合层，选择 "涂抹工具"，在其工具选项栏中分别设置画笔大小为柔角8像素，"曝光度"为50%，设置完成后在鼻子的边缘处进行适当的涂抹处理，将明暗过渡变得平滑，效果如图11-49所示。执行菜单"图像"|"调整"|"亮度/对比度"命令，在弹出的对话框中进行如图11-50所示的设置，单击"确定"按钮，调整面部的亮度和对比度。

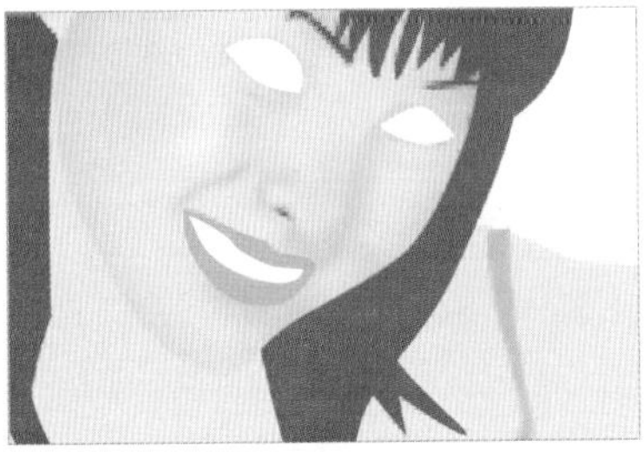
图11-49

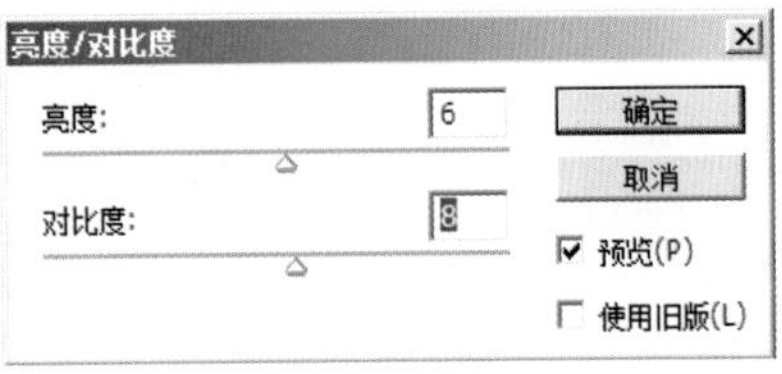

图11-50

步骤28 选择 "加深工具"，在其工具选项栏中设置画笔大小为柔角10像素，"范围"

为高光，"曝光度"为10%，在耳朵根处进行适当的加深处理，如图11-51所示。然后载入当前图层的选区，选择 "涂抹工具"，在其工具选项栏中设置画笔大小为滴溅8像素，设置完成后在刚才加深的区域处进行适当的涂抹，绘制出毛发的效果，如图11-52所示。

图11-51　　　　　　　　　　　　　图11-52

步骤29 选择"图层 6"，使用 "加深工具"在耳朵图形的边缘处进行适当的加深处理，效果如图11-53所示。在耳朵处绘制如图11-54所示的封闭路径，完成后将其转换为带1像素羽化的选区。

图11-53　　　　　　　　　　　　　图11-54

步骤30 使用 "加深工具"在选区的边缘处进行适当的加深处理，取消选区，如图11-55所示。继续绘制如图11-56所示的封闭路径，并将其转换为带1像素羽化的选区。

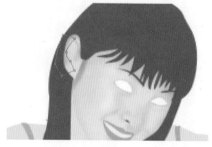

图11-55　　　　　　　　　　　　　图11-56

步骤31 在选区边缘进行适当的加深处理，取消选区，如图11-57所示。继续绘制如图11-58所示的封闭路径，并将其转换为带1像素羽化的选区。

图11-57　　　　　　　　　　　　　图11-58

步骤32 使用 🔍"加深工具"在选区内进行适当的加深处理，取消选区，如图11-59所示。再使用 🔍"减淡工具"在耳朵图形上进行适当的减淡处理，如图11-60所示。完成后将"图层2"和"图层6"合层，并在耳朵边缘处进行适当的涂抹，使过渡变得平滑。

图11-59　　　　　　　　　　　　　图11-60

步骤33 选择"图层16"，选择 🔍"涂抹工具"，在其工具选项栏中修改画笔大小为滴减8像素，设置完成后对两眉毛图形进行适当的涂抹，绘制出如图11-61所示的效果。使用 ◯"椭圆选框工具"在右眼睛图形处绘制如图11-62所示的圆形选区，然后选择"渐变工具"，在其工具选项栏中单击"径向渐变"按钮，并单击"点按可编辑渐变"按钮打开"渐变编辑器"对话框，在其中设置颜色为纯黑色到深棕色（R：63，G：15，B：3）到纯黑色渐变，单击"确定"按钮，关闭对话框。

图11-61　　　　　　　　　　　　　图11-62

步骤34 在"图层17"上方新建"图层21"，将光标放置到选区的中心处拖拽鼠标填充渐变效果，制作出眼球图形，如图11-63所示。选择 🔍"减淡工具"，在其工具选项栏中设置画笔大小为柔角2像素，"曝光度"为30%，在刚绘制的眼球图形上进行适当的减淡处理，绘制眼球的高光效果，如图11-64所示。

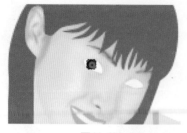
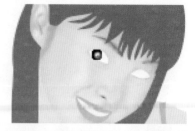

图11-63   图11-64

步骤35 ▶ 按住【Alt】键的同时向右拖拽鼠标，复制出另一只眼球，如图11-65所示。载入
"图层17"的选区，按【Ctrl+Shift+I】组合键将选区反选，按【Delete】键删除
选区内的图像，取消选区，如图11-66所示。

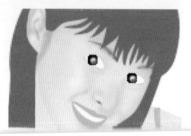

图11-65   图11-66

步骤36 ▶ 在"图层17"上方新建"图层22"，执行菜单"编辑"|"描边"命令，在弹出
的对话框中进行如图11-67所示的设置，单击"确定"按钮，为选区进行描边，效
果如图11-68所示。

图11-67   图11-68

步骤37 ▶ 取消选区，使用 　"橡皮擦工具"对刚描边的边框进行适当的擦除，效果如图
11-69所示。选择"图层19"，使用上面所讲的方法，对最初图形进行适当的加
深和减淡处理，绘制出其立体效果，如图11-70所示。

步骤38 ▶ 选择 　"加深工具"，在其工具选项栏中设置画笔大小为柔角2像素，"曝光
度"为20%，然后在牙齿图像上进行适当的加深处理，绘制出牙齿之间的缝隙，
如图11-71所示。至此，人物的面部就全部绘制完成了，其整体效果如图11-72
所示。

图11-69

图11-70

图11-71

图11-72

步骤39 ▶ 下面我们来进行身体和头发的绘制。分别对"图层3"、"图层4"和"图层5"中的图像进行适当的加深和减淡处理，由于其操作方法与前面所讲的方法完全相同，这里不再赘述，绘制出身体的立体效果，如图11-73所示。使用 ▲ "钢笔工具"在图像窗口中绘制出头发的大体纹理，如图11-74所示。

图11-73

图11-74

步骤40 ▶ 分别选择"图层7"和"图层8"，对其中的头发图像进行适当的加深和减淡处理，效果如图11-75所示。然后按住【Alt】键使用 ▶ "路径选择工具"对现有的路径进行适当的复制，并使用 ▶ "直接选择工具"对复制出的路径进行适当的调整，使纹理变得更细致一些，如图11-76所示。

图11-75

图11-76

步骤41 在"图层7"上方新建"图层23"，设置前景色为浅棕色（R：150，G：95，B：74）。选择 ✐ "画笔工具"，在其工具选项栏中设置画笔的大小为柔角2像素，再单击"路径"面板下方的"用画笔描边路径"按钮，对路径进行描边，完成后删除所有的路径，如图11-77所示。沿头发的纹理对发丝进行适当的加深和减淡处理，绘制出发丝的暗部和高光，完成后更改当前图层的"不透明度"为50%，效果如图11-78所示。

图11-77 图11-78

步骤42 选择 ✐ "涂抹工具"，在其工具选项栏中适当设置画笔大小，分别在"图层7"和"图层8"中头发图像的边缘进行适当的涂抹，绘制出发梢效果，如图11-79所示。至此，人物的身体和头发就绘制完成了。

图11-79

步骤43 选择"图层11"，使用前面所讲的方法，创建如图11-80所示的带有2像素羽化的选区，完成后结合反选的方法，在选区的内外边缘处进行适当的加深和减淡处理，得到衣服上的高光和阴影，取消选区，效果如图11-81所示。

图11-80 图11-81

步骤44 继续创建如图11-82所示的带有2像素羽化的选区，完成后结合反选的方法，在选区的内外边缘处进行适当的加深和减淡处理，得到衣服上的褶皱效果，取消选区，效果如图11-83所示。

图11-82

图11-83

步骤45 使用上面所讲的方法，继续创建如图11-84所示的选区，并在其内外边缘处进行适当的加深和减淡处理，取消选区后的效果如图11-85所示。

图11-84

图11-85

步骤46 使用同样的方法，继续绘制衣服的褶皱，效果如图11-86所示。打开本书配套光盘中的"布料花纹01.tif"文件，如图11-87所示，执行菜单"编辑"|"定义图案"命令，将打开的素材图片定义为图案。

图11-86

图11-87

步骤47 使用 "矩形选框工具"在图像窗口中创建如图11-88所示的选区，然后在"图层 11"上方新建"图层 24"，执行菜单"编辑"|"填充"命令打开"填充"对话框，在其中进行如图11-89所示的设置，完成后单击"确定"按钮，为选区填充图案。

图11-88   图11-89

步骤48 ▶ 取消选区，选择菜单"滤镜"|"扭曲"|"切变"命令，在弹出的对话框中进行
如图11-90所示的设置，完成后单击"确定"按钮将图像扭曲，然后使用 ▶ "移
动工具"适当调整其位置，效果如图11-91所示。

图11-90   图11-91

步骤49 ▶ 载入"图层11"的选区，按【Ctrl+Shift+I】组合键将选区反选，再按【Delete】
键删除选区内的图像，取消选区，效果如图11-92所示。更改当前图层的混合模式
为"叠加"，效果如图11-93所示。至此上衣就绘制完成了。

图11-92   图11-93

步骤50 ▶ 选择"图层9"，使用前面所讲的方法，绘制出裙子上的褶皱，效果如图11-94所

示。打开本书配套光盘中的"布料花纹02.tif"文件，如图11-95所示，执行菜单"编辑"|"定义图案"命令，将打开的素材图片定义为图案。

图11-94　　　　　　　　　　　　　　　　　图11-95

步骤51 使用 "矩形选框工具"在图像窗口中创建如图11-96所示的选区，然后在"图层9"上方新建"图层25"，执行菜单"编辑"|"填充"命令打开"填充"对话框，在其中进行如图11-97所示的设置，完成后单击"确定"按钮，为选区填充图案。

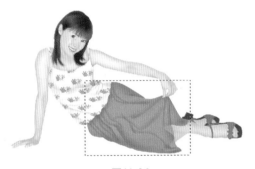

图11-96　　　　　　　　　　　　　　　　图11-97

步骤52 载入"图层9"的选区，按【Ctrl+Shift+I】组合键将选区反选，按【Delete】键删除选区内的图像，取消选区，效果如图11-98所示。更改当前图层的混合模式为"叠加"，最终效果如图11-99所示。

图11-98　　　　　　　　　　　　　　　　图11-99

11.2　概念漫画

步骤 1 执行菜单"文件"|"新建"命令，在弹出的"新建"对话框中设置参数，如图 11-100所示，单击"确定"按钮退出对话框，新建一个制作文件。

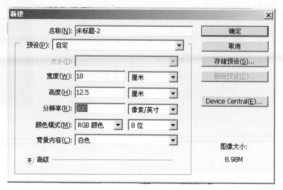

图11-100

步骤 2 单击"图层"面板下方的▢ "创建新图层"按钮，得到"图层 1"，如图11-101 所示。更改前景色为土黄色，其颜色设置如图11-102所示，在画布中填充前景 色，效果如图11-103所示。

图11-101

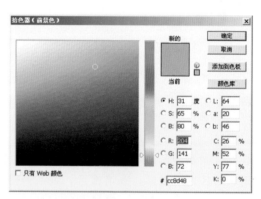

图11-102

步骤 3 选择 "加深工具"，其工具选项栏参数设置如图11-104所示，在画布中涂抹出 龙的图案，效果如图11-105所示。更改 "加深工具"工具选项栏中的"曝光 度"为58%，如图11-106所示。

图11-103

图11-104

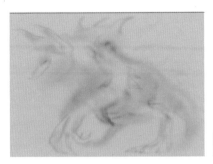

图11-105

图11-106

步骤4 ▷ 在画布中参照如图11-107所示涂抹出龙头处细致的线条效果，再参照如图11-108至图11-110所示涂抹出龙身上的线条效果。

图11-107

图11-108

图11-109

图11-110

步骤5 ▷ 更改 🔲 "加深工具"工具选项栏中的设置，如图11-111所示，在画布中参照如图11-112所示涂抹出龙身上的亮调效果。

步骤6 ▷ 选择 🔲 "减淡工具"，其工具选项栏参数设置如图11-113所示，在画布中涂抹出龙身上的高光效果，如图11-114所示。

步骤7 ▷ 更改 🔲 "减淡工具"工具选项栏中的设置，如图11-115所示，在画布中涂抹出龙头、龙背及龙爪的高光效果，如图11-116所示。

步骤8 ▷ 执行菜单"图像"|"调整"|"色相/饱和度"命令，在弹出的"色相/饱和度"对话框中设置参数，如图11-117所示，单击"确定"按钮退出对话框，调整图像的

色相和饱和度。使用 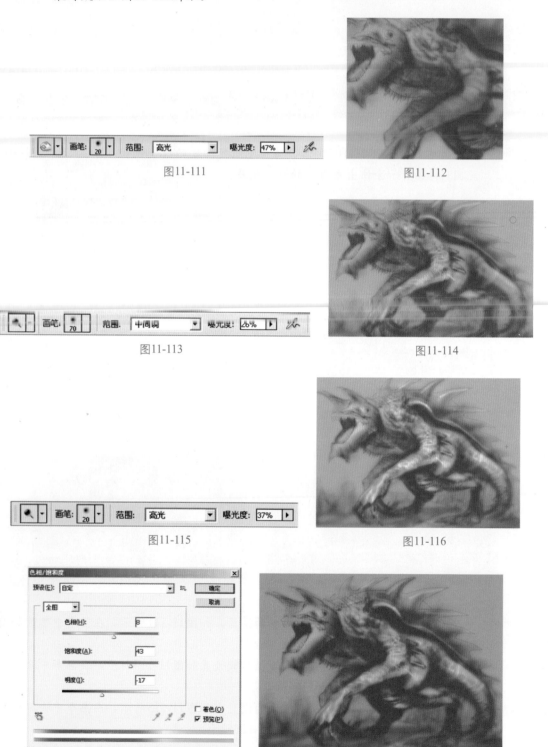 "加深工具"在画布中涂抹出背景中的地面及阴影效果，最终效果如图11-118所示。

图11-111

图11-112

图11-113

图11-114

图11-115

图11-116

图11-117

图11-118

11.3 游戏人物绘画

步骤 1 ▶ 执行菜单"文件"|"新建"命令,在弹出的"新建"对话框中设置参数,如图 11-119所示,单击"确定"按钮退出对话框,新建一个制作文件。

步骤 2 ▶ 单击"图层"面板下方的 ▢ "创建新图层"按钮,得到"图层1",如图11-120 所示。打开本书配套光盘中的"健美男人.tif"文件,如图11-121所示,将图像拖 入制作文件中,得到"图层2",按【Ctrl+T】组合键调整"图层2"中图像的大 小,效果如图11-122所示。

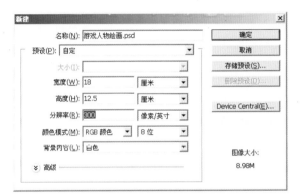

图11-119   图11-120

图11-121   图11-122

步骤 3 ▶ 选择"图层1",如图11-123所示。选择 ▣ "渐变工具",在其工具选项栏中设 置渐变颜色,并单击 ▣ "径向渐变"按钮,如图11-124所示,在画布中由中央到 边缘拖拽出渐变效果。

步骤 4 ▶ 选择"图层2",单击"图层"面板下方的 ▢ "添加图层蒙版"按钮,为"图 层2"添加图层蒙版,如图11-125所示。选择 ▣ "渐变工具",在其工具选项栏 中设置渐变颜色,并单击 ▣ "线性渐变"按钮,如图11-126所示,在画布中人物 的两侧拖拽出渐变效果,如图11-127所示。

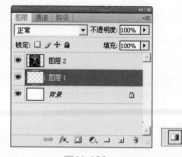

图11-123

图11-124

图11-125

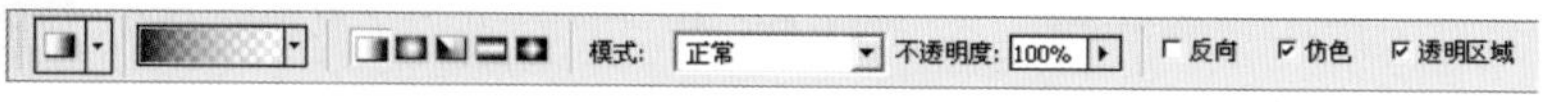

图11-126

步骤5 ▶ 选择"图层2"，如图11-128所示。选择 ▣ "渐变工具"，在其工具选项栏中设置渐变颜色，并单击 ▣ "径向渐变"按钮，如图11-129所示，在画布中人物的两侧拖拽出渐变效果，如图11-130所示。

图11-127

图11-128

图11-129

步骤6 ▶ 选择"图层2"，如图11-131所示。执行菜单"滤镜"|"液化"命令，在弹出的"液化"对话框中使用 ▣ "向前变形工具"在预览窗口中涂抹人物的头发及头部，效果如图11-132所示。

步骤7 ▶ 选择 ▣ "钢笔工具"，其工具选项栏参数设置如图11-133所示。在人物头部绘制出形状，效果如图11-134所示。更改前景色为黄色，在画布中绘制出人物脸部位置处头盔的形状，效果如图11-135所示。

图11-130

图11-131

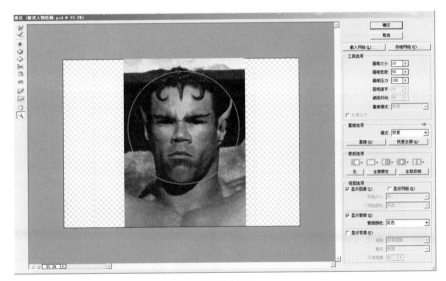

图11-132

图11-133

图11-134

图11-135

步骤 8 继续使用 ✎ "钢笔工具"在画布中绘制出人物头顶部头盔的形状，效果如图11-136
所示。在"图层"面板中分别将形状图层栅格化，如图11-137所示。选择 ✎ "加
深工具"，其工具选项栏参数设置如图11-138所示。

图11-136

图11-137

图11-138

步骤 9 选择"形状1"图层（如图11-139所示）并载入"形状1"图层的选区，在画布中
涂抹出暗色调，效果如图11-140所示。

图11-139

图11-140

步骤 10 选择 ✎ "减淡工具"，其工具选项栏参数设置如图11-141所示。在红色形状的选
区中涂抹出高光效果，如图11-142所示，将选区稍微向上移动，效果如图11-143
所示。执行菜单"选择"|"反向"命令，如图11-144所示，反选选区。

图11-141

图11-142

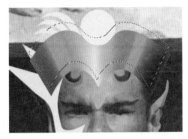

图11-143 图11-144

步骤 11 ▶ 执行菜单"图像"|"调整"|"亮度/对比度"命令，在弹出的"亮度/对比度"对话框中设置参数，如图11-145所示，单击"确定"按钮退出对话框，调整选区的亮度和对比度，效果如图11-146所示。

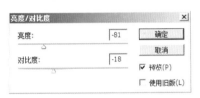

图11-145 图11-146

步骤 12 ▶ 将选区再向上移动少许，如图11-147所示。执行菜单"图像"|"调整"|"色相/饱和度"命令，其对话框参数设置及效果如图11-148所示。使用 "加深工具"在画布中涂抹出选区边缘的阴影效果，如图11-149所示。

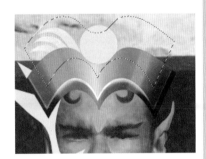

图11-147

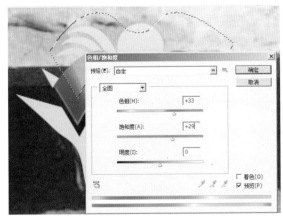

图11-148 图11-149

步骤 13 配合使用 "加深工具" 和 "减淡工具" 在画布中人物的头盔处涂抹出阴影及高光效果，如图11-150所示。复制头盔左侧形状，并将复制后得到的形状放置在人物头盔的右侧，效果如图11-151所示。

图11-150

图11-151

步骤 14 配合使用 "加深工具" 和 "减淡工具" 在人物头盔旁的脸部涂抹出高光及阴影效果，如图11-152所示。复制已经制作好的左侧形状，将复制得到的形状放置在人物头像的右侧，按【Ctrl+T】组合键并配合【Ctrl】键将其变形摆放，效果如图11-153所示。

图11-152

图11-153

步骤 15 选择 "形状 1" 图层，如图11-154所示。单击 "图层" 面板右上角的 ▼三 按钮，在弹出的菜单中选择 "向下合并" 命令，如图11-155所示。执行菜单 "滤镜" | "杂色" | "添加杂色" 命令，在弹出的 "添加杂色" 对话框中设置参数，如图11-156所示，单击 "确定" 按钮退出对话框，效果如图11-157所示。

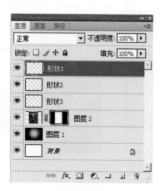
图11-154

图11-155

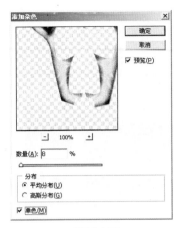

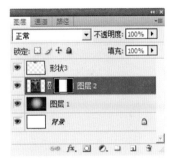

图11-156

图11-157

步骤16 执行菜单"图像"|"调整"|"色相/饱和度"命令，在弹出的"色相/饱和度"
对话框中设置参数，如图11-158所示，单击"确定"按钮退出对话框，调整图
像的色相和饱和度。选择"图层 2"，如图11-159所示。执行菜单"图像"|"调
整"|"色相/饱和度"命令，在弹出的"色相/饱和度"对话框中设置参数，如图
11-160所示，单击"确定"按钮退出对话框，效果如图11-161所示。

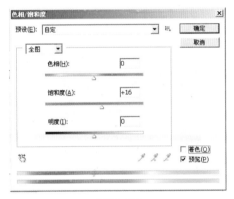

图11-158

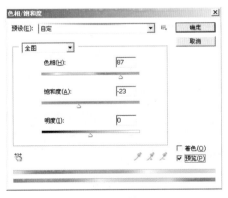

图11-159

图11-160

图11-161

步骤 17 ▶ 使用 ▲ "钢笔工具"在画布中绘制出人物颈部位置处盔甲的形状，并配合使用 ▣ "加深工具"和 ▣ "减淡工具"涂抹出该形状的立体感，效果如图11-162所示。复制制作好的形状，并将复制得到的形状放置在人物的右侧，效果如图11-163所示。

图11-162　　　　　　　　　　　　　图11-163

步骤 18 ▶ 更改前景色为褐色，使用 ▲ "钢笔工具"在画布中绘制出人物胸甲的形状，效果如图11-164所示。在"图层"面板中将此形状图层栅格化，并载入其选区，配合使用 ▣ "加深工具"和 ▣ "减淡工具"在画布中涂抹出胸甲中间位置的高光效果和边缘位置的阴影效果，如图11-165所示。执行菜单"选择"｜"修改"｜"收缩"命令，在弹出的"收缩选区"对话框中设置参数，如图11-166所示，单击"确定"按钮退出对话框。

 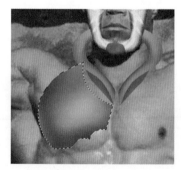

图11-164　　　　　　　　　　　　　图11-165

步骤 19 ▶ 执行菜单"编辑"｜"描边"命令，在弹出的"描边"对话框中设置参数，如图11-167所示，单击"确定"按钮退出对话框，效果如图11-168所示。使用 ▣ "魔棒工具"在画布中选择黄色边缘线，再选择 ▣ "矩形选框工具"，配合按 ⬆ 键，将选区移动少许，然后执行菜单"选择"｜"反向"命令，反选选区。

步骤 20 ▶ 执行菜单"图像"｜"调整"｜"亮度/对比度"命令，在弹出的"亮度/对比度"对话框中设置参数，将颜色稍微调暗，单击"确定"按钮退出对话框，得到边缘描边线的立体效果。使用 ▣ "椭圆选框工具"在画布中拖动出一个正圆形选区，按【Ctrl+T】组合键将选区稍微缩小，效果如图11-169所示。

图11-166

图11-167

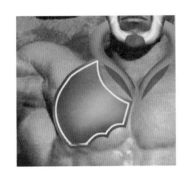

图11-168

图11-169

步骤21 执行菜单"编辑"|"描边"命令，在弹出的"描边"对话框中设置参数，如图11-170所示，单击"确定"按钮退出对话框，添加选区的描边效果。再制作出一个环形选区，执行菜单"图像"|"调整"|"亮度/对比度"命令，其对话框参数设置及效果如图11-171所示。

图11-170

图11-171

步骤22 复制圆环形状，并按【Ctrl+T】组合键调整复制得到的图像的大小，然后将其放置在大圆环的周围，制作出一圈小圆环效果，如图11-172所示。复制已经制作好的胸甲并将复制得到的胸甲放置在右胸位置，效果如图11-173所示。

步骤23 选择 "自定形状工具"，其工具选项栏参数设置如图11-174所示。选择叶子形状，在画布中拖出此形状，如图11-175所示，将此形状图层栅格化，按【Ctrl+T】组合键将形状进行旋转摆放，再配合使用 "加深工具"和 "减淡工具"在画布中涂抹出形状的高光和阴影效果，制作出形状的立体感。将制作好的形状复制多个，并按【Ctrl+T】组合键将复制得到的形状进行旋转摆放，效果如图11-176所示。

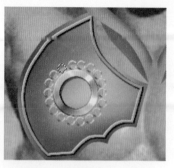
图11-172

图11-173

图11-174

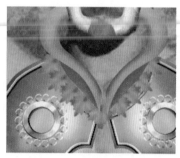
图11-175

图11-176

步骤24 ▶ 使用 🖋️ "钢笔工具"在人物的腹部绘制护甲形状，效果如图11-177所示，参照第18步和第19步制作胸甲的方法，制作出腹部护甲的描边效果及边缘线的立体感，再配合使用 🖌️ "加深工具"和 🔍 "减淡工具"在画布中涂抹出腹部护甲的高光及阴影效果，如图11-178和图11-179所示。

图11-177

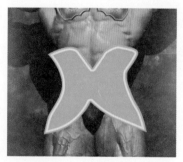
图11-178

步骤25 ▶ 使用 🖋️ "钢笔工具"在护甲处绘制形状，效果如图11-180所示。在"图层"面板中将形状图层栅格化，载入此形状图层的选区，并将形状向下移动少许。执行菜

单"选择"|"反向"命令，反选选区，然后调整选区中图像的亮度和对比度，再配合使用🖐"加深工具"和🔍"减淡工具"在画布中涂抹出高光和阴影效果，制作出形状的立体感，如图11-181所示。

图11-179

图11-180

步骤26 ▶ 将前面章节制作的"古纹密符"图像拖入制作文件中，并放置在腹部护甲的中央，按【Ctrl+T】组合键调整图像的大小，效果如图11-182所示，复制该形状并进行缩小调整，将调整后的形状放置在原来形状的两侧，效果如图11-183所示。

图11-181

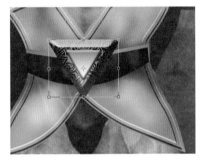
图11-182

步骤27 ▶ 使用🖐"钢笔工具"在画布中继续绘制盔甲形状，效果如图11-184所示。参照制作头盔、胸甲及腹部护甲等的方法，制作出纹理效果及立体效果，如图11-185和图11-186所示。

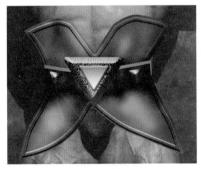
图11-183

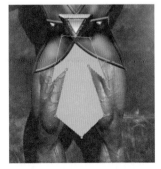
图11-184

步骤28 ▶ 更改前景色为紫色，使用🖐"钢笔工具"在画布中绘制出羽毛形状，效果如图11-187所示。在"图层"面板中将形状图层栅格化，使用🖐"加深工具"在画布中涂抹出羽毛纹理，效果如图11-188所示。再使用 ▧ "涂抹工具"在画布中涂抹出羽毛的绒毛边缘，效果如图11-189所示。

图11-185

图11-186

图11-187

图11-188

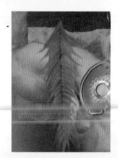

图11-189

步骤29 ▶ 将制作好的羽毛形状复制多个，并按【Ctrl+T】组合键将复制得到的形状进行调整摆放，效果如图11-190所示。更改前景色为中黄色，使用 ▧ "钢笔工具"在画布中绘制肩甲形状，效果如图11-191所示。

图11-190

图11-191

步骤30 ▶ 执行菜单"滤镜"|"液化"命令，在弹出的"液化"对话框中使用 ▧ "向前变形工具"在预览窗口中涂抹肩甲边缘以制作肩甲花边效果，如图11-192所示，单击"确定"按钮退出对话框。执行菜单"滤镜"|"杂色"|"添加杂色"命令，制作肩甲的杂色效果。配合使用 ▧ "加深工具"和 ▧ "减淡工具"在画布中涂抹出肩甲的阴影和高光效果，制作完成的立体效果如图11-193所示。

步骤31 ▶ 复制已经制作好的肩甲，并将复制得到的肩甲放置在人物的右侧，形成人物的另一侧肩甲，效果如图11-194所示。选择 ▧ "渐变工具"，在其工具选项栏中设置渐变颜色，并单击 "径向渐变"按钮，如图11-195所示，在画布中人物的眼睛处拖拽出渐变效果，如图11-196所示。

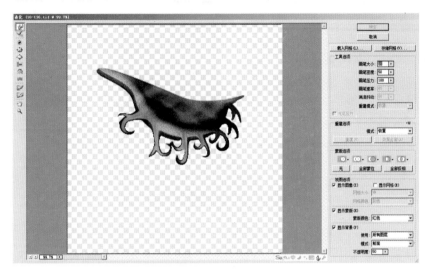

图11-192

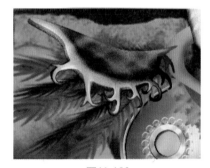

图11-193

图11-194

图11-195

步骤 32 选择"图层3"，更改其图层混合模式为"颜色减淡"，如图11-197所示，效果如图11-198所示。最终效果如图11-199所示。

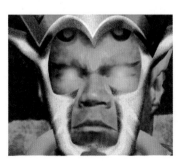

图11-196

图11-197

385

图11-198

图11-199

11.4 仿真绘画

步骤1 执行菜单"文件"｜"新建"命令，在弹出的"新建"对话框中设置相关参数，如图11-200所示，单击"确定"按钮退出对话框，新建一个制作文件。

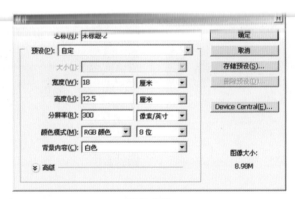

图11-200

步骤2 在"图层"面板中双击"背景"图层，在弹出的"新建图层"对话框中直接单击"确定"按钮，得到"图层0"，如图11-201所示。恢复前景色、背景色的默认设置，执行菜单"滤镜"｜"渲染"｜"云彩"命令，效果如图11-202所示，可以多次按【Ctrl+F】组合键重复滤镜操作，直到达到令自己满意为止。

图11-201

图11-202

步骤 3 执行菜单"滤镜"|"模糊"|"径向模糊"命令，在弹出的"径向模糊"对话框中设置参数，如图11-203所示，单击"确定"按钮退出对话框，效果如图11-204所示。

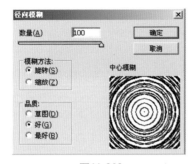

图11-203

图11-204

步骤 4 执行菜单"滤镜"|"素描"|"基底凸现"命令，在弹出的"基底凸现"对话框中设置参数，如图11-205所示，单击"确定"按钮退出对话框，效果如图11-206所示。

图11-205

图11-206

步骤 5 执行菜单"滤镜"|"素描"|"网状"命令，在弹出的"网状"对话框中设置参数，如图11-207所示，单击"确定"按钮退出对话框，效果如图11-208所示。

图11-207

图11-208

步骤 6 执行菜单"滤镜"|"素描"|"铬黄"命令，在弹出的"铬黄渐变"对话框中设置参数，如图11-209所示，单击"确定"按钮退出对话框，效果如图11-210所示。

图11-209　　　　　　　　　　图11-210

步骤7 切换至"图层"面板，单击"图层"面板下方的 　 "创建新图层"按钮，得到"图层1"，如图11-211所示。更改前景色为浅灰色，其颜色设置如图11-212所示。执行菜单"滤镜"|"渲染"|"云彩"命令，效果如图11-213所示，可以多次按【Ctrl+F】组合键重复滤镜操作，直到效果令自己满意为止。

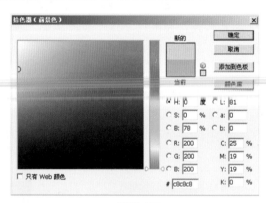

图11-211　　　　　　　　　　　图11-212

步骤8 执行菜单"滤镜"|"模糊"|"径向模糊"命令，在弹出的"径向模糊"对话框中设置参数，如图11-214所示，单击"确定"按钮退出对话框，效果如图11-215所示。

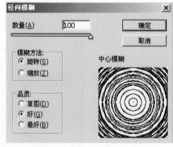

图11-213　　　　　　　　图11-214　　　　　　　　图11-215

步骤9 执行菜单"滤镜"|"素描"|"网状"命令，在弹出的"网状"对话框中设置参数，如图11-216所示，单击"确定"按钮退出对话框，效果如图11-217所示。

步骤10 执行菜单"滤镜"|"素描"|"铬黄"命令，在弹出的"铬黄渐变"对话框中设置参数，如图11-218所示，单击"确定"按钮退出对话框，效果如图11-219所示。

图11-216   图11-217

步骤11 执行菜单"滤镜"|"扭曲"|"旋转扭曲"命令，在弹出的"旋转扭曲"对话框中设置参数，如图11-220所示，单击"确定"按钮退出对话框，效果如图11-221所示。

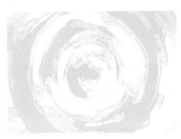

图11-218   图11-219

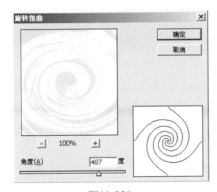

图11-220   图11-221

步骤12 在"图层"面板中将"图层 0"移至"图层 1"的上方，并更改其图层的混合模式为"颜色加深"，如图11-222所示，效果如图11-223所示。

图11-222   图11-223

步骤 13 同时选择"图层 0"和"图层 1",如图11-224所示,按【Ctrl+E】组合键合并图层。打开本书配套光盘中的"PIC18.tif"文件,如图11-225所示。将图像拖入制作文件中,得到"图层 1",将其放置在"图层 0"的下方,如图11-226所示,更改"图层 0"的"不透明度"为25%,如图11-227所示。

图11-224

图11-225

图11-226

图11-227

步骤 14 选择◯"椭圆选框工具",其工具选项栏参数设置如图11-228所示。在画布中拖动出一个与咖啡杯口基本等大的圆形选区,效果如图11-229所示。按【Ctrl+Shift+I】组合键反选选区,按【Delete】键删除选区中的图像,效果如图11-230所示。

图11-228

图11-229

图11-230

步骤 15 更改"图层 0"的"不透明度"为100%,如图11-231所示,效果如图11-232所示。最终效果如图11-233所示。

图11-231　　　　　　图11-232　　　　　　图11-233

11.5　动物插画

步骤1　执行菜单"文件"|"新建"命令，在弹出的"新建"对话框中设置参数，如图11-234所示，单击"确定"按钮退出对话框，新建一个制作文件。

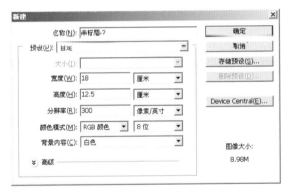

图11-234

步骤2　单击"图层"面板下方的 "创建新图层"按钮，得到"图层1"，如图11-235所示。打开本书配套光盘中的"雄鸡.tif"文件，如图11-236所示。执行菜单"图像"|"调整"|"亮度/对比度"命令，在弹出的"亮度/对比度"对话框中设置参数，如图11-237所示，单击"确定"按钮退出对话框，效果如图11-238所示。

图11-235　　　　　　　　　　　图11-236

步骤 3 执行菜单"选择"|"色彩范围"命令,在弹出的"色彩范围"对话框中使用 ✐ "吸管工具"拾取预览窗口中的白色,效果如图11-239所示,单击"确定"按钮 退出对话框,将选区中的颜色删除,只留下线条效果,如图11-240所示。

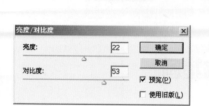

图11-237

图11-238

图11-239

图11-240

步骤 4 选择 ✐ "画笔工具",其工具选项栏参数设置如图11-241所示,在画布中绘制线 段,将断开的线条连接完整,效果如图11-242所示。将调整后的图像拖入制作文 件中,得到"图层2"。

图11-241

图11-242

步骤 5 选择"图层2",更改其图层的混合模式为"正片叠底",如图11-243所示。选 择"图层1",如图11-244所示。

图11-243　　　　　　　　　　　图11-244

步骤 6 ▶ 选择 ✑ "画笔工具"，其工具选项栏参数设置如图11-245所示。在画布中涂抹颜色，效果如图11-246所示。更改前景色，继续涂抹出雄鸡头部和颈部的颜色，涂抹后的效果如图11-247所示。

图11-245

图11-246　　　　　　　　　　　图11-247

步骤 7 ▶ 选择 ✑ "加深工具"，其工具选项栏参数设置如图11-248所示，在画布中涂抹出阴影效果，如图11-249所示。选择 ✑ "减淡工具"，其工具选项栏参数设置如图11-250所示，在画布中涂抹出高光效果，如图11-251和图11-252所示。整体效果如图11-253所示。

图11-248　　　　　　　　　　　图11-249

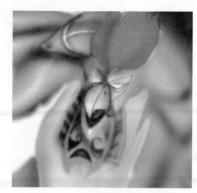

图11-250

图11-251

图11-252

图11-253

步骤8 ▶ 隐藏"图层2",选择"图层1",如图11-190所示。配合使用 "加深工具"和 "减淡工具"在画布中细致地刻画出雄鸡身上的高光及阴影效果以表现出立体感,如图11-191所示。

图11-254

图11-255

步骤9 ▶ 选择 "多边形套索工具",其工具选项栏参数设置如图11-256所示,在画布中框选出选区,如图11-257所示,按【Delete】键将选区内的毛边删除。

步骤10 ▶ 选择 "模糊工具",其工具选项栏参数设置如图11-258所示,在画布中涂抹出边缘的模糊效果,如图11-259所示。整体效果如图11-260所示。

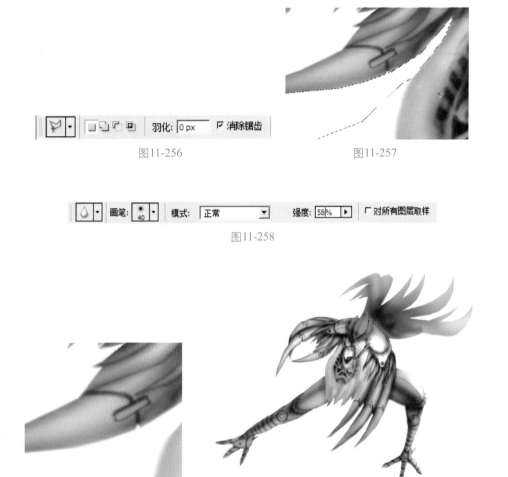

图11-256　　　　　　　　　　　　　　　图11-257

图11-258

图11-259　　　　　　　　　　　　　　　图11-260

步骤 11 选择 ▲ "减淡工具"，其工具选项栏参数设置如图11-261所示，在画布中涂抹出高光效果，如图11-262至图11-264所示。

图11-261　　　　　　　　　　　　　　　图11-262

步骤 12 参照图11-265和图11-266所示，在画布中继续涂抹出雄鸡脚部和头部的高光效果。选择 ✎ "画笔工具"，其工具选项栏参数设置如图11-267所示，在画布中涂抹颜色，效果如图11-268所示。

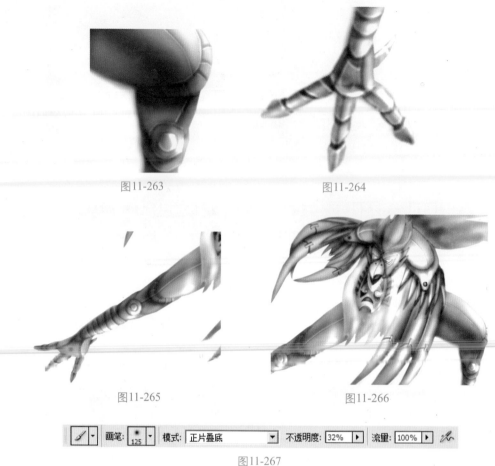

图11-263　　　　　　　　　　　　图11-264

图11-265　　　　　　　　　　　　图11-266

图11-267

步骤13　复制"图层1"，得到"图层1副本"，如图11-269所示。载入副本图层中图像的选区，按【Ctrl+T】组合键，配合【Ctrl】键在画布中拖动出图像的变形效果，如图11-270所示。

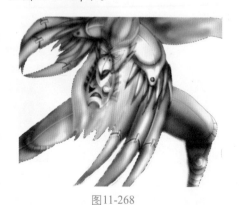

图11-268

图11-269

步骤14　选择■"渐变工具"，在其工具选项栏中设置渐变颜色，并单击■"线性渐变"按钮，如图11-271所示，在选区中拖拽出渐变效果，如图11-272所示。

图11-270

图11-271

步骤15 复制"图层1",得到"图层1副本2",如图11-273所示。按【Ctrl+T】组合键将图像放大,如图11-274所示。选择"图层1副本2",更改其图层的混合模式为"明度","不透明度"为55%,如图11-275所示。最终效果如图11-276所示。

图11-272

图11-273

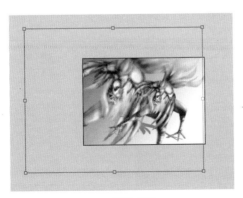

图11-274

图11-275

图11-276

11.6　机械鱼插画

步骤1 执行菜单"文件"|"新建"命令，在弹出的"新建"对话框中设置参数，如图11-277所示，单击"确定"按钮退出对话框，新建一个制作文件。

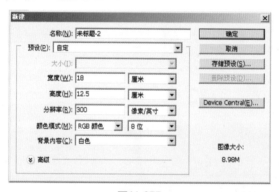

图11-277

步骤2 单击"图层"面板下方的 "创建新图层"按钮，得到"图层1"，如图11-278所示。更改前景色为灰色，其颜色设置如图11-279所示。

图11-278

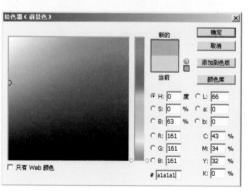

图11-279

步骤 3 ▶ 选择 ◊ "钢笔工具"，其工具选项栏参数设置如图11-280所示，在画布中绘制出鱼嘴的上半部分形状，效果如图11-281所示。选择"图层1"，如图11-282所示。

图11-280

图11-281

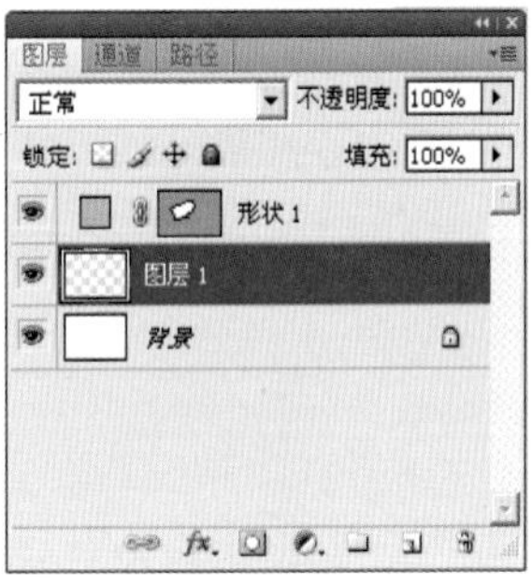

图11-282

步骤 4 ▶ 更改前景色为深灰色，仍然使用 ◊ "钢笔工具"在画布中绘制形状，如图11-283所示。绘制完成后，按【Ctrl+T】组合键将形状整体缩小，效果如图11-284所示。

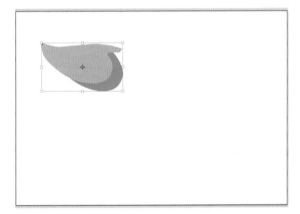

图11-283

图11-284

步骤 5 ▶ 选择"形状2"，如图11-285所示。参照如图11-286所示，在画布中绘制出鱼嘴的下半部分形状，得到"形状3"，并置于"形状2"下方，如图11-287所示。

图11-285

图11-286

图11-287

步骤6 更改前景色为黑灰色，在画布中绘制出鱼嘴下半部分的厚度，效果如图11-288所示。选择"图层1"，如图11-289所示。

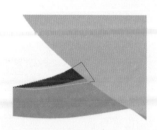

图11-288   图11-289

步骤7 选择 ▣ "圆角矩形工具"，其工具选项栏参数设置如图11-290所示，在画布中鱼嘴的下部拖出圆角矩形形状，如图11-291所示。在画布中再拖出一个形状，并【Ctrl+T】组合键将形状拉长变形，效果如图11-292所示。

步骤8 将"图层1"拖至"图层"面板的最上层，选择"图层1"，如图11-293所示。

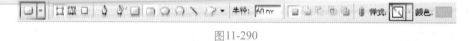

图11-290

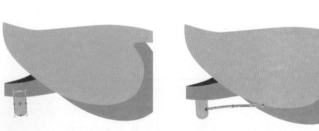

图11-291   图11-292   图11-293

步骤9 选择 ◊ "钢笔工具"，其工具选项栏参数设置如图11-294所示，更改前景色为亮灰色，在画布中鱼嘴的上方绘制形状，效果如图11-295所示。

图11-294   图11-295

步骤10 选择 ◯ "椭圆工具"，其工具选项栏参数设置如图11-296所示，在画布中的鱼头上绘制形状，如图11-297所示。选择"形状 7"，如图11-298所示，在画布中再绘制鱼头部的盔甲，效果如图11-299所示。

图11-296

图11-297

图11-298

图11-299

步骤11 在"图层"面板中将形状图层依次栅格化，如图11-300所示。载入"形状 1"图层的选区，效果如图11-301所示。

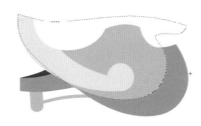

图11-300

图11-301

步骤12 执行菜单"选择"|"反向"命令，如图11-302所示，反选选区的效果如图11-303所示，按【Delete】键将选区内的颜色删除。

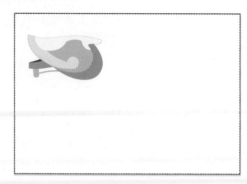

图11-302 　　　　　　　　　　　　　　　　　图11-303

步骤 13 选择"图层"面板中除"背景"图层之外的所有图层，如图11-304所示，然后单击"图层"面板下方的 ▭ "创建新组"按钮，将这些图层编组，更改图层组的名称为"鱼头"，如图11-305所示。

图11-304 　　　　　　　　　　　　　　　　　图11-305

步骤 14 在画布中绘制一个圆形形状并填充灰色，效果如图11-306所示。新建图层组，并重命名为"鱼身"，更改其图层组的混合模式为"穿透"，如图11-307所示。

图11-306 　　　　　　　　　　　　　　　　　图11-307

步骤 15 在图层组"鱼身"中新建"图层 2"，如图11-308所示。使用 ✎ "钢笔工具"在画布中绘制鱼身形状，效果如图11-309所示，再参照如图11-310和图11-311所示在画布中绘制出鱼的腹部和背部的鱼鳍。

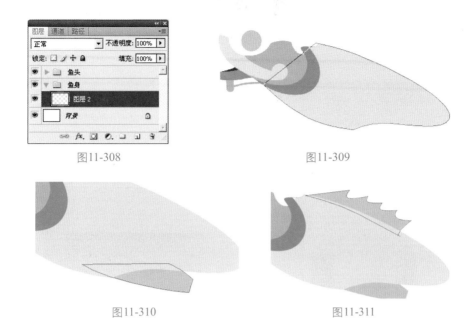

图11-308   图11-309

图11-310   图11-311

步骤16▶ 更改前景色为亮灰色，使用🖊"钢笔工具"在画布中绘制出鱼身的甲片，效果如图11-312所示。

步骤17▶ 选择◯"椭圆工具"，在其工具选项栏中单击☐"从形状区域减去（－）"按钮，如图11-313所示，按住【Shift】在画布中鱼身甲片上减选出两个正圆形状，效果如图11-314所示。

图11-312   图11-313   图11-314

步骤18▶ 选择☐"圆角矩形工具"，其工具选项栏参数设置如图11-315所示。更改前景色为深灰色，在鱼身甲片上绘制出圆角矩形形状，效果如图11-316所示，再参照如图11-317和图11-318所示在画布中继续绘制形状。

图11-315

步骤19▶ 分别将"鱼身"图层组中的所有形状图层栅格化，如图11-319所示。选择"形状12"图层（如图11-320所示）并载入其选区，效果如图11-321所示。

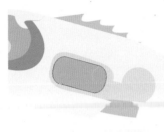

图11-316　　　　　　　　图11-317　　　　　　　　图11-318

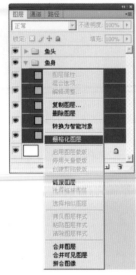

图11-319　　　　　　　　　　　　　图11-320

步骤20　执行菜单"选择"|"反向"命令，如图11-322所示，按【Delete】键将选区中的图像删除，效果如图11-323所示。

步骤21　新建图层组"鱼尾"，在此图层组中新建"图层4"，如图11-324所示。

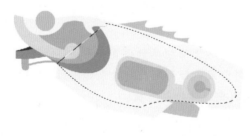

图11-321　　　　　　　　　　　　图11-322

步骤22　选择 "圆角矩形工具"，其工具选项栏参数设置如图11-325所示，在画布中拖动出一个圆角矩形形状，效果如图11-326所示。

步骤23　选择 "矩形工具"，其工具选项栏参数设置如图11-327所示。更改前景色为深灰色，在圆角矩形形状后面绘制长条矩形形状，将制作好的矩形形状进行复制，并按【Ctrl+T】组合键将矩形形状旋转放置，效果如图11-328所示。按照同样的方法复制多个矩形形状并进行旋转，摆放后的效果如图11-329所示。

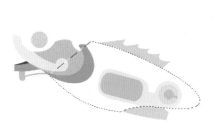

图11-323 图11-324

图11-325 图11-326

图11-327

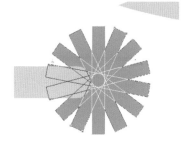

图11-328 图11-329

步骤24 选择 "椭圆工具"，其工具选项栏参数设置如图11-330所示，配合按住【Shift】键，在画布中的鱼尾部绘制正圆形状，效果如图11-331所示。

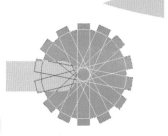

图11-330 图11-331

步骤25 ▶ 在正圆形状的中央再制作一个圆环形状，效果如图11-332所示。载入鱼尾部形状选区，按【Ctrl+T】组合键将选区中的形状放大，效果如图11-333所示。

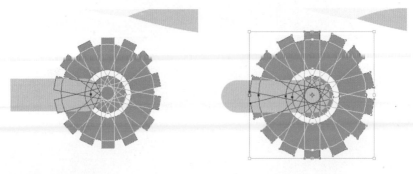

图11-332   图11-333

步骤26 ▶ 使用 "钢笔工具"在画布中鱼尾部的后面再绘制一个形状，效果如图11-334所示，整体效果如图11-335所示。

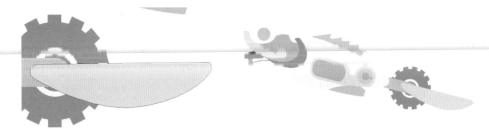

图11-334   图11-335

步骤27 ▶ 现在为刚绘制的形状上色并制作金属质感效果。选择 "渐变工具"，在其工具选项栏中单击 "线性渐变"按钮，如图11-336所示， "渐变编辑器"对话框的参数设置如图11-337所示。

图11-336   图11-337

步骤28 ▶ 载入"形状8"图层的选区，在选区中拖拽出渐变效果，如图11-338所示。载入鱼嘴部形状的选区，使用 █ "渐变工具"在画布中拖拽出亮灰到深灰的渐变效果，如图11-339所示。

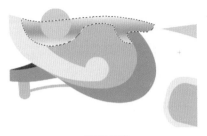
图11-338

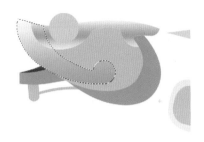
图11-339

步骤 29 载入鱼头形状的选区，使用 █ "渐变工具"在画布中拖拽出渐变效果，如图11-340所示。继续载入相应形状的选区并使用 █ "渐变工具"在画布中拖拽出渐变效果，如图11-341所示。

步骤 30 载入鱼头部圆形形状的选区，如图11-342所示。执行菜单"选择"|"修改"|"收缩"命令，在弹出的"收缩选区"对话框中设置参数，如图11-343所示，单击"确定"按钮退出对话框。

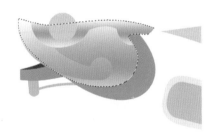
图11-340

图11-341

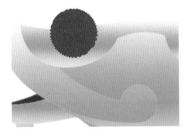
图11-342

图11-343

步骤 31 执行菜单"选择"|"修改"|"羽化"命令，在弹出的"羽化选区"对话框中设置参数，如图11-344所示，单击"确定"按钮退出对话框。执行菜单"选择"|"反向"命令，如图11-345所示，反选选区。

步骤 32 执行菜单"图像"|"调整"|"亮度/对比度"命令，打开"亮度/对比度"对话框，参数设置如图11-346所示。确保选区仍然存在，执行菜单"编辑"|"描边"

命令，在弹出的"描边"对话框中设置参数，如图11-347所示，单击"确定"按钮退出对话框，效果如图11-348所示。

图11-344   图11-345

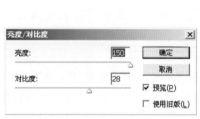

图11-346   图11-347

步骤33 复制已经制作好的形状，并按【Ctrl+T】组合键将形状缩小一圈，效果如图11-349所示。按照同样的方法，将形状复制多个并按照如图11-350所示缩小放置。

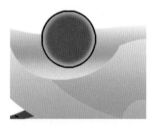

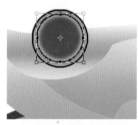

图11-348   图11-349   图11-350

步骤34 选择"画笔工具"，其工具选项栏参数设置如图11-351所示，在画布中圆圈的中间位置涂抹出一道亮色，效果如图11-352所示。

图11-351   图11-352

步骤35 选择"减淡工具"，其工具选项栏参数设置如图11-353所示。复制小圆圈一次，并按【Ctrl+T】组合键将复制后的小圆圈缩小一圈，效果如图11-354所示。

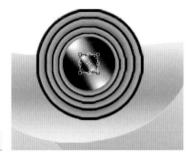

图11-353　　　　　　　　　　　　　　　图11-354

步骤36 使用 "加深工具"和 "减淡工具"参照如图11-355所示在画布中涂抹出圆圈形状的高光和阴影效果，以制作形状的立体感。

步骤37 载入"形状 8"图层的选区，将选区稍微向上移动，效果如图11-356所示。执行菜单"选择"|"反向"命令，如图11-357所示，反选选区。

图11-355　　　　　　　　　　　　　　图11-356

步骤38 执行菜单"图像"|"调整"|"亮度/对比度"命令，打开"亮度/对比度"对话框，参数设置如图11-358所示。

步骤39 选择 "减淡工具"，其工具选项栏参数设置如图11-359所示，参照如图11-360所示在画布中涂抹出鱼头甲片的高光效果。执行菜单"图层"|"图层样式"|"投影"命令，在弹出的"图层样式"对话框中设置参数，如图11-361所示，单击"确定"按钮退出对话框，制作鱼头甲片的投影效果，效果如图11-362所示。

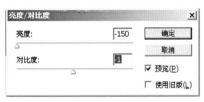

图11-357　　　　　　　　　　　　图11-358

图11-359

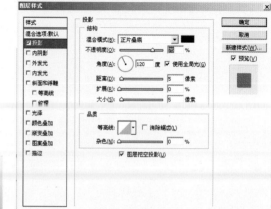

图11-360　　　　　　　　　　　图11-361

步骤40　选择"鱼头"图层组中的"形状7"图层，如图11-363所示。

图11-362　　　　　　　　　　　图11-363

步骤41　执行菜单"图层"|"图层样式"|"斜面和浮雕"命令，在弹出的"图层样式"
对话框中设置参数，如图11-364所示。在"图层样式"对话框左侧选择"光泽"
选项，对话框参数设置如图11-365所示。

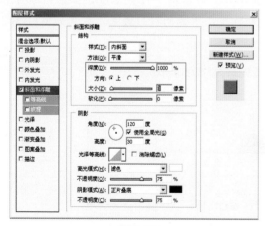

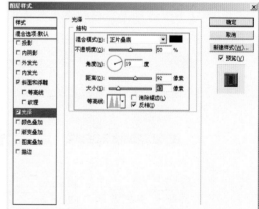

图11-364　　　　　　　　　　　图11-365

步骤 42 ▶ 在"图层样式"对话框左侧选择"内发光"选项，对话框参数设置如图11-366所示。在"图层样式"对话框左侧选择"投影"选项，对话框参数设置如图11-367所示，单击"确定"按钮退出对话框，效果如图11-368所示。

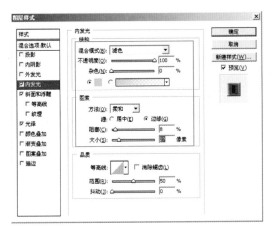

图11-366

图11-367

步骤 43 ▶ 选择"鱼头"图层组中的"形状 7"图层，单击鼠标右键，在弹出的快捷菜单中选择"拷贝图层样式"命令，如图11-369所示。

图11-369

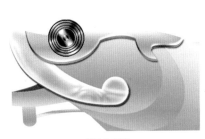

图11-368

步骤 44 ▶ 将复制的图层样式粘贴在"鱼头"图层组中的"形状 2"图层、"形状 3"图层和"形状 5"图层上，如图11-370所示，效果如图11-371所示。

步骤 45 ▶ 按照同样的方法，将复制的图层样式粘贴到"鱼身"图层组中的"形状 9"图层上，如图11-372所示。选择"鱼身"图层组中的"形状 12"图层，如图11-373所示。

步骤 46 ▶ 执行菜单"图层"|"图层样式"|"斜面和浮雕"命令，在弹出的"图层样式"

对话框中设置参数，如图11-374所示，单击"确定"按钮退出对话框，效果如图11-375所示。

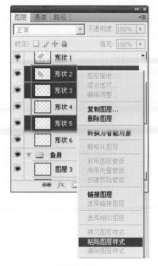

图11-370

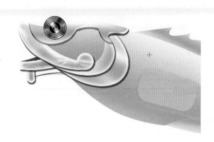

图11-371

图11-372

图11-373

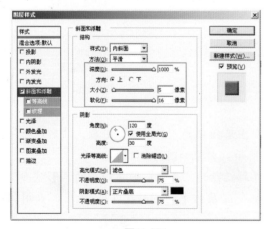

图11-374

图11-375

步骤47 选择"鱼身"图层组中的"形状13"图层，如图11-376所示，并载入"形状13"图层的选区，在画布中拖拽出渐变效果，如图11-377所示。

图11-376　　　　　　　　　　图11-377

步骤48 确保选区仍然存在，执行菜单"编辑"|"描边"命令，在弹出的"描边"对话框中设置参数，如图11-378所示，单击"确定"按钮退出对话框，制作出选区的描边效果。执行菜单"选择"|"修改"|"收缩"命令，在弹出的"收缩选区"对话框中设置参数，如图11-379所示，单击"确定"按钮退出对话框。

图11-378　　　　　　　　　　图11-379

步骤49 选择 "加深工具"，其工具选项栏参数设置如图11-380所示，在画布中涂抹出选区边缘的阴影效果，如图11-381所示。

图11-380　　　　　　　　　　图11-381

步骤50 执行菜单"图层"|"图层样式"|"斜面和浮雕"命令，在弹出的"图层样式"对话框中设置参数，如图11-382所示，单击"确定"按钮退出对话框，效果如图11-383所示。

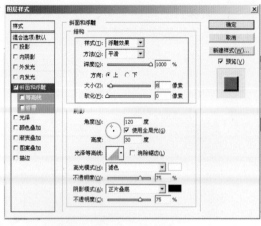

图11-382   图11-383

步骤51 ▶ 按照同样的方法制作出鱼身后部按钮及金属的质感，效果如图11-384所示，局部
效果如图11-385所示。

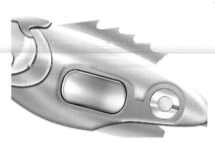

图11-384   图11-385

步骤52 ▶ 使用 ▧ "多边形套索工具"绘制鱼鳍后部的选区，效果如图11-386所示。选择 ✎
"画笔工具"，其工具选项栏参数设置如图11-387所示，参照如图11-388和图
11-389所示的效果在画布中进行涂抹。

图11-386   图11-387

步骤53 ▶ 再参照如图11-390和图11-391所示在画布中涂抹出鱼背部鱼鳍的金属立体效果，
并参照如图11-392所示涂抹出鱼尾部的金属立体效果。

步骤54 ▶ 按照同样的方法，在画布中涂抹出鱼尾部齿轮的金属立体效果，如图11-393所
示。鱼尾部齿轮的整体效果如图11-394所示。

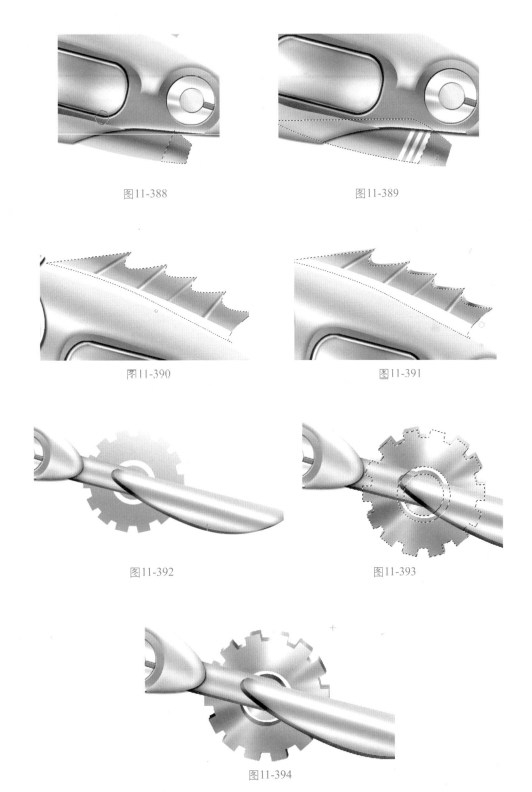

图11-388　　　　　　　　　　　　　图11-389

图11-390　　　　　　　　　　　　　图11-391

图11-392　　　　　　　　　　　　　图11-393

图11-394

步骤55 ▶ 复制"鱼尾"图层组中的"形状16"图层，得到"形状16副本"图层，如图11-395所示。按【Ctrl+T】组合键对复制的图层形状进行旋转变形，效果如图11-396

所示。打开本书配套光盘中的"海水.tif"文件，移入制作文件中，放在"背景"图层上方，最终效果如图11-397所示。

图11-395

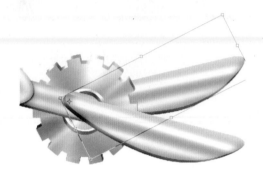

图11-396

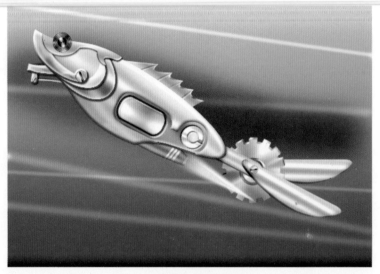

图11-397